蠹鱼书坊出品

目录

追昔抚今

乡景乡贤

艺海撷珠

序言

沈定庵同志是书艺名家，同时能画能文，各有畦径。他生长在古越绍兴，王羲之、献之父子，青藤、老莲、赵之谦、任伯年等诸多不朽的姓名，弥漫山川的书香墨韵，触处皆是的文采风流，给了他得天独厚的心灵滋养。加以家学渊源，父亲华山先生是王一亭的入室弟子，工花卉人物，尤精佛像。庶母诸氏，也擅丹青，多彩的家庭呵护他走上人生的初阶。他情有独钟的却是书法。他还在童年，尊翁特别买了伊秉绶的《默庵集锦》供他揣摩。他有一次上街，偶然瞥见一家店铺里挂着伊秉绶的手迹，登时如醉如痴，再也走不开，竟然走进店堂求借。恰幸主人是个渴慕风雅的商人，酷爱收藏书画，看这孩子一脸稚气，一本正经，好笑又好奇，摇头说："不能借！"看着那童骇失望的神情，又笑说："你要是真喜欢，可以到这儿来临写，让我看看你有没有出息。"他回家连夜磨墨盈瓯，备好纸笔，第二天一早就如约去临摹。主人指挥店伙把两张方桌拼成书案，搬来矮凳给他垫脚，看他用小手运腕挥毫，最后店主终于点头心许。稚年定庵也幸运地有了开阔眼界的机会，从店主的收藏中摩挲许多书画精品，帮助他奠定扎实的基础。

有一段时期，我对书画忽发雅兴。那时社会上没有暴发户，书画艺术品也没有成为时髦商品，可以上市场拍板叫价，价格高不可攀。时缘凑合，还允许以友谊作桥梁，仰慕为贽仪，老老面皮求索。我就曾向定庵同志求过字，写的是鲁迅有名的七律，“横眉冷对千夫指，俯首甘为孺子牛”那一首，苍劲清瘦，冶于一体。我还通过他求到徐生翁先生一幅奇拙疏犷、别开生面的菊花，另从文物铺里淘到一幅生翁先生的字。生翁先生成为古人，已逾三十年，而书画历经浩劫，至今幸存，弥足珍贵。生翁艺品、人品双绝，西湖岳庙大门口，曾有他撰写的一副楹联，名重一时：“名胜非藏纳之处，对此忠骸，可半废西湖祠墓；时势岂权奸能造，微公涅臂，有谁话南渡君臣。”我曾听画家张光宇、书家邓冀翁多次谈论徐生翁，心折到五体投地。据说黄宾虹对此翁也倾倒备至；日本书法界极加推崇。但白雪阳春，知赏难得，在名利场上，这位大家相当索落寡声，而终生淡泊自甘。

定庵曾立雪徐门，生翁也到了耄耋之年，才破例授徒，定庵虚心受业，执礼甚恭，而终于实至名归，在书坛享誉之盛，青出于蓝。近年兰亭书会成立，他荣任会长，每年春到山阴，茂林修竹、流觞曲水之间，例有国际性书艺雅集，群贤毕至，极一时之盛。定庵曾有一文，专门介绍他先师生翁在诗书画印多方面的高深造诣，并着重于乃师的正直刚毅、简朴清虚。“书如其品”在师道失隳、友道凌夷之秋，于此以见定庵犹存的古风。

定庵专精书道之余，不废写作，或品藻人物，或阐扬风土，或评析艺事，或考据典实，文质相生，娓娓可读。这些文字，不少发表于华侨报刊，流传海外，现在结集成书，以“定庵随笔”命名。承定庵以序文见委，义不容辞。聊添蛇足，藉志因缘。

柯　灵

（1994 年）

墨海因缘

永恒的纪念

潘天寿先生是我国现代书画艺术大师，其道德文章更为世所重。笔者有幸亲近并受益于潘老，虽属小事，但可于平凡处窥见潘老的高洁品德。今值潘老诞辰 105 周年，追忆往事，操觚为文，以示纪念。

20 世纪 60 年代初，浙江美术学院召开一次座谈会，出席者除潘老外，尚有姜丹书、周天初、张宗祥、诸乐三诸前辈，我也躬逢其盛。会后，潘老邀集我等数人，叮嘱要留意收集王一亭先生的书画作品。其时，王一亭还背着资产阶级买办的“黑锅”。潘老垂意，正是别有深心。

王一亭，本名王震，字一亭，号白龙山人，浙江吴兴（今湖州）人。他是近代杰出的画家，花鸟翎毛、人物山水无一不精，所作佛像尤有独到之处。其生前在上海画坛的地位与吴昌硕并重。只是他早年曾在日清轮船公司当过买办，这是他的一个历史“污点”。然而当抗日战起，日寇侵占上海前夕，王先生毅然孑身离沪，避难香港，最后病亡，保全了晚节。潘老提议要收集王一亭的作品，这表示他对人、对艺术有客观公正的评价。

也在 60 年代，其时我在鲁迅纪念馆工作。一次议及在三味书屋、周家老台门、鲁迅故居等处所，欲各悬额一方，并请名家题字。由于我一贯心仪潘老铁钩银划、斩削峻悍的书风，此与鲁迅横眉冷对、疾恶如仇的“硬骨头”精神颇为吻合，故我提议请潘老题字。后由我执笔致函敦请，不久即蒙潘老一一赐题，并附来一信，其中写道：“我的字不好，请徐生翁先生写才好”，我读信后深为感动。潘老乃一代大家，却如此谦逊，又这样推重我的老师，实属有真学问者的美德。由此，我对潘老的人品艺品有了更深层的认识。

1961 年，在充实徐渭故居——青藤书屋的陈列内容时，我想请潘老为青藤书屋题字，长留人间，后来这一设想终成现实。考虑原有陈老莲横额在先，故请潘老写成直式，高 93 厘米，宽 31 厘米，选用上乘木材和名手镌刻，相得益彰。

潘老此题，整体布局豁达开朗，主题和边款连同钤印，配合得错落有致，用笔刚健婀娜，生气盎然。细析“青藤书屋”四字，结字偏长，书字稍扁，生动有致。“青”字上半部第二横画改写成左右两点，别具面目。“藤”字一捺似吴带当风，伸向纸边，无有际涯。“书”字特多横画，长短粗细笔笔无一相似，尤以最后一画，略呈弧形，收笔微微向上，将徐渭和潘老的倔强、正直不阿的气概跃然纸上，人如其字，字如其人，俨然一体。“屋”字尸部方口特大，至字上端狭窄，中间留有一块空白，真像徐渭吟句“半间东倒西斜屋”。四百年来，书屋已不知经历了多少风风雨雨。正当青藤书屋重光不久，却又遭遇了“文化大革命”，书屋几乎毁灭。与此同时，在钱江北岸的浙江美术学院、景云里一号和潘老的故乡——宁海，正掀起了一场铺天盖地、无比残酷的政治运动，它迫害着一位心地善良，且心怀壮志，向着艺术顶峰冲刺的一代大师潘天寿先生。在无情地折磨下，潘老终于在1971年5月5日含冤离开了人世。大星陨落，人天同悲。

然而乌云终有散日，曙光冉冉已经升起。潘老不白之冤也已昭雪，老人留给后世的艺术精华，更加光芒四射，永垂后世。回顾越城被当作“封、资、修”批判的青藤书屋也已复苏。万幸的是潘老留题的“青藤书屋”牌匾，金瓯无缺。每过书屋，瞻仰潘老题字，顿感其精气神充满宇宙之间。艺事之精妙，尤赖于人传，老莲与潘老所题的“青藤书屋”牌匾将会与书屋同垂不朽。

（1980年）

郭沫若与鲁迅纪念馆——兼怀郭老

在纪念鲁迅先生逝世50周年的日子里，我忽然追思起郭老来鲁迅纪念馆的情景，由此又怀念起郭老来了。

1962年10月下旬，郭沫若院长以古稀高龄，从东海大门的舟山复经宁波来到了越国的古都、鲁迅故乡——绍兴。郭老在绍兴视察走访的短暂时日，为绍兴人民留下了不少珍贵的墨迹，邑人宝之。笔者当时因工作关系，有幸亲近了郭老，获睹了诗人的风采、书家的神姿。光阴荏苒，已易廿五寒暑。但郭老的音容笑貌，犹历历在目，难以忘怀。

郭老是在10月27日傍晚抵达绍兴的，同行有夫人于立群和公子及秘书等人，下榻于龙山交际处。第二天是个典型的晚秋佳日，凉风送爽，枫叶如丹，阳光普照着鲁迅故居、百草园、三味书屋以及周围的石板街巷、小桥流水和古老的宅宇，犹如涂上了一层薄薄的金箔，闪闪发光。鲁迅纪念馆像披上了节日的盛装，来迎接杰出的作家、卓越的学者和战士——郭老及其一行的光临。

郭老到鲁迅纪念馆后不暇休息，在时任县委领导王佃阁等同志陪同下，兴致勃勃地开始了参观，从“鲁迅生平事迹陈列”大厅、故居、百草园，直到三味书屋，都一一仔细观看，并对故居的陈设和百草园的环境、文物的征集和保护都作了垂询和指导。

郭老对三味书屋特别感兴趣，观赏了书屋内悬挂的匾额、楹联、画幅等，还俯身细阅了课桌上少年鲁迅手刻的“早”字，似乎沉浸在遐想中。书屋后园的腊梅树，已是百年外的老物，当年鲁迅在此读书时，曾在树上寻蝉蜕，于今腊梅依然枝叶繁茂，惹人喜爱。郭老深有感触地说：“鲁迅是伟大的革命家，贡献大，主席对鲁迅评价很高，可惜我没有与他见过面。”而这些发自诗人肺腑的语言，已迅疾地酝酿成为给鲁迅故居即席赋诗挥毫的素材了。

参观结束，郭老一行人到接待室稍事憩息。由于机会难逢，王佃阁同志提议请郭老为鲁迅纪念馆题词赐墨，以作永久留念。郭老欣然应诺。在这之前我们已将文房四宝准备好了，立即把接待室的三张大理石桌面的八仙桌拼成一长桌；得知郭老没有随带毛笔，我拿了一把平日涂写用的毛笔供郭老选用。郭老讲话不多，显得和蔼可亲。我趁他在挑选毛笔时，仔细端详着诗人的气质及其外貌特征，印象最深的是他前额特别开阔，天庭是那么饱满，挺直的鼻梁上架着一副大眼镜，因耳患重听，还佩戴着助听器。他穿着一身银灰色的中山装，精神矍铄，不时露着笑容。俄顷，郭老选好一支羊毫提笔，嘱我在上方理纸，遂即饱蘸浓墨，全神贯注地在整张四尺宣纸上奋笔疾书，但见泼墨淋漓，一气呵成，神韵自成。郭老诗思敏捷，信手拈来，珠玑满篇，令人惊叹。诗曰：

古人深憾不同时，今我同时未相晤。
廿六年来宇宙殊，红旗三面美无度。
三味书屋尚依然，摘花欲上腊梅树。

款署："一九六二年秋访绍兴鲁迅先生故居，郭沫若。"钤白文姓名印一方（印为傅抱石先生所刻）。此幅墨宝经装潢后即悬诸"鲁迅生平事迹"陈列大厅，深受中外观众的喜爱。因字幅长期陈列，不易保存，乃又函请郭老重书一幅，以资珍藏，不久也蒙郭老惠书，馆中同仁喜不自胜，足见郭老对鲁迅纪念馆的重视和关怀之情。此幅改成八句，句子也有数字改动。诗云：

昔人深憾不同时，今我同时未相晤。

廿六年来宇宙殊，红旗三面美无度。
我亦甘为孺子牛，横眉敢对千夫怒。
三味书屋尚依然，拈花欲上腊梅树。

款仍署：“一九六二年秋郭沫若。”是幅书法较前帧更为凝炼苍劲，金石之气亦复盎然。而全诗经增补后，意境尤为深远，寄托着诗人对身处同时代而未曾相遇的鲁迅先生的无限景仰之情，进一步阐发了鲁迅俯首横眉的爱憎精神，从而使诗人在思想深处完全结束了30年代和鲁迅的一段不愉快的“论战”。

50年代后期，绍兴鲁迅纪念馆馆额为木质横匾，美术字体。后觉不够庄重，乃改请郭老手书，并由我执笔致函。函道：

郭沫若院长：

绍兴鲁迅纪念馆敬求您的墨宝，请书“绍兴鲁迅纪念馆”大横额一块，并署款。纸张附上。我们恳切希望您在九月上旬惠寄，因准备雕板在九月廿五日鲁迅先生八十一周年诞辰纪念悬挂，先此致谢。

敬礼！

绍兴鲁迅纪念馆

一九六二年八月廿四日

此函付邮后，直到九月中旬才收到郭老来信，拆开一看，原来郭老就在我们寄去的笺纸空隙处，写着这样一行字：

今天才从北戴河回来，来不及写大字，请放大使用。

郭沫若，九月十一日

又在原信首行“郭沫若院长”姓名三字上用墨笔勾了一椭圆形的圈。当时我看了很感新奇，又不甚其解，以为是郭老借用我们的去信，匆促代替复信，所以特地钩去自己的姓名。现在才知道，这大概是领导同志“圈阅”文件的符号。郭老把我们一封普通的信函，像文件那样认真对待，能不令人感佩？

郭老另附一页小纸，赐题馆额，潇洒遒劲，兼而有之。字字之间安排得体，章法新颖。此额当时我用九宫格放大，请人利用原匾刻制，浅黄色底，额字填以深绿，衬上一方朱红印章，雍容华贵，庄重大方。继又易去木匾，改为砖雕，与旧时纪念馆石库粉墙的门面相配，更显得古色古香，富有浓郁的绍兴地方色彩。70年代拆除旧馆，新馆落成后，又制成金字馆额，愈为光耀夺目。至此，郭老题字将与绍兴鲁迅纪念馆一起永存不朽。

综观郭老的书法，功力深厚，豪迈苍劲，笔底饶有金石之气，自成一家，世人誉之为“郭体”。郭老和鲁迅先生一样，是我国现代文化史上学识渊博、才华卓绝的著名学者，而且两人在书法艺术上都有精湛的造诣和独到之处。

郭老少年得力于钟、王法帖，兼习六朝写经，因此他早期的书法刚柔兼备，古雅深峻，耐人寻味，中年以后的行、草书更有独特风格。我最欣赏郭老于1960年5月8日为《鲁迅诗稿》所作的行草序文，神韵朴茂，觉得实为其代表作品。郭老书法自成一体，独树一帜，这与他广览博采是分不开的。他不仅研习过钟、王，也曾临摹唐代名家的法书，而更重要的是郭老在研究甲骨文、金文、古文字学的过程中，对甲骨文、金文的临摹以及对籀篆笔意的领略，这一切对于郭老书体风格的形成有着深厚的渊源和影响，所以，郭老的书法墨迹和鲁讯先生的手泽一样，皆受世人宝之。

遗憾的是，我有如此良缘，亲近过一代文豪和大书家，且又有公务上的书信往来，但未曾向郭老求过片纸只字，翰墨因缘，俯仰而逝。每思及此，怀念与怅惘之情，则无时或已也。

（1986年）

茅公的墨宝

现代作家的书法，当推鲁迅、茅盾、郭沫若、丰子恺、郁达夫诸公。盖作家的书法，一如其为文，洋洋洒洒，具有强烈之个性，蕴含于字里行间，耐人玩味。正如郭老评鲁迅书法云：“鲁迅先生亦无心作书家，所遗手迹，自成风格。融冶篆隶于一炉，听任心腕之交应，朴质而不拘挛，洒脱而有法度。远逾宋唐，直攀魏晋。世人宝之，非因人而贵也。”

60 年代初，我曾拟征求当代作家的墨迹和手札，汇编成册，不啻为书法史和文学史上一项较有价值的资料，但一时苦于无从入手。

1963 年间，著名作家柯灵自沪惠书，嘱代求吾师徐生翁书画，徐师欣然应诺。后我在报命同时，将征求之举向柯老叙述，并向其求字一幅作为始点。不久，柯老寄来手札及赠我手录鲁迅诗《湘灵歌》册页乙帧，字俊逸娟秀，我甚为喜悦。后因“文化大革命”开始，此事一搁就是十年，柯老的墨迹和手札也都在“文化大革命”中被付之一炬，尤为惋惜。

“文化大革命”结束之后，我又稍稍搜集。其时获识复旦大学教授陈鸣树，并于 1978 年初，托其代求茅盾先生墨宝，同年 4 月间，由陈教授转来茅公墨迹一幅，书录鲁迅先生名句“横眉冷对千夫指，俯首甘为孺子牛”，款署“录鲁迅句赠答定庵先生，茅盾 1978 年 4 月”，钤“茅盾”朱文印。书法清劲挺拔，布局错落有致，捧阅再三，如获至宝。

茅公书法，自成家数，书卷气息，溢于行间。去秋曾至乌镇茅公故居瞻仰，留意陈列的茅公墨迹，存有少年（13 岁）作文墨本，40 年代书信尺牍，晚年书体题字。以我管见，茅公少年涉足柳公权，继而潜心《张黑女》，后游心于欧阳询，晚年所书深具欧书《仲尼梦奠帖》之神髓，俊逸中结体严谨，秀韵中不乏宽博，笔致劲秀，逸韵高蹈。至其耄耋之年，书之眉批、行间之插言，愈见游龙苍茫，不见烂漫之态。据熟谙茅公者言，此幅书作为茅公 82 岁所书，且其时眼病甚剧，能写出如此好字，难能可贵。更有一事可提，我在敬求茅公墨宝的同时，曾附奉拙书一张，请茅公教字，茅公于赐书时有“赠答”两字，令我感愧。茅公一代文豪，我则一介书匠，足见其虚怀若谷，平易近人，品格之高。

今年为茅公逝世5周年暨诞辰90周年，作斯小文，以示永念。

（1986年）

鲁迅与杜泽卿的一段文字缘

杜兆霖（1876—1933），字泽卿，号蜕龛、退堪，绍兴东关（现属上虞县）人。精篆刻、擅汉隶，与家父为书画友。

60年代初，我在鲁迅纪念馆工作，始悉鲁迅先生曾于1916年为杜老的《蜕龛印存》改定过一篇序文。该文最初发表于1917年的绍兴《叒社丛刊》第四期，署名为启明，但原稿上署名则为会稽周树。序文简述了我国刻印艺术的由来和发展，指出它与其他艺术一样，都产生于“致用”，而且具有“大朴不雕”的风格；并认为以汉法刻印，应是制印的正宗。还赞誉蜕龛的作品，在印体文字的排布结合和运刀方面完全追摹汉代的治印法则；在精神上已与古代浑穆淳朴的风貌高度地结合为一整体，他的作品深刻地体现了治印艺术的纯正方向。

鲁迅先生改定序文有其原委。杜老有位姐姐嫁到绍兴清水闸陈家，后陈家买了老台门磐庐的宅宇，其时周建人在陈家任英语教席，因此杜老就获识了周氏兄弟——作人和建人。鲁迅先生时居北京，故序文言及“予于杜君未相见，唯读其书，窃喜抱守遗阙，不以世论失其故常，有同志者，因序之云”。由于上述关系，故杜老先请周作人作序，后再由作人寄序稿请鲁迅校改，此事《鲁迅日记》丙辰年（1916）有记述。

杜泽卿晚景不佳，去世后，家人将其印稿变卖与虞、嵊间某收藏家后，下落不明。

杜老一生治学严谨，书、刻甚丰，可惜散佚殆尽。1982年，我在画家黄逸宾家偶见一圆形石质印泥盒，盒盖上刻着密密麻麻的隶书，为杜老手刻，结构、用刀均为上乘。1983年，我应邀为某一部门鉴定字画，发现杜老手书七言隶书楹联一副，墨迹遒劲古拙，不同凡响。

今年是杜老诞辰110周年，撰此小文，以资纪念。

（1986年）

续谈杜泽老遗事数则

杜泽老12岁即开始学印，聪颖过人，故青年就蜚声越州印坛，令人神往。

我父书画用印多出杜老之手，如名姓印“沈”“华山”“远”，闲章有“山阴道上人家”“癸卯生辰”及一“佛”字印等，甚为杜老精心力作。

为了寻觅《蜕龛印存》及搜集杜老事迹，我于1963年春，做了初步调查，草成《关于〈蜕龛印存〉的线索》一文，刊载于1963年《鲁迅纪念馆馆刊》第二期上。

当时我走访了杜老的族人杜鹤汀、杜念贻两位先生，得悉《蜕龛印存》的梗概。《印存》分四本装、六本装两种，连史纸线装稿本，印花粘贴于册中。四本装用槟榔纸作封面，米黄色书签，由老缶（吴昌硕）手书。惜因杜老困于经费，印稿终未付印出版。杜老晚年贫病交加。逝世后，家人将印稿变卖与虞、嵊某收藏家，至今未得下落。

据吾绍已故篆刻家孙孟山言，伊早年有惠于杜家，迨杜老谢世后，杜夫人曾携一篮杜老手刻印章任凭伊挑选，以作馈赠。孙先生厚道为人，婉谢盛情。嗣后，此众多之印刻散失变卖殆尽，惜哉！

1978年，我偕孙孟山先生之子权舒兄赴上虞东关镇访杜老亲族，云“文化大革命”前尚剩有杜老刻印多方，寄售于镇上古玩铺，竟无人问津。“文化大革命”开始后，印章被领回。在所谓横扫“四旧”之际，杜老亲族将印章全数掷入河中。后我等曾至其地察看，初尚存打捞的希望，谁知时隔不久，水面竟填土筑屋，从此杜老金石长埋地下，可胜痛惜。

1982年某日，我与书画家黄逸宾同志切磋艺事，偶见一圆形石质印泥盒，盒盖上刻着密密麻麻的隶书，引起我的好奇。谛视之则赫然为杜老手刻，款署：“子文老棣大雅属刊，节西岳华山碑字，山阴杜兆霖泽卿甫铁书。”我喜悦不已，爱不释手，因杜老隶刻尚属初见，其结体用刀均为上乘之作，因询黄君印盒的来由。答从绍兴古旧书店购得。深为庆幸，后曾摄影，椎拓留念。

1983年，我发现有杜老手书七言篆书楹一副，杜老墨迹，遒劲古拙，不同凡响。

杜老生前身怀高艺而一生坎坷，殁后遗作又屡遭厄运，有感于斯，草此小文，愿世人知有杜泽卿其人而宝其手泽。

（1987 年）

青藤今日有传灯——记恩师徐生翁先生

我6岁习字，家父作班禅额尔德尼九世活佛造像，命我题字，并悬诸室中。一日，越中大书画家徐生翁先生过访，见造像题字注视良久，后问我父亲题字为何人所书。答曰："小犬所涂。"先生喜悦赞许，说此儿之字出诸自然，具天真稚朴之气，嘱我父善加诱导，以求进步。抗日战争初期，我离开绍兴，万里寻父于广州湾（今湛江市），先生则在绍兴，天各一方。但父亲不时地向我讲述生翁先生的人品艺品，令我敬仰不已。由于幼时先生对我的嘉勉和启导，故我在家破人亡的遭遇下，仍不废书画练习。抗日战争胜利的第二年，我从湛江返回绍兴，并携劫后余物——两幅先生早年书画作品拜访先生，不意先生阅后自谦不够惬意，愿以新作调换旧作。此举令我十分尴尬，因这两件书画是先父珍藏之物，但又恐拂老人意，只得唯唯从命，心甚怏怏。时隔不久，先生以一字一画见赠，画为红梅，书为录陶渊明诗《归园田居》其二。落款都写着“定庵世兄”，我感奋不已，一直保存至今。当时就听说，先生收回旧作后，即加销毁，因感先生对艺术如此认真自重，敬仰之情，油然而生。我曾想“立雪徐门”，能有这样一位严师该多幸运。其时先生已年逾古稀，却从不收授一个学生，听说当时绍兴地方有位高官和一位日本书法爱好者都想拜生翁先生为师，但都被婉拒。为此，我不敢启齿，只有不时登门求教，承先生不弃，赐以指点，获益良多。直到1956年，我蒙王贶甫（周恩来总理表弟，时任绍兴市副市长）、陶冶公（鲁迅先生留日同学、著名民主人士）、朱仲华（绍兴乡绅、爱国民主人士）三位前辈的引荐，生翁先生始允收余为入室弟子。忆我6岁即受先生嘉勉，时隔二十多年，才执弟子礼，书坛一时传为佳话，师生之缘可谓深长。弟子于先生，既学书艺，更师人品。今先生虽已归道山，而仰之弥高，谆谆教诲，矢志不忘。

生翁先生是我国近代一位异军突起、风格独特的艺术家，他在诗、书、画、印诸方面都卓有成就，而其书法尤为出类拔萃，独具匠心，在国内外享有很高的声誉。自清代以来，碑派书家相继而出，书风为之一变，如邓石如、伊秉绶、何绍基、沈曾植及李瑞清等。然而，在一扫清初恶尚之余，也呈矫枉过正之弊。生翁先生则能于碑学另辟蹊径，探溯本源，传承创新兼具。作为一代书家，他的艺术实践为现代书学开了一条新路。

徐生翁先生早年初习“颜”，后即师法汉隶，以隶书为根底，兼工四体。自谓习隶二十年，以隶意作真书又十余年。他吸收汉碑之长，取资特别广泛，尤擅《石门铭》及《史晨》等碑。且用笔多取西汉简牍，篆意很深。故他的隶书写来极空灵，又极舒展，初看似觉平淡，实则平中显奇，气韵不凡。其次，徐生翁先生的行楷取法北魏和六朝墓志造像，力厚骨劲，气苍韵永，潇洒飘逸，静穆可观。其与通常碑学书家那种粗犷习气是分道扬镳的。徐生翁先生的行草亦有其特色。他的行草有篆书笔意，集分隶之变，笔处处转，又处处留，时方时圆，具体而微，变幻莫测，空灵飘逸中又显得迟涩、古朴，使两种不同的感受得到和谐统一。他的篆书出入周秦籀篆，用笔以隶书的方法作篆，提起按倒，富于变化，丰富了篆书的用笔。结体呈扁方而圆转，古拙而有奇趣。

先生书法崇尚自然，自云：“天地万物，无一非书画粉本。”他又精绘画，擅篆刻，工诗文，故为其书法开辟了新的境界。先生晚岁书作往往不受书家法则所限，画用书写，字作画看，天地氤氲、山川灵秀等感受都汇集腕下。凭着画家的灵气，激情作书，往往显示出其特有的光彩及魅力。从现存书作看，其书法演变的脉络是比较清晰的。他的书法风格可分为三个阶段：早年是打基础时期，取法以秦汉为主，旁及北魏、六朝，这个基础体现于以后各个阶段。至以“李徐”署名者，则是博采众长，广泛吸收营养之时，但也有主有次，仍以秦汉为重点，而融合汉简、吉金及六朝墓志造像中雄伟开张一路书风。中年以“李生翁”署名者，则是陶冶百家、消化吸收的阶段，虽面貌众多，但都雄劲开张，务追险绝。字画风棱，气势夺人，以冀融会贯通开创自己的风格。晚年徐生翁先生的书风，则戢锐于内，振华于外，由纵而敛，能纵能敛，由力气十足向天机真率、雍容大雅发展。书体渐趋于单一和稳定，用笔结构都显得炉火纯青，并形成了独自的风格。

徐生翁先生在书法上的成功，是由三大要素组成的。首先，是他对书法艺术传统有精湛的领悟，同时又有深厚的功力；其次，是徐生翁先生的胆识与艺术独创性，他我行我素，师古不泥古，敢于创新，正如他的性格一样，在艺术上同样是嵚崎耿介；还有重要的一条，就是他广博的学识与多方面的素养。

再识先生的绘画。

生翁先生的画一如其书，极重气韵，亦极讲究布局、章法，非常得势。他画松针、梅枝如作篆、隶，凝重刚健；画荷、菊一如大草，奔腾飞舞，处处渗透着金石、书法的功力。如果把他的绘画和书法对照起来看，就更能看出它们之间的内在联系。他的书和画相融相通，书中有画，画中有书，就是他艺术创作的特征。先生中晚期画法一变，陆维钊先生曾评曰：“徐生翁先生书画可以简、质、凝、稚四字概之，而画似更胜，惜余所见皆为小幅。”余藏有先生早年五尺大幅《双柏灵芝图》，统幅以篆籀之笔作画，金石之气跃然纸上。黄宾虹老人论先生画：“以书法入画，其晚年所作画，萧疏淡远，虽寥寥几笔，而气韵生动，乃八大山人、徐青藤、倪迂一派风格。为我所拜倒。”20世纪20年代出版的《中国现代金石书画家小传》第一集，评述徐生翁先生：“大江南北，佥称先生所作古木幽花，自成馨逸，金石书画，横极千秋，前无古人，后无来者。”先生作于1924年的《水仙扇面》也是早期的力作。是帧构图奇特，笔墨豪放，数丛水仙玉立于一泓碧波之中，由近及远，无有际涯，五六朵花蕊，掩映叶丛之中，似可闻阵阵芳香。画家如此落笔，胆识之奇，令人叫绝。《越绝书》谓子胥死后为水仙，《拾遗记》记屈原自沉后为水仙，先生作画，想寓意于中。先生晚年作画，多以梅、荷为主题，作于82岁的《红梅图》，两枝梅干犹如铁铸，数点梅蕊，却孕育无限生机。先生晚年作画以简制胜，是幅简而又简。先生常云：“画不可俗，俗便有作家气，小儿作画，常得其天，天顺性也。”先生挚友海宁沈红茶先生有云：“余尤爱其作画，笔笔顿挫，笔笔转折，似稚子执笔，不为画而画者也。”先生说：“我的书画，要避免取巧，要笔少意足，又要出诸自然。所以有时作一帧画，写一幅字，要换上多少纸，若冶金之一铸而就者则极罕。因此，我的书画不能多作，人讥笨伯，我也首肯。”

除了书画，先生的诗文也深具造诣。

根据先生的自述，他小时候只上过一年私塾，不久便辍学了，因为家贫，此后再也没有上学的机会。幸运的是在先生 20 岁左右的时候，他遇到一位好邻居——周星诒。周星诒（1833—1904），字季贶，山阴人，祖籍河南，工诗词，擅隶书，和其兄星誉都是绍兴的诗词名家。先生从星诒先生游，始从颜字脱胎转向汉隶和六朝碑版，并涉及诗古文字和书论知识。从此在书法、文学修养上迈出了转捩之步。先生后来在诗文上的成就，除了受周星诒先生的影响外，还有赖于他自己勤奋好学和悟性得来。我十分赞赏先生的诗篇，他的诗和他的书画一样，直写心灵，富有韵味。在我拜师后的几年中，先生已不再作诗了，当时我很想将他的诗作汇集整编，并将此意告知先生，但先生却淡然地回答说：“我的诗不好，不费心了。”我知道先生的个性，所以此后再也没有提及此事了。其实，早在 20 世纪 20 年代，越中学者陈中岳（嵩若）所著《南归志》中就对生翁先生诗有很高评价，如：“生翁曩有咏汉高祖一绝句，曰：‘百战经营帝业成，崦嵫景迫畏途生。谁知身后家庭祸，转比功臣跋扈横。’立论能扼其要，此寸铁杀人手也。”又说：“先生性狷介，不妄与人交，却和余为忘年交。”还评生翁先生为章天觉题《翟琴峰山水画卷》诗曰：“野风发发水沄沄，江上人家冷夕曛。如此波光不荡桨，朝朝闲煞白鸥群。”风神在渔洋、竹垞之间。终先生一生，杜门简出，只有在1920年值师46岁时，应族人之邀，回原籍淳安。途经富春江时作《富春江行》一首：“逆水行舟听楫师，朝朝那有顺风吹。溟濛细雨富春路，贪看桃花不厌迟。”又吟《无题》：“客梦闻螺醒，舟行二月天。绿深朝雨滴，红断晚霞燃。烟岭大痴画，歌声六姓船。凭舱闲眺远，沧溟水连天。”两诗着笔不多，却勾画出一幅春意绵绵的富春江画图，达到了诗中有画、画中有诗的高超境界。又有《夕照》七绝：“轻寒挹袖雨余风，独立湖堤夕照中。仿佛宋人团扇画，水天如醉柳花红。”先生虽作诗不多，留存下来的更少。然所作风格清新，有宋诗韵味，弟子爱之弥深，不时诵读书写，其境其情，恍若跟随师之左右耳。

先生所作题跋、信札，言简意赅，耐人寻味。如题《明徐涧上先生岁寒松柏图》并跋：“先生画法巨然，间作倪黄。此幅清寒孤洁，肖其为人。天汉兄宝此过珊瑚钩远矣。”短短数语，把一位高士的艺术和人品惟妙惟肖地描绘出来。其又为《懒云楼诗稿》作序：培心先生葺募梅精舍，辟梅圃竣，适杨君蛰庵持乐公手写《懒云楼诗稿》示先生。先生谓："曷归诸精舍，俾存手泽，杨君韪之。"生翁愿是稿之永存精舍也，因叙其颠末而为之识。先生为文也如作画，简而又简，无一废字。再加上精心书写的行楷，字字珠玑，文书并茂，令人爱不释手。（此件藏于绍兴图书馆，发表于《二十世纪书法经典·徐生翁》卷）

先生于 81 岁那年（1957）写了一篇《我学书画》，全文见拙编《徐生翁先生年表》。先生撰文用意，一则因晚年求教者日多一日，便于回复；二则纠正一些外界讹传和错误；三则坚言自己学习书画的要旨在于"皆自造意"，可说是真正的创新。

先生作书形式以楹联为最多，数以万计，且句无雷同。能见景生情，词泛意切，妙趣横生，如"又有石榴才一幅；时见松栎皆十围""湖山奇丽说不尽；篆隶高能世莫知""荣名知自鄙；闻道岂独难"等等，不胜枚举。又用古诗句集联，信手拈来，浑然天成。"文化大革命"后期，我参加绍兴市清理查抄书画工作，见先生所书楹联多达百数十件，余于闲息时一一抄录，也无重复之句。

先生信札，读来亲切感人，如致友人函："劣书间久稽，甚歉。闻欲重印画人传，是否即瞻民著者？如果是瞻民著本，吾绍尚有数人，应须加入其中。区区一条，亦欲酌改。此意经托淡园兄转告。有暇才希见示。专此，并颂吉祥。弟生翁上，三月六日。"

于此更可见先生虚怀若谷、画友相亲的高尚风格。又如先生在给五子翁雁的手书:“翁雁来禀收阅。一切事已详我三十日函中，画萃不佳。如旧货摊上遇有徐天池、陈白阳、李晴江、李复堂等粗笔印本，如价格便宜，随便买几本。但不必特地去寻觅也。一切事须谨慎。父字，十一月三日。”

生翁先生的篆刻同样是敢于创新，戛戛独造。他不拘泥于用缪篆治印，而以碑额、小篆入印，使印文的书写性更强。他的篆刻以简制胜，朴茂沉雄，风神流转，不以仿效斑驳蚀缺、颓然古趣为能事。书画所钤之印，皆出于自家手镌。早年，一代篆刻大家吴昌硕先生曾为生翁先生治印，然由于两者的风格不协调，故未采用。先生早年刻印，能得汉印挺拔、朴厚的趣味，而又能潇洒飘逸，以十分经意入手，复以十分随意出之。晚年所刻章，刀法简括，浑穆劲健。先生的书画，再加上他治的印章，遂成一件谐美的艺术佳品。邓散木先生在《徐生翁》一文中曾说：“单刀正锋，任意刻划，朴野可爱。跟齐白石异曲同工。”先生在篆刻方面的成就得力于书法，而篆刻上的成就又给书法增添了新的意境。先生晚年曾赠我一方手刻印章，阳文“生翁所作”，青田石质，高 5.5 厘米，周 2.5 厘米，结字简约，气息淳厚，看似平淡，却厚朴可爱。先生除自用印章外，从不为外人刻印，自用印也不刻边款。我在编辑《二十世纪书法经典·徐生翁》卷中，收录了先生自用印九方，阴文五方曰“生翁”“徐生翁”“生翁”“系出东海”“生翁李徐”；阳文四方曰“生翁造”“生翁”“生翁所作”“生翁”。孙洵著《民国篆刻艺术》收录徐生翁先生印两方，曰：“徐生翁”“生翁所作”。于连成编《近百年书画名人印鉴》，收徐生翁先生印鉴四方，曰“徐生翁”“系出东海”（阴文）“生翁”“生翁所作”（阳文）。此外，我在1933年仲冬先生所作《梅石图轴》见右下角盖一闲章，状若图案，不解其意象。余所见及收藏先生书画，罕用此印。又日前晤先生爱孙是杭兄，言及早岁齐白石先生曾寄画作及图章给祖父。

生翁先生在新中国成立前，一直以鬻书画为生，生活清寒，却不失耿介之性。昔北洋军阀河南督军赵倜，出重金要先生去做他的代笔，被先生严词拒绝。先生为人敦厚正直，从不趋炎附势，尤其是在抗日战争期间，绍兴沦陷，其爱子被日寇杀害。国仇家恨，令老人悲愤不已，因先生一家食口众多，无力远避，乃去附郭小云栖寺暂寄。日惟靠糊火柴盒，种些园菜苦苦度日。敌寇、汉奸迫其写字作画，先生默然以对，后汉奸楼某出巨资索字画，先生凛然拒绝。有人以先生一家嗷嗷待哺相劝，先生说：“我不要这种造孽钱！”铮铮之言，掷地有声。与此同时，先生曾作《荷轴》，寄赠远在浙西后方的挚友沈红茶先生。画上题“不染”以明志。明末的乡贤王思任曾说过：“夫越乃报仇雪耻之乡，非藏垢纳污之地。”鲁迅先生也说：“身为越人，未忘斯义。”亮节高风，一脉相承，蠡城有光。

“三百年来一枝笔，青藤今日有传灯”，20 世纪 20 年代绍兴著名词人王恕常（素臧）对徐生翁先生的评价，是十分精当的。

（1987 年）

墨海因缘——忆丰子恺先生

佛家说世间的一切事物都是由因缘和合而生。《大般若经》云：“故无有一法，而不从缘生。”在芸芸众生中，余有幸得以亲近丰子恺先生，或正是“缘”乎？

余生于1926年旧历丙寅冬，是年正是弘一法师（李叔同）在上海江湾丰先生故宅为“缘缘堂”定名之时，此亦不可思议之巧合也。余自孩提起，性即喜静，至五六岁稍识世事时，常爱在父亲的画室中翻阅画册，而独于《护生画集》爱不释手，两三日不见，便恍若有所失。而其时余于画集的作者丰子恺先生和文字的书写者弘一法师均不甚了了。画集能如此吸引余之童心，余以为除其“护生”的内容和独特的画风深受孩子们的喜爱外，平日家父茹素戒杀，悯怜弱小动物的举动对余亦不无影响。记得画册中有一幅“萧然的除夜”，画着一位老人和衣而卧，一手扪耳；而画的右上角画着一只祝福用的公鸡，一副香烛和一壶祝酒。弘一法师写的是清代人彭绍升的诗：

邻鸡夜夜竞先鸣，到此萧然度五更。
血染千刀流不尽，佐他杯酒话春生。

当时余家每逢除夕祝福，均是不杀生的，用的鸡鸭鱼肉之类等祭品，亦均是粳米粉做之成其形而已。

余稍长，进学就读，所读之国语教科书中之插图，亦为丰先生之手笔。于是余又多了一个接触丰先生图画之机会。其时余对书法艺术亦有了初步的欣赏能力，每逢拜读弘一法师所写的字，余总是平心静气，怡然陶醉。如《护生画集》中给余印象最深亦是爱读的是《松间的音乐队》，画面中间是一座房屋，旁边三棵高高的松树，天空中一群小鸟正向松树飞来，令人仿佛能闻吱吱喳喳的叫声，而置身其中。弘一法师写的是明朝叶唐夫的诗：

家住夕阳江上村，一湾流水绕柴门。
种来松树高于屋，借与春禽养子孙。

此画此诗，给我以至深的印象，至今回想，仍清晰如故。

从 1935 年起（余虚年 10 岁），父亲任镜湖书画社旅行全国展览会社长，常离家去外地展出，回家后，常与我们讲些弘一法师的故事。于是，在我的童蒙心灵中，逐渐树起了弘一法师——这位受人尊敬的和尚形象。

1936年，父亲的展览活动发展到闽北、闽南和广东，路程远了，极少回家。翌年，“七七”卢沟桥事变发生，不久日寇侵占广州，父亲、庶母等仓皇出逃香港，寄寓于大屿山东普陀寺院中。不久至海南岛文昌县，次年，日寇在海口登陆，父亲等从白延港片航入海，冒险出逃，随波漂逐至广州湾硇州岛，后始定居于赤坎市（其时尚属法国租界），并捎信叫我去粤。1939年秋，余开始了万里寻父之举，历时两月余，行程数千里，遂与父亲、庶母重逢，悲喜交集。其时父亲见局面已稍安定，在画室内悬挂起众多的当代高僧造像，如印光、虚云、圆瑛、太虚、兴慈等，其中当然亦有弘一法师的造像。我还从父亲的口述中得悉了丰子恺先生在西南后方（湘、桂）一带的行踪。而令余深为惊讶的是在这兵荒马乱的岁月里，父亲的画室兼礼佛的小楼上，依然供养着我心爱的《护生画集》和弘一法师手书经文影印本，如《佛说梵网经》《大方广佛华严经》等等。我也礼敬一如往昔。此外，父亲还多方设法探听弘一法师和丰先生的消息，余对其敬仰之情也与日俱增。

余到粤之翌年，得知丰先生已续成《护生画集》60幅（每十年续十幅）为弘一法师60寿，余欢喜雀跃，想一读为快，然由于交通的阻塞，直到1941年才如愿以偿。后来，我又拜读了弘一法师的《答柳亚子》五绝一首，诗云：

亭亭菊一枝，高标矗劲节。
云何色殷红，殉教应流血。

国难临头，也有少数佛教界败类，屈服于敌人的屠刀之下，奴颜婢膝，但弘一法师却坚贞不屈，准备以身殉教，何其悲壮。果然到了1942年的冬天，父亲带来了一个令人悲痛的消息：弘一法师已于9月初圆寂于泉州温陵养老院。全家沉浸在难以弥补的哀思之中，若有所失者数日，后来得悉丰先生发愿为弘一法师造像百尊，镌碑永念。悲怆之情，于焉稍慰。

1944年6月的一个晚上，盟军飞机的夜袭，毁灭了我的家庭，夺走了我的亲人，也夺走了弘一法师和丰子恺先生的书画作品《护生画集》……余从此孑然一身，流落异乡，一度寄宿寺院，每当晨钟暮鼓声中，回首前尘，感人生无常，凄怆欲绝。1948年我离开南粤返回故乡。途经上海，于法藏寺拜谒兴慈老法师，留寺多日，为赤城山造塔恭绘佛像多幅，并陆续收集到弘一法师和丰先生的手迹、摄影、书籍和有关史料，朝夕展玩，赏心乐事，莫过于此。

1952年暑假的一天，我在上海佛教青年会拜会了陈海量居士，并和闽南李芳春君相晤。承海量居士厚爱，赠我弘一法师用朱墨手书经偈一轴，并在彼处获悉丰先生上海寓所地址。

不久，余终于在福州路国际书店后面的一间里弄房子里，第一次拜见了仰慕已久的丰子恺先生。丰先生热情地接待了我。慈祥恺悌，和蔼可亲，令我起敬。丰先生住所十分简陋，除一张办公桌、几把椅子外，可谓家徒四壁，居中挂着一块帘布，把房间一隔为二，前为工作室兼会客室，后为寝室。那时丰先生正与女儿一吟姐一起，从事俄文翻译工作。我在室内还会见了丰师母和丰先生的姐姐丰满女士。此后，余始与丰先生互通音讯。

第二次拜谒丰先生于上海陕西南路 39 弄 93 号新居，是一幢二层公寓，其时丰先生已出任上海美术家协会副主席。公寓底层室内置钢琴一架，壁上悬挂陈毅将军撰句，丰先生手写的楹联。句曰：

彻底改造自己；将心交与人民。

联语体现了党对知识分子的关怀和鼓励，丰先生书以悬挂，用来鞭策自己，故是联亦可作座右铭读（后余曾请丰先生为我写是联一副悬诸座右）。

1957 年，余在任教之余，用中国传统肖像画技法，为弘一法师造像，头部直径寸许，画在一张四尺条幅的正中，另备函请丰先生代为补身题字。信发后迟迟不见丰先生回音，三个多月后，突然接到丰先生来信，丰先生在信中再三致歉。原来，我绘寄之弘一法师头像，所占纸中面积较小，故不为丰先生家人所注意，后丰先生发现余之信件，急令家人寻找法师头像，果于空白纸堆中寻获。丰先生并于信中赞扬我说：“弘一法师的慈容画得很像，且连肤色亦极相似。”其实，余从未见过法师一面，丰先生如此赞许，或可谓精诚所至，金石为开耶？后来，遵照丰先生之提议，由我用同样笔法为弘一法师头像补身，然后再请丰先生题字。后来一切都按计划顺利进行，最后丰先生题了“弘一法师造像”六个大字，旁署“沈定庵绘，丰子恺敬题”。余顶礼赞叹，并加装潢，什袭珍藏。只有逢弘一法师纪念日及春节方才悬挂瞻仰。

1964 年，著名教育家及书画篆刻家李鸿梁先生（弘一法师在俗学生）谓余言，“泉州将设立弘一法师纪念馆，正在征求法师遗作及有关资料，汝所藏之弘一法师手迹及造像等，愿捐赠否？”余欣然应允，即将平日所藏之弘一法师手迹及余所作造像等物悉数面交鸿梁先生代为转赠。

1961 年，丰先生携家人游黄山，曾途经绍兴，至鲁迅纪念馆参观，而其时余适出差在外，未能一尽地主之谊并亲聆教诲，深为憾事。丰先生返沪后寄来画作一幅，题为《黄山归来》。写黄山所见，一牧童横卧牛背上，怡然自乐，有着浓厚的生活情趣。信中另附照片一张，系丰先生在黄山写生时所摄。计自50年代初期，余获识丰先生后，共收藏丰先生珍贵书画已达30件左右，绘画、楹联、立轴、册页、信札、条幅一应俱全，其中一幅题为《努力惜春花》册页小品，画着两个天真活泼的儿童在努力浇灌花卉。含义深长，要我珍惜青春年华。每读此画，促我长进。可惜的是，如许珍贵的文物，都在“文化大革命”中毁之一炬。

余最后一次拜见丰先生是在1973年，其时对丰先生的“黑画”已批判得差不多了。余也所谓审查结束，恢复人身自由，特地赶到上海拜望一别多年的丰先生。一天，两人终于在陕西南路旧居的日月楼中劫后重逢，丰先生已皓首银发，垂垂老矣，彼此互诉衷情，感慨万千。余告之所藏丰先生字画已毁于一旦，深表痛惜，但见丰先生把头一仰，朗声道：“定庵重头来过！”丰先生铿锵有力的语音，至今犹余音在耳。临别之时，丰先生赠我“横眉冷对千夫指，俯首甘为孺子牛”对联一副。告别时，丰先生紧握余手，互道珍重。然此一别，竟成永诀。能不悲哉！

记得此前，余曾恳请丰先生为余复制一幅余幼年时最喜爱之《护生画集》中的《松间的音乐队》画页，不久，丰先生果然赠画予我。此画与丰先生30年代创作《护生画集》时相比，更为精工。画面上还增添了两个大人和一个小孩在嬉笑玩耍，与画面上的一群飞禽，衬托出无限生机。此画收到不久，丰先生又用钢笔写了一封来信，托我代借《官场现形记》一书。余接信之后，感触颇深。一、丰先生此时何以要看此书？二、像丰先生这样的大作家，又生活在我国最大的城市——上海，看这样一本小说，却如此困难，令我费解。其实，那时候像绍兴这样的小城市又何尝能借到这类书籍呢！为了不使先生失望，后来我托了熟人“开后门”才借到一部，用挂号寄去。现在看来，当时不得其解的诸如此类的问题，都已大白了，在我们全民族付出沉重的代价之余，历史的惨痛教训是值得后人总结的。丰先生的未竟事业还得我们后人好好继承和发扬。

另外，又使我记起一件事。1974 年 9 月 14 日，丰先生给我的信中提到的永高，姓卢，是我的同乡友人，原在上海沈大成点心店当职工，喜收藏字画，早年拜李鸿梁先生为师，后也亲近丰先生，特别是在丰先生晚年，卧病不起，永高殷勤侍候，成为生死之友。虽然，丰先生离开人世已十易寒暑了，但一吟姐家和永高家却融洽如同一家，即此一例，也体现出丰先生为人感人之深矣！

丰先生虽已永逝，但“重头来过”的名言，犹时时给我以鼓励和鞭策，忆及童蒙时对丰先生作品的崇敬心情及后来又以殊胜因缘，得亲近丰先生多年，往事历历在目，思之感慨不已！

今值“缘缘堂”复建造成典礼之际，谨作斯文，以志纪念。

1985年8月上旬草稿于杭州灵隐寺之大悲楼

1985年8月22日缮清于天台国清寺之迎塔楼

1993年9月15日凌晨再改于杭州中天竺法净禅寺内浙江省佛教协会之观音东阁，时大病初愈

亲近沙孟海先生三十年

《大般若经》云："故无有一法，而不从缘生。"我亲近沙老三十年，受先生教益，可谓至深，我虽无缘立雪，然私淑先生人品、艺品，诚无上因缘也。

早在20世纪50年代初，我偶然在友人处获读沙老的书学论著《近三百年的书学》（载《东方杂志》第27卷第2号），其评析客观公正，文笔朴实，引人入胜。其中，沙老对乡贤前辈赵之谦、陶浚宣的评论："赵字偏于优美，拙少巧多，陶字太板滞。"可谓一针见血，深得我心。书中也论到郑孝胥的书法，颇多赞词，只是郑孝胥于1932年出任伪满洲国国务总理，为国人所耻。沙老的《书学》发表于1928年。1970年，沙老曾对我说："如果《书学》再版，我欲改写。"

此后我又获观沙老书法，愈加钦佩。20世纪60年代初期，我调入绍兴鲁迅纪念馆工作，一次在展厅陈列调整时，我建议用沙老的书法来书写鲁迅先生和茅盾先生联名电贺红军胜利到达延安的电文。蒙沙老赐墨。革命的内容，名家的书法，陈列为之面貌一新。此后我曾至杭州龙游路拜访沙老，并向沙老道谢。我亲近沙老也从兹始（此事约在1964年）。

“文化大革命”开始，我和沙老音信中断，双方都失去了自由。1971年我被审查结束，曾到杭城一探沙老。当我经过沙老工作地的浙江省博物馆时，从铁栅门望去，只见沙老拿着一把大扫帚在扫地，不禁为之太息心酸。不久，沙老也结束了隔离审查，恢复了自由。我于心稍慰，窃愿沙老晚年平安地生活，从事他的学术工作，为社会作出更大的贡献。

一

1974年是我求得沙老法书的丰收年。先是，我将藏之多年的一副七言瓦当粉红色蜡笺（据说是宫廷用纸）请沙老写刘禹锡诗句：“沉舟侧畔千帆过，病树前头万木春。”笔意古雅，风格朴茂，我如获至宝，悬之寒舍，满室生辉。唐吟方在《雀巢语屑》中有如是描写：“20世纪80年代初与人赴绍兴，于沈定庵寓所获观沙老精品多幅。尤记其书房悬沙老一对联；为刘梦得诗句……精气健旺，老笔纷披。室内光线晦暗，有沙老书，则四壁生辉，真杰构也。”

是年冬，我带了一张六尺对开的旧纸，请沙老写一首曹孟德的《龟虽寿》诗。那天沙老心情很好，家中无人，沙老要我理纸，即刻就写，落笔如神，一气呵成，我对着沙老看呆了。马啸先生著《沙孟海书法艺术解析》一书中作了如下精辟的评析：

> 这一时期沙孟海还有大量的草书作品（包括章草与今草），曹孟德《龟虽寿》诗是最具代表性的作品之一。这件作品字与字之间几乎没有空隙，兼具今草与章草两种特征的作品，将近现代书坛上沙孟海式的酣畅发挥到了极致。其虽线条整体上呈一种连绵不断的缠绕形态，但在笔法上却遵守着一种简化的原则——起、收笔没有明显的角度变化，转折处也没有作过多的强调，整体立轴看起来像一幅草书化了的篆书作品，因此用“草情篆意”四字来概括它的书法意韵最恰当不过了。

二

1974 年，杭州友人送我一部《最初拓汉豫州从事尹宙碑》，末尾附有民国癸亥（1923）八月淳白吴恩元跋。吴恩元，字淳白，光绪年间举人，工书法，擅草隶。但细观此跋，笔力软弱，疑似仿制，因而对该碑也心存疑虑。为此，我在 20 世纪 70 年代后期携此碑请沙老考证。不久沙老又赐予我一份沉甸甸的“厚礼”——用一页涵芬楼制红丝八行信笺书写的考证全文：“此册乍看似一字不损本，谛观则神色较差。其中如‘贞贤是与’，‘与’字笔画有讹；‘五官掾’，‘掾’字手旁缺一趯，铭词‘位不福德’，即‘副’字，左旁从衣，此本亦不类。闻《尹宙》有砖摹本，岂即此耶？孟海读后记。”（文中标点为作者所加）钤一印“孟海”阳文。我一一对照碑文，深感沙老考证工作的仔细和精到，而读后记的书法美，是我收藏沙老书法的又一精品。

三

1980 年我已病退居家，一天，接到沙老自杭州惠函，全文如下：

定庵同志：

叶遐修同志谈及你想到杭州来工作。我正需要找一位有一定水平的同志协助编辑等工作，我正编辑书法史图录，倘你愿意屈就，或可通过组织关系作为借调，由这里单位补足你原工资（按照规定办理）。但不知你有住宿地方否？特函联系，同意后我将向上报告。请速来信，迟想失去时机。并请附示年龄及原服务的学校名称。日前方杰同志来杭，曾托彼向你联系，请将往年你送我看过的《龙瑞宫记》拓本便中带给我重阅一次，似乎他处所见有所不同，我想校对一下。如你能检取这张拓本，挂号寄给我一阅，尤所欢迎，阅后即当挂号奉还。此致敬礼！

沙孟海 5 月 29 日

惠函寄龙游路 12 号敝寓。

我读函后，真是喜悦不已。我很快就能得到在沙老身边学习工作的机会，但唯一使我发愁的是，在杭州的住宿问题。我只有一个亲戚在杭州，但他家小得可怜，后我想到灵隐寺，我与住持知交，平日常去做客，但要长期留滞是不可能的。为此我翻来覆去没有其他法想，最后我抱着万分歉意向沙老致函婉谢。直到今天，我还是抱憾于心。

沙老此函用钢笔横行书写，用的是浙江省博物馆的信笺，字迹清晰，连标点也一丝不苟，是沙老硬笔书法的范本，可贵也。20 多年过去了，我珍藏至今。

四

沙老曾对我说过，我们搞书法的人，外出最好要带一个小本子，看到好的字，随时记录。我听在心里，也这样做了。有一次去西泠印社看文徵明的法帖，见一“横”字结构很有特色，即黄字的下部左小撇，移位到木字下面，后来当我写鲁迅先生的名句“横眉冷对千夫指，俯首甘为孺子牛”联时，横字的结体就参照了文徵明的写法。展览时不少观众很感兴趣，友人问我，体从何来？我笑答“是偷来的”。沙老谆谆教诲，使我得益良多。

五

中国书法家协会浙江省分会成立于1982年1月，沙老任省分会主席，副主席为余明、商向前、郭仲选、刘江、吕迈（兼秘书长）及我。我忝为分会领导班子成员之一，此事后来我从吕迈先生《二十五载的友情》一文中才知梗概：“我与沈定庵先生相识，那是1980年，浙江省文联要我组建浙江省书法家协会时，沙孟海先生曾对我说，要请沈先生出任书协副主席。”此事十多年来，沙老从来没有向我提起过，沙老厚及后辈之高风，真古之君子。

六

1981年4月，绍兴在纪念王羲之诞生1660周年之际，有数十位书家、学者建议在绍兴成立兰亭书会，他们是沙孟海、田桓、钱君匋、陆俨少、邓白、刘江、费新我、程十发、商向前、郭仲选、范韧庵等，可谓群英济济。至翌年春上书会正式成立了，共推沙老为名誉会长，沈定庵为会长，许宋奎为副会长兼秘书长。弹指间 25 年过去了，我仍滥竽充数，一无建树，有负沙老及诸前辈的提携与厚望。

七

吕迈先生的《二十五载的友情》一文中，引录了沙老的一段话："上海王蘧常不循其师沈寐叟迹，绍兴沈定庵不留其师徐生翁痕，真善学书者。"

刘江老师在《百年树人——沙孟海和书法教育思想的初探》一书中也记录了沙老这样的话。

八

因我经常去沙老家拜访请益，所以也不时会见沙师母——包稚颐夫人。师母和蔼朴素，也擅书法，曾赠我行草条幅，书李白《黄鹤楼送孟浩然之广陵》一首，题："定庵同志教正，七六年包稚颐年七十一"，钤"包责华印"阴文、"包稚颐印"阳文。其书法流畅潇洒，有沙老笔意。沙师母很健谈，有时也和我聊聊家常。一天，沙师母和我谈起，来家找沙老的人多，在夏天的晚上，有些健谈的朋友，坐着不走，而我们要等到客人走了才能揩身沐浴。当时沙老的龙游路住处，只底层半间房子，包括寝室、会客、工作、餐饮都在内，条件之差可想而知。

后来住的条件好了一点，底层的另一间房子也归沙家，这样才有了一间像样的会客室。沙师母于1986年4月病故，享年81岁。

九

1986年9月至10月沙老和公子沙更世在杭州浙江省博物馆举行书画展览，开幕式早上我从绍兴乘车来杭，在邮政总局前堵车达半个多小时，等我到达会场沙老和更世先生已离会了，我遗憾不已，没有向沙老及更世先生道贺。这次展览，我所收藏的沙老的精品都在会上展出。曾有友人对沙老说："您给沈定庵写的字，件件是精品。"沙老笑答："他是行家。"我闻后又感动又惭愧。

十

1987年，"徐生翁、沈定庵师生书画展览"在西泠印社举行，两幅展标我请沙老书写。我的原稿"展览"两字简写为一个"展"字，沙老写后对我说，光是一个"展"字是日本人的写法，沙老都写成"展览"两字。后来我查了辞书，展和览是展开和观看，意义才完整。我深感沙老为学的认真和仔细。后来我去香港、新加坡、北京等地举行书展都用沙老这幅会标，深受观众赞赏，并为展览增光。

1989 年春，我应湛江市文联的邀请，在雷州、赤坎两地举办“绍兴沈氏一门书画展览”。沙老题写的展标端庄朴厚，是沙老所题展标的精品。

1989 年冬“余明吕迈沈定庵三人书法展览”在辽宁省博物馆隆重举行，展标由余明老请沙老题写。

过了几年，由我提议，我们三人去湛江市举办一次联展，因为吕迈副主席是书家又兼画师，所以沙老题为“余明沈定庵吕迈书画展览”。可是由于余老疾病缠身，展览没有办成。展标早寄湛江文联，下落不明，幸我留下影照。

十一

约在 20 世纪 90 年代，我受杭州市佛协负责人之托，代请沙老为杭州净慈寺山门前大照壁书写“万法归宗”四字。当时沙老风趣地对我说：“我非佛教信徒，要我写此四字，不是把我也归宗去了。”为此我回报杭州佛协。他们要我转告沙老，此四字是照壁的旧句，现在是补写，至于书写者与归宗无关。后来沙老同意写了，写得很精，可惜我没有摄照留存。不料时隔很久，净慈寺的照壁却出现了“南无阿弥陀佛”的佛号，是商向前先生写的，真不得其解。一天，张令杭先生（沙老女婿）对我说：既然他们不用沙老的字，那就请还给我们。我去说理，那位负责人含糊其词地说：净慈寺当家换了几任，一时找不到了，真是莫名其妙。后来此事不了了之，但我很内疚，感到对不起沙老。

沙老说他不信佛，但由于我信佛，所以国内不少寺院托我代求沙老题字。如上海玉佛寺为重修大殿楹联，托人请沙老书写首联，但快一年了没有消息，后来该寺方丈真禅大师央我代求，因工程将竣，事急了，我专程去拜访沙老说明原由，沙老应允了。因为是长联字多，我本拟请沙老写小联，由他们去放大，但沙老爽朗地说，写原大的，因家中条件限制，我说去灵隐寺写，沙老同意了。他坐在莲灯阁的大厅里簌簌地落笔，我平时看沙老写字很少改笔添笔，但这次改添的很多，可能是因制抱对有关。书毕已近正午，根源法师已备好素斋留膳，但沙老婉谢，我们一道送沙老回家。

又如广州的六榕寺，六祖禅堂要悬一块“一花五叶”的匾，该寺住持是我童年的方外交云峰大师，托我代求沙老赐墨。沙老如往应允了，当时我怀着敬意对沙老说：“您为寺院题字，功德无量。”沙老呵呵地笑了。“一花五叶”，行中带隶，笔力遒健雄厚，匾的制作也很精良，深黄色底，金箔贴字，庄严非凡。过了几年，六祖堂重修，此匾也重修一新，当工人将匾上挂时，我正好在寺，睹状急命人摄影留念。现在沙老虽离世多年，但观此匾，沙老遗墨将长留六榕古刹。

广东雷州胜迹“雷祖祠”是雷州历史悠久声望最大的祠宇。原有祠额为旧时省领导所题，1991 年祠庙重修，主事者为雷州著名画家喻民东先生，他深仰沙老书法，拟在祠的山门前建一大型的三孔石质牌坊，民东先生托我求沙老题额，沙老也应允了，题额的落款：“沙孟海年九十二”。祠额镌刻后，巍巍庄严，民东先生的一番心愿也完满了。第二年沙老离开了人世，这也是我最后一次求沙老写字。哲人其萎，太息不已。

十二

绍兴古刹开元寺，在 20 世纪 20 年代，寺主邀请邑中名书家李徐（即徐生翁）题寺额。字大盈丈，亦隶亦魏，奇伟挺健，气象万千。寺额问世后，观者如堵，有“满城争相话李徐”之美誉。绍兴词人王素臧观额后，罗拜再三，并谓额书出自六朝人之手，非今人所能为。还赠诗云：“三百年来笔一枝，青藤今日有传灯。”

沙老对开元寺额有过如是评析：“旧时屡过绍兴开元寺，激赏翁三字题榜，峻健开豁，想见早年功力。”后来沙老多次向我提起过寺额，并告知在抗战前，宁波至杭州的火车只通上虞曹娥，正午时刻，旅客多在绍兴城内用膳、逛街，沙老则多次往观寺额。追忆数十年前的往事，朗声笑语，犹怀当年激赏之情。书家相敬，堪称楷模。

我珍藏恩师徐生翁先生的一页临《史晨碑》斗方（用元书币临写），于1973年请沙老题跋，云：“右徐生翁临《史晨碑》之散叶，但取风神，不求貌似，用笔结体乃类安阳晚出《子游残石》，若徒以形相绳之，失生翁矣。定庵同志携示属题，沙孟海一九七三年盛夏。”我读完沙老的题词，我为恩师会有这样好的知音而感动不已，生翁老师地下有知，也当莞尔。

我还收藏着生翁师的一卷小字杂稿，也蒙沙老书题：

> 越郡前辈赵扬叔《章安杂说》言书家最高境古今二人耳，三岁稚子能见天质，绩学大儒必具神秀，故书以不学书不能书者为最工，生翁晚起下笔多参小儿体态，殆有味乎乡先生所云者。世或目翁主张太过，几欲毁冠裳披木叶，得失之际，盖难言之。旧时屡过绍兴开元寺，激赏翁三字题榜，峻健开豁，想见早年功力。此卷皆晚岁短札，随手写记，拙而不矫，望之类敦煌碎纸难得。定庵道兄属题，即乞是正。丁卯（1989）仲春沙孟海年八十八。（钤“沙邨唯印”阴文，“孟海”阳文）

沙老如此美妙的题跋，实在难得，难得。以上两卷，我皆视为传家之宝。

十三

山阴画家沈华山先生
暨诸素君夫人衣冠冢

一九九一年二月
沙孟海敬题
（钤沙孟海印）

沙老为先父、先庶母所题碑文，是由沙老的公子匡世先生用挂号寄来的，并附有一笺，全文如下：

定庵先生：

近好！墓碑的事，本来父亲早准备写，因家中条件差，物件较乱，您带来的纸，我找了几次，未能找到，幸亏来函说明了尺寸，现已按尺寸写成寄上，想能赶上您春节后带去，顺致冬安。

匡世
2月6日

我接到沙老的碑文，又读了匡世先生的来信，深深为沙老父子俩的高情隆谊所感动，沙老还为我改顺了文句，而且用敬题两字，这是很少见的。碑文59.5厘米×38厘米，用大理石镌刻。碑阴是我写的行述，文如下：

先父华山公，1903年生于浙江绍兴，家贫，自幼爱画，先从邻里金云岩先生习工笔画，后又师事大画家王一亭先生，擅写意人物花卉。20世纪30年代初，组镜湖书画社旅行全国展览。抗日战起，经穗、港、琼辗转来湛，设画社于赤坎。曾与岭南著名画家赵少昂先生举行义展于清凉禅寺，先父在湛数载，为弘扬祖国文化发展书画事业做出贡献。1944年6月2日夜赤坎遭空袭，先父不幸遇难，年四十二岁。先庶母沈诸氏亦工绘事，尤精传神，与先父同时遇难。岁月悠悠，沧桑多变，今营此冢，魂兮安归，并作纪念。

公元1991年3月，男定庵谨志

（1995年）

与方介堪大师的殊胜因缘

方介堪（1901—1987），原名文榘，后改名岩，字介堪，笔名方岩，斋名玉篆楼、晚香堂，浙江永嘉人。方先生是近代著名书法篆刻家，曾任上海艺专教授、西泠印社副社长。先生长我二十六岁，故我与先生为忘年交。我于先生人品艺品敬仰有加，只是当年温绍两地交通不便，故少亲近求教。“文化大革命”结束以后，我首次去了温州专程拜访方老，值方老卧病在床，我向方老请安并祝早日康复。为了不影响病人的休养，我不敢久留，告辞时，我们亲热地握着手。谁知这初次的晤面，竟成最后的诀别，这是何等意料不到的伤心事！

回家不久，蒙方老厚爱，他托人带来一个元书纸包的小方包，上面写着“沈老”两个毛笔字。揭开纸包，又有一层用油光拷贝纸包着，再揭开这一层，使我惊喜的是竟有一叠方老手镌的印章蜕片，鲜艳夺目，美不胜收，细数竟有 46 枚之多。另有一张较大的边款蜕片，曰：“篆此并题万象逢春，开四化和平，建设乐融融，明分利弊，严风纪，永暖民心庆大同。八十三叟介堪方岩识。”我急觅印文，刻着“万象逢春开四化”，朱文，秀挺绰约，渊雅合度，确是名家精品。欣赏之余，深感先生以耄耋之年，对国家和同胞怀着一颗火热的心和美好的期望。

方老还附着一张小纸条，高仅14厘米，阔5厘米，却用毛笔写了四行蝇头小字，文曰：“奉上印蜕一份，请照次序剪贴立轴，便于展出，或编订印谱亦可。以上印章，在刻成时便寄到国内外去，边款仅拓一份留底，待有助手，当抄录一份寄上可也。介堪记。一九八三、十一、十三日晨五时灯下病后。”方老这张亲笔手记，给了我极大的感动。八十多岁的老人，在这么小的一方纸上，写上这么许多字，而且条理清晰，文法又美，更难得的是方老作此记时是在凌晨灯下，还是抱病之身记成的。我非常感动，把方老此记当作方老晚年的一幅书法代表作。我于方老，何以言谢，何以报答！

从这只小纸包中，透视出方老做事的细致认真，纸包里除了印蜕、手记之外还附有一小张方老的好友大画家张大千先生的书照，文曰：“敬乞介堪吾兄赐刻：‘以放易庄、以简易密、闭门造车、有此山川。’以上之印一寸半左右，或二寸长、一寸宽，并乞朱文为感，口也。弟季爰叩首。”毕竟出于画家之手，小小字幅，章法书法，呈现美感。我也一一检读这四枚印章的印蜕。此外，方老还为大千居士刻了不少印章，足见两人的友谊之深。海内外求方老治印甚众，在这包印蜕中就有新加坡最著名的诗人书家潘受先生，台湾的著名作家台静农先生等所用之印。

行文至此，笔者自思与方老仅一面之缘，而方老如此厚我，赐赠众多的艺术珍品。佛家云：世间的一切事物都是由因缘和合而生。《大般若经》偈：“故无一法，而不从缘生。”我亲近方老，这是一段殊胜因缘。

（1996 年）

镜湖书画社最后一位社员车公初

20 世纪 30 年代初，家父华山公在绍兴创办“镜湖书画社”。一时越中书画名家如徐生翁、朱秋农、赵雪侯、李鸿梁、周茂斋、郦荔丞、翁介眉、范穉白诸先生会聚一堂，切磋艺事，开展交流活动。它是绍兴较早的民间艺术社团，颇具影响。

其时有青年书画家车公初先生，怀着对艺术的憧憬和追求，也参加了镜湖书画社。当时车先生才 25 岁，是最年轻的社员。此后依靠前辈的提携和自身的勤学，书画技艺大进，深受家父的器重。家父赴省内外举行镜湖书画社全国巡回展览会时，车先生也随同协助。车先生增广了见闻，眼界也开阔了。此后车先生就在家乡以书画作为他的终身职业。

车先生绘画路子很宽，诸如人物、山水、花鸟、走兽，旁及书法篆刻，无一不窥，也无一不能。由于他的基本功扎实，所以他在临摹上有独到之处。绍兴三味书屋墙上挂有一幅《梅鹿古树图》，笔墨淋漓酣畅，形象逼真，用笔细腻。原来这幅佳作就出于车公初先生之手。这里还得说明，此画原作是清代陈肇域所作，系三味书屋文物，不能长期陈列。为此，鲁迅纪念馆成立不久，馆方就请车公初先生临摹一幅，陈列悬挂直到今天。

1983 年，上海《美术丛刊》编辑向我征集徐生翁先生书画作品，准备在该刊发表。在提供先师作品时，我无意中将车先生的一幅临作“文章或论到渊奥；山水又足供欢咍”的对联夹杂在内。待到《美术丛刊》23 期发刊时，居然发表了车先生的临作，并将联尾四字“渊奥”“欢咍”局部放大。细观其字苍劲古拙，神采奕奕，难怪编辑赏识。

1987 年 12 月，我在杭州书画社举行徐生翁先生和我的书画联展，还将车先生临摹之联，一并展出，附加说明：“此联为绍兴书画家车公初先生临摹”，颇受观众注目。

车先生今年已 92 岁高龄，精神矍铄，每日清晨要去小区园地散步，茶室品茗。绍酒是他的喜爱之物，他还偶尔提笔作画。我作为晚辈，不时叩访求教，获益良多。自先生 25 岁入社至今，已近 70 个年头，岁月如流，镜湖书画社众多的书画家凋零殆尽，唯有车先生这个硕果仅存的社员了。回首前尘，感慨不已。近期车先生身体稍有不适，卧床休息。据其家人告知，他还爱吃酒。行文至此，衷心祝愿先生早日复康，寿越期颐。

（2000 年）

话说梅湖草堂和梅柳草堂

小时候，父亲对我说“我们的老家在钱清后梅”（今属绍兴县），又说村旁有湖，名曰梅湖，景色宜人。后来父亲成为绍兴城中颇有名气的画家，父亲用梅湖草堂作为他画室的斋名，又刻了一方“梅湖是我旧家乡”的闲章，以示他对老家的忆恋。可我从出生到14岁（1940）因避寇难离开绍兴，从未去过老家一次，身在异乡，老家的风光，只有求诸梦寐。后来我也学会了涂鸦，不时沿用父亲的梅湖草堂落在书画跋款中，增添了我书画中的一点雅气。

1999年春天，际遇来了，当时中国书法家协会主席沈鹏先生光临绍兴，参加兰亭书法节。我在拜谒沈老的同时，曾面求沈老赐题“梅湖草堂”一额，幸蒙沈老允诺。时隔不久，一天，沈老在秘书的陪同下，亲临寒舍赐赠法书，令我欣喜若狂。沈老的书法内柔外刚，跌宕起伏，妙造自然，“梅”字的结体用两个“呆”字组成，别开生面，引人入胜。沈老的秘书在一旁补充说沈老此幅的跋尾写得尤为精彩，款曰：“己卯（1999）暮春，兰亭书节，后二日，逢天朗气清，奉定庵先生道长补壁。沈鹏。”钤沈鹏、沈氏两印。沈老既是我的长辈，又是全国书界的领袖，如此厚我，真令我受宠若惊。我展卷再读时吃了一惊，原来“梅湖”写成了“梅柳”，我不敢作声，暗想我的绍兴官话可能使沈老误听，这如何是好？幸亏我急中生智，连连说，“多谢沈老再赐我一个堂名，太好了，太好了”，就这样相对莞尔。这实在是一桩佳话。此后，我将梅柳草堂书额精工装潢，悬诸客厅，观者莫不留连赞叹。

沈老既是大书家，又是著名的学者和诗人。没过多久，沈老从北京寄来大札，告诉我梅柳的出典，原文如下：

> 定庵兄，得大札甚喜，山阴之行为近数年来值得回忆的一件盛事，只可惜时间太短，为兄题堂名，后来回忆少陵先祖杜审言有“云霞出海曙，梅柳渡江春”之名句，故虽违尊嘱，乃于潜意识中得之，谅兄勿以为怪也。时序入夏，甚热，尚祈珍重。即颂永康，愚弟沈鹏，六月五日。

沈老大札用两页宣纸书写，挥洒自如，字字珠玑，余爱不释手，乃将手札什袭珍藏。十余年来，每当晴窗静坐，捧读手书如亲聆沈老教诲。每思沈老厚我爱我，将永志不忘。

（2000 年）

红茶先生在绍兴

海宁沈红茶先生（1902—1985），名寿朋，号大寿，自幼聪慧过人，善书画及诗古文字，秉承庭训，根底茁实，及长就从事书画艺术，成就卓著，享誉两浙。先生艺事之余，又好山水之游，屐痕处处。大河上下，长江南北，尽收腕底，化为画稿诗篇，故先生书画诗文，妙造自然，自成一家。

抗日战起，先生辗转于豫、苏、鄂、湘、桂等地，对日寇口诛笔伐。虽旅途艰辛，仍不废绘事。后慕越中佳山水，乃于1937年抵达绍兴，初曾主编《绍兴商报》副刊《金鼓》，又兼稽山中学教职。后在绍兴三区专署政工室从事抗日宣传工作。工作之余喜和绍兴众多书画名家相结交，尤和先师徐生翁及李鸿梁、张天汉、赵雪侯诸先生友善，切磋艺事，增进友谊。先生留绍时曾在商会举行个人书画展览，深得越人好评。

1938 年春暖时节，张天汉先生邀约越中知名书画家，如徐生翁、赵雪侯、李鸿梁、郦荔丞、澐簃、贺扬灵及印西和尚等雅集城西小云栖古刹，沈先生也与会焉，并创作《九友图》，在斗方的素笺上，九位画家各绘兰蕙一株，墨分五彩，各显芳姿，馨香满溢。张天汉先生还为图作了记述：

九友图

戊寅小春月朔，贺公培心，暨松泉、秋农、生翁、雪侯、红茶、荔丞、鸿梁、印西雅集春水闲鸥馆。内子雪清出肥螯旧醅饷客，酒酣，处德以素笺索画兰蕙，宾主九人合作是帧，良可宝也。为之记。（下钤天汉一印）

《九友图》今为余所庋藏，诚翰墨胜缘也，记中所述松泉即沈涛，为贺扬灵秘书；秋农朱姓，系绍兴著名词家；处德乃天汉先生公子，曾任陕西省长邵力子秘书，工于诗词，亦为余之良友。岁月如流，当年聚会诸公，都已先后谢世。晴窗展卷，遗韵犹存。

红茶先生在绍数载，勤于作画，又喜与画友合作。理应有较多的作品留在绍兴，但六十年来，沧桑多变，至今偶尔获得一帧半轴，实属凤毛麟角。近年我经朋友多方协助搜集已得数品，其中一帧四尺条幅，纸本，是与友合作之画，沈先生在上半截用大写笔意绘一竹篓，松松淡淡地勾勒，编织出一个硕大的竹篓，至少能容纳百数十只大闸蟹。后由鸿梁先生用焦墨在竹篓口边画了一只毛绒绒的大蟹钳，旁加两中小蟹爪，看似大蟹由后向篓顶爬了上来，但不露全貌，窥视前方，真是把蟹画活了。一根竹竿，一枚钓钩，丝线细得要用放大镜才能看出来，妙不可言。雪侯先生在画的右方画了一把大酒壶和一只酒杯。寥寥数笔，造型简朴古拙。最后是守诚先生插上一束黄艳艳的菊花，显示了菊黄蟹肥的秋令季节，构思新颖，笔墨精练，诚妙品也。是轴亦为余所珍藏。

1940 年初冬，日寇向绍兴流窜，红茶先生结束了在绍兴的笔墨生涯，向浙西转移。一次红茶先生求画于生翁先生，先生欣即以一梅一荷报之，并在荷轴上题了“不染”两字以明志。

八年浴血抗战，终于获得了胜利。红茶先生于 1947 年 5 月再度回到了第二故乡的怀抱。

到绍兴后，先生除了会晤旧友外，不久即再度假座商会举行书画展览。生翁、雪侯等旧友前往祝贺参观，并对先生以甲骨文字作画的创新之举表示赞赏，赵雪侯先生还赋诗三首以赠。

我于 1979 年 7 月间到海宁拜访先生，老人家高兴极了，说是“天外飞来”。只是当我诉述故乡前辈书画家都已先后凋落，两人相对黯然，伤感不已。此后相互时通音信，先生并馈赠墨宝，我也书奉先生一联：

屋小能容膝，堂深亦读书。（因其时先生届耄耋之年，身居陋巷，仍手不释卷）

1982年8月，我和家人再度访谒先生，先生道体尚健，思维清晰，并记录生翁先生二三事示余，至为可贵，今抄录于下，以飨同好：

常见生翁先生所书楷书，笔力工整，清丽娟秀，绝非后之所见苍茫高古突兀绝俗。

余尤爱其作画，笔笔顿挫，笔笔转折，似稚子执笔，不会画而画者也。

1988年10月16日，先生因病与世长辞，享年84岁。今年为红茶先生诞辰100周年，海宁市将隆重举行“沈红茶先生诞辰100周年纪念活动”。先生地下有知，定会莞尔。余谨撰此文，聊表对红茶先生的敬仰和缅怀之情。

（2002年）

缅怀著名学者、教育家、篆刻学家徐无闻先生

笔者深信在芸芸众生之中，成为相知，变为莫逆，都离不开“缘”字。我和徐无闻先生相隔万里，先生远在西南，我则局居东越，先生成为我的良师益友，也凭一个缘字。1982 年的冬天，徐先生随四川省书法家代表团访问浙江并顺道来绍兴参观。徐先生在府山公园越王殿前看到我书写的“古越龙山”大字竖碑，对其赞扬有加，他后来曾这样评论：“……沉着飞动，笔力可追邓完白，如不是对汉魏古刻浸淫甚久，断不能到此境界，心甚仪之。”当天，四川书协代表团和绍兴书协代表成员在碑前合影留念。从此，我始和徐先生相知。徐先生敦厚朴讷，有君子风度。给我留下深刻的印象。只是两地相隔万里，聚会不易。后来在西泠印社成立 80 周年纪念会上我们有幸重逢了，蒙他又对我一番嘉勉，说：“又看到他的行书的功力亦不减于隶书。”我听后感愧交加。难得有这样一位大学者的知音。有幸，有幸。

在西泠印社80周年学术交流会上，徐先生一连发表两篇分量很重的论文：一篇是《简论方介堪先生的篆刻艺术》，另一篇是《纪念篆刻学家易均室先生》，都是精辟之作。尤其是易均室先生这篇论文，是徐先生应社长沙孟海先生的嘱托而撰写的。沙老还如此评价：“世间不可无易均室。”又说：“易先生如清之汪秀峰。”推崇如此之隆，实属少见。易先生为徐先生业师，名师出高徒，相得益彰。这也可见沙老力荐贤哲，是文人相亲的典范。

1993年间我不避鄙陋，筹划出书《沈定庵书法作品选》，请湖北书论名家吴丈蜀先生作序，又敦请徐先生撰文，很快得到了徐先生的回复，他谦逊地说：“认为吴丈蜀先生的序文，犹如‘夫子言之，于我心有戚戚焉’！”因此，徐先生为我写了一篇跋文，除了重复褒扬我书法外，更语重心长地说：“先生今年六十有六，并不算老，虽成熟，而前途正未可量，希望沈先生长保健康，继续创作，取得更高的成就。”然而天有不测风云，良才天嫉，在徐先生为我的书法作品选作跋仅一个多月后，竟遽尔离开人世，年仅62岁。我得悉噩耗后，几不能信真。先生跋文，尚有余温，但事实无可挽回，我悲痛欲绝，又因关山远隔，不能亲往祭悼，最后含着泪水拟完了以下这封唁电：

微躯因病在外疗养，近始读7月21日《书法报》陈龙海君文，惊悉徐师仙逝，忆五月间徐师尚抱病为拙书选撰跋并赐长函，情深谊长，铭感五内。今英才陨落，诚吾国学术界、教育界、篆刻学界不可弥补之损失，余也顿失良师益友，临电怆恍，泣不成声，蜀越相隔万里，他日当趋先生墓茔凭吊，伏乞徐夫人及亲属节哀保重。

电报是请重庆北碚西南师范大学转先生家属的。

1995年8月我和家属去了成都，专程去了徐先生家拜访徐夫人，并向徐先生遗像致礼，睹状睹景，心酸不已。后来，徐夫人和公子等特地来到绍兴看望我们，亲人相会，欣慰不已。

自此以后，我留意报刊杂志，见有徐先生的遗文和他人撰写的纪念文字，我都一一收集剪辑，还用红线勾框，容易认读。日子久了，收集了满满一透明夹，上面还写了“哭徐无闻先生”六个字，以表我的哀思。

2006年8月11日，由中国书法家协会、浙江省书法家协会和绍兴市人民政府三家主办的“沈定庵书法展览”在北京中国美术馆举行。在隆重的开幕式上，我没有忘记徐先生，我在致辞中特别提到徐先生过去对我讲的一段话：“沈先生今年六十有六，并不算老，虽成熟，而前途正未可量。希望沈先生长保健康，继续创作，取得更高的成就。”当我在全场肃穆凝静的气氛中，读诵了徐先生这几句铿锵之言，我的心怦怦跳动。从徐先生勉励我时至今，韶光飞逝，整整20年过去了。20年来，我虽有些进步，但艺无止境，要争取更好的成就来回报徐先生对我的厚望。

徐先生生前长期从事教育工作，兢兢业业，诲人不倦，成绩巨大。此外，还大量撰著篆刻学的论文和其他著作。他编辑了《秦汉魏晋篆隶字形表》及《汉语古文字字形表》两本巨著，而后者尤为难能可贵。盖秦汉至六朝期间，汉字演变至为迅疾，前人为资料所限，向乏专门著作，是书不但搜辑完备，编排复井然有序，引证详明，允为研究汉字及书法、篆刻者不可或缺之宝典。

数年前，在绍兴图书馆工作的女儿替我购得徐无闻先生又一巨著《甲金篆隶大字典》，我喜不自胜，此书收列之字形，时代从商代至西晋，约一千五百年，字体从甲骨文至隶书，基本展现了现代汉字以前的演变过程。就取材而言，书中新资料近一半。内容之丰富，堪称同类字典中之翘楚。这两部辞书对我书写篆隶参考和帮助特大。几乎每日都在我的书室案头与之亲近，每每查阅，如见故人，如与徐先生求教对话。

目前，那贮存有关徐先生遗文及他人纪念先生的文字的软壳袋子已装得满满，我把那张“哭徐无闻先生”的条子换上了“纪念良师益友徐无闻先生”。愿其成为我对恩师永久的纪念。

（2007 年）

与莽园画师的一段翰墨因缘

早在12年前的初冬季节，“莽园书画展”在杭州浙江省博物馆展出。其时我正在杭城，虽然同为西泠印社中人，但却少晤面。机会难得，欣然前去参观。据后来莽园师告知我那天是买了10元门票的，他还说：“不胜抱歉之至。”这也说明为了学习和鉴赏莽园师的艺术，买票也是值得的。当时莽园师不在场，由师的次公子郭青君接待，观师书画雄伟遒健，气象万千，赞叹不已。观后承郭太太及摄影师吴俊荣君陪同赴楼外楼出席莽园师晚宴。同席有澳门著名学者林近老及苏鉴良、黄镇中、吴俊荣、曾永平等先生。席间留有摄影，是主人举杯，林老、黄镇中兄和我同饮。莽园师后在来信中热情地说：“翻箱倒柜，终于把照片找出奉上，斯人（指林老）已杳，不胜惆怅。”关于林老，我曾到澳门拜访过，始知老人还是一位慈善家，在澳门设有药局，施医、施药。对于他的离世，我深有同悲。

杭城聚会，及后来的鱼雁往返，深感莽园师是一位直心肠、坦率热诚的好朋友。可惜我二人地处潮越，亲近不易，深以为憾。这期间最令我难忘的一件事，即十余年前，我在绍兴收藏一幅名画，画的是《长江万里图》，款署韩江杜士乐，大堂，高 136 厘米，阔 76 厘米，纸质，笔墨精良，大家手笔。但遍查画史录，无有出处。如此画人，世无传之，惜之。但我心有不甘，一日忽想起莽园师，不也是韩江籍吗？向师求教或有所得，因此我把画照寄给莽师。果不出所料，不久就收到莽师佳音，并附来题跋一长条，高 102 厘米，阔 8 厘米，两行小行楷，跋云："杜士乐广东澄海涂城人。活动于清乾、嘉年间，长期在广州六榕寺附近鬻画，曾为广州陈家祠绘制壁画。传世作品有山水人物，潮汕有'好画杜士乐'之美誉。此帧挥洒自如，苍劲浑厚，纵横有致，淹滋蕴秀，弥足珍贵也。戊子（2008）春，后学莽园识于韩江。"钤莽园朱文、郭白文两小印，右上角钤一闲章：我写我所好，白文。此跋文书并茂，读后如获至宝，始深知杜老乃粤东不可多得的人杰。莽师还附短札："新年大吉为祝，嘱找杜士乐资料，《潮汕画人录》语焉不详，只能如此而已。有负所托，迟复并乞深谅之。"莽师如此谦虚，其实已令我十分满足矣。

从 2008 年的通信联系后，又是五年过去了，良缘又续。

今年3月我到湛江祭祖，归程路经广州，始遇香港书画报总编范淳奇先生于广州宅第善斋，因范总也籍隶潮汕，我油然忆起莽师，但竟然记不起莽师的名姓，只说对方也是西泠社员。幸亏范总识长，说潮汕西泠社员惟郭莽园先生一人而已，并云自少常去郭家串门，现郭老也迁居穗城，良缘难会，范总即以电话相邀，蒙其欣允，由其公子陪同莅临善斋。自杭别后，羊城重逢，喜不自胜，相互聊个不停，并一起在善斋留影。是日为三月上巳，晌午范总在邻近酒楼设宴款待，席间觥筹交错，尤胜兰亭雅集。明年农历二月，为五十年知交，原广州六榕寺长老，当代高僧云峰大和尚圆寂十周年，我必定去穗祭悼。另有一个心愿，拟将杜士乐画轴随带来穗，到时恭请莽师将题跋直接题于图画右侧裱框上，以垂永久，但未审此愿能得莽师赏赐否？

（2013年）

沙老会标，历久弥新

敝庐梅湖草堂珍藏有沙孟海先生题署之三幅会标，历久弥新。每瞻仰，皆起思念之情，兹以拙笔记述之。

《徐生翁书画展览》，高四尺，阔一尺。纸质。款署“沙孟海题”，钤“孟海”白文。先师徐生翁先生一生淡泊名利，其书画之精湛，时人评为“前无古人，后无来者”。终其一生，不曾举办过一次个人展览。作为恩师唯一弟子，久想为师办一次遗作展览。乃于1988年元旦，假座杭州书画社展厅举行。为隆重起见，事前我特地赴杭拜访沙老，恳求赐题展览会标，沙老满脸喜悦，一口承纳，不数日七个大字“徐生翁书法展览”赫然呈现眼前。我喜极，竟不知如何言谢。沙老此轴，融北碑，陶分隶，笔力千钧，字安周鼎，古朴苍劲，气势非凡，字里行间透出沙老对先师的推崇之情，甚可宝也。

展览盛况空前，计有9650人次莅临，其中外宾

100 多人。最感人的是著名书画家陆维钊先生亲临，坐着轮椅细看每件作品。香港《文汇报》社长金尧如先生专程从上海赶来，观后即席赋诗一首：“吾越有二徐，文长与生翁。前后五百载，龙虬舞天风。”

《沈定庵书法展览》，高四尺，阔约一尺。纸质。款署“沙孟海题”，铃白文“沙孟海印”。笔者之拙作附先师展览之骥尾。沙老题幅凝练沉稳，挥洒灵动，干净利落，大为展览增色。

《绍兴沈氏一门书画展览》，高三尺半，阔近尺。纸质。款署“沙孟海题”，钤白文“沙孟海印”。这次展览应广东湛江市海康县之邀，先后在海康、赤坎两地展出，计有先父华山公国画 9 幅、笔者书作 24 件、小儿大晔书作 12 件，颇受两地观众赞许。沙老此幅会标，又是一个风貌，雍容华贵、厚实端庄，耐人寻味。沙老书此会标于 1989 年，时九十高寿，为沙老晚年不可多得之精品。我亲近沙老三十年，蒙不弃，时承教诲并赐墨宝，厚我爱我，诚我一生之殊胜因缘。

三十多年过去了，沙老已归道山。以上沙老所赐之会标墨宝，我什袭珍藏，视作传家之宝。时或一睹，感物思人。行文至此，想起沙老曾经和我谈过一件事。现在通行的某某书法展、某某美术展，沙老说，这是日本人的用词，意思是不完整的，展是把作品陈列出来，览是让人观看，这样意思才完整。试看沙老题写的三幅会标，写的都是“展览”，沙老深厚的文史底蕴可见一斑。

（2018 年）

追昔抚今

日本侵略我国时，我随父亲避难于广州湾（即今湛江市），曾从林众可先生（宋庆龄、鲁迅等倡导之自由大同盟成员）习汉隶，而先生于隶法最钦佩清代伊秉绶。他以《默庵集锦》和手临《苏文忠公妾侍朝云墓志铭》等供我研习。我心摹手追，几至废寝忘餐。

一日，至市肆过一商店门首，遥望店堂深处，悬有大字隶书对联一副。字体雄伟开张，有咄咄逼人之势。我犹如被磁石吸引，身不由己，移步至前，原来是伊秉绶的手迹。联句曰："强恕事于仁者近；扮谦身向吉中行。"此系我首次获读伊秉绶真迹，欣喜若狂。一看再读，徘徊不忍离去。伊先生用墨，浑厚华滋，溢于纸表，妙不可言。

当时我因爱书心切，又因稚气未脱，乃向店主人恳借临摹，店主人见我年少，又素昧平生，起初哈哈大笑，接着便答允了，要我明日自备纸墨来此临写。我归家即告知父亲，父嘱我做好准备应约前往。我连夜磨墨盈瓯，翌晨怀兴而去。店主人见我到，便命店伙计将四方桌两顶并合联前。因我个矮，又搬来小凳，然后展纸对临。记得当时有不少人围观。待我写毕，店主人对我嘉勉了一番。

后来父亲向店主人道谢（原来他们之间是熟识的），店主人蔡惠和先生，除经商外，喜欢收藏名人字画及历代碑帖。承蒙他厚爱，尽出所藏，供我临摹。我获此良机，便探本求源，推索其意。于两汉金石则好鲁孝王刻石、张迁、衡方、华山、西狭颂、石门颂、史晨诸碑，每种各临摹数十遍。于篆则学散氏盘、石鼓文，又复沉浸于六朝、北魏书体。这样朝夕临读，寒暑不辍，达数年之久，受益匪浅。一别湛江，已四十余年，每每忆及当年学书情景，及蔡老惠我之深，总是感慨万端。

事有凑巧，当我草此小文之际，获读香港出版的《书谱》第五十一期“伊秉绶专辑”。其首页即为伊秉绶隶书：“强恕事于仁者近；扮谦身向吉中行”一联。

（1983 年）

我的日本书友——筱原先生

1982年初秋，全日本美术振兴会访华团莅临兰亭，我作为兰亭书会一员，参与其盛。访华团中的筱原紫流先生，系日本书道院、西日本美术协会理事，为日本著名书家。他在右军祠内仰视墨华亭额，驻足良久，亭额有跋语：“张陶庵先生昔访兰亭故址于天章寺之前，拟一亭名曰墨华，今移建于此而仍其额。丁巳春日陶恩沛识。”筱原先生询问张陶庵为何许人。我答道：“陶庵即明末绍兴著名作家张岱。”筱原紫流高兴不已，和我握手，继而邀我及省著名书法家徐润芝女士同至墨华亭额下携手摄影留念。筱原先生伸大拇指称道张岱，可见其对张岱道德文章的景仰，乡贤为世所重，我当然为之高兴。

这天，中日两国书家在右军祠长廊挥毫交流书艺，我正在漫涂之时，见筱原先生由翻译陪同而来，说要赠我书作。他以四尺整张宣纸，濡墨凝神，用如椽之笔挥成一“龙”字，钤白文印“筱原几男”。我敬领之后，也以书作答赠。时观者如堵，频频鼓掌，友好的气氛，甚为浓郁。

综观筱原紫流此幅作品，笔墨淋漓，大气磅礴，布局新颖，其结体用笔冶篆籀汉简于一炉，古拙可爱，状若苍龙，腾跃纸上。其渊源于我国书法传统而有创新，故喜而珍藏。

去年秋天，我曾赴郑州参加“国际书法展览”，筱原紫流也有巨幅佳作展出，气韵畅达，用笔提按变化，显示独特风格。观书如见故人，乃在其书作之旁摄照留念。

（1985 年）

我和隶书

我 6 岁习字，12 岁起在双亲（我父亲华山为近代大画家王一亭先生弟子，庶母诸素君工写照和工笔人物）的训导下，系统地学习金石篆刻、书法、绘画。回忆当时处在战争年代，又居于文化极为落后的广州湾（今湛江市），父亲于书法擅长行草，但深爱篆隶，我初学汉隶，家里只有一册石印本的《史晨碑》。还有两幅乡前辈田四先生的隶书（节临《石门颂》）和大篆楹联（集散氏盘字）。田四先生的篆隶令我倾倒，可惜我与田先生无一面之缘，无从聆教，但心香一瓣，永为我的私淑良师。

大约在我 14 岁的那年，父亲为我敦请了一位广州湾的宿儒冯凌云老先生（他是前清的拔贡）。冯先生主要讲授史书及古诗、文字，亦擅隶书，他的隶书近《乙瑛》，较为工整，在广州湾是首屈一指的。外界和广州湾之间的海上交通稍为畅通，书店里多了一些珂罗版影印的字帖出售。一天，父亲喜冲冲地为我买来了一部《默庵集锦》上下册，即伊秉绶的书法汇编。父亲要我好好学习伊隶。我不待父亲的嘱咐，幼小的心灵早已融化在伊隶之中，如饥似渴，临读不辍。父亲对我的要求：初学阶段，一定要做到形似。有一次，我临伊隶“有子产君子……”，“君”字的口写歪了，父亲极其严厉地训斥了我，“字形不能写歪，犹如做人要端正一样”。当时我并不太理解父亲训斥的双重涵义。直到今天，父亲对我的教导，令我终生难忘，我一直受持奉行。每当我习字有所进步时，父亲又像慈母般地爱护我、鼓舞我，一次我临了伊秉绶的五言隶书联“道出古人辙；心将静者论”。父亲赞许后，还自己动手用锦缎装裱，悬挂在画室中供人欣赏，可见他的内心是如何的喜悦。

（1986年）

谒王羲之墓

王羲之的墓在什么地方，《晋书》上没有记载，地方志上说法不一。据《绍兴县志》载，其墓在旧会稽云门山，《诸暨县志》却说在诸暨苎萝山，《嵊县志》则说墓在古剡（即嵊县之金庭），真是众说纷纭。

其中，在会稽云门山说是根据《智永传》所言“欲近祖墓，便拜扫，移居云门寺”而来。智永是王羲之七世孙，王羲之墓对智永来说固然是“祖墓”，但王羲之父母的墓，对智永说来何尝不是“祖墓”？《晋书·王羲之传》载，王羲之称病离开会稽时，曾于父母墓前自誓，还写了一篇著名的《告誓文》，内有“小子羲之敢告二尊之灵”句。这样看来，智永在会稽的祖墓，是羲之父母的墓，羲之的墓未必就在那里。

诸暨苎萝山说，始见于嘉泰《会稽志》，并说：“墓碑孙兴公文，王子敬之书也，而碑亡矣。”可见编纂嘉泰《会稽志》的人，并没有看见这块墓碑。而早于嘉泰《会稽志》二百二十多年所纂的《太平御览》

却只说苎萝山有“西施晒纱处”，没有提到王羲之墓及墓碑情况。孙兴公即孙绰，是王羲之的好友，也是兰亭修禊参与者之一，擅诗文。《晋书》说：“温、王、郗、庾诸公之薨，必须绰为碑文，然后刊石焉。”他为王羲之撰墓碑，是有可能的。可是这样一块名家撰文，由大书家王献之亲笔书写的“书圣”墓碑，竟然没有引起人们的注意，不但原石早亡，连碑文也没有流传下来。甚至在宋初编纂《太平御览》时，人们对此还一无所知，这是颇可骇异的。故以上二说，似不足信。

关于王羲之墓在嵊县说，最早见于宋代高似孙所纂之《剡录》。该书卷四记有古迹“王右军墓，去县东孝嘉乡五十里”。剡，即嵊县之古名，以剡溪得名。剡溪，即今曹娥江上游。李白《送王屋山人魏万还王屋》诗中有“此中久延伫，入剡寻王许”之句。王即指王羲之，许指许询，因王羲之与许询均曾居剡，故有此句。孝嘉乡，即今嵊县之金庭公社。就在离公社所在地华堂三里许，有一道观，名“金庭观”，观后有王羲之墓。

去年秋，我曾去该地拜谒了王羲之墓。墓地虽遭“文化大革命”的破坏，但遗迹犹存什一。如金庭观旧址之老屋数间犹存，屋前古柏挺立，可资辨识。据乾隆《嵊县志》说“金庭观乃右军古宅，有书楼、墨池，年五十九卒，葬剡之金庭瀑布山”。此书楼、墨池久已无存。又据《剡录》卷八说“金庭观……旧为王右军宅，东庑设右军像”。据当地人说，“文化大革命”前，观中还有王羲之塑像，今被毁。观右有石碑坊一座，上题“晋王右军墓道”，背署“道光二十九年己酉季冬浙江学政吴钟骏题”，柱凿“嗣孙秀清重建”。自此向北数百步，地势渐高，为一丘陵，这就是“瀑布山”（当地又称“紫藤山”）了，墓地就在山麓。这里原有碑亭等建筑，现已无存，但其墓碑尚存于附近王姓社员家。我曾往观看，碑阳为“晋王右军墓”正书五字，碑阴勒有“大明弘治十五年三月二十五日吉旦，浙江等处承宣布政司右参议吴□□重立”字样。

金庭公社有十几个村子，居民都姓王，据称是王羲之第四子操之的后裔。在这里，我们又查阅了清康熙三十七年（1698）王羲之第四十七世孙王鉴皓所主修的《金庭王氏族谱》，据此书记载，王羲之是“自琅琊迁会稽，自会稽迁金庭之祖”，谱中有王羲之像，上方还题有一首《羲之府君字逸少号澹斋像赞》，赞曰：“神琼琼乎恒岳之凌空也，目炯炯乎汾川之亘虹也。颀颀兮修髯，娇骞举兮英丰。峨冠绶带，宽绰雍容。兹畴若人之像兮，实维我澹斋王公。发迹于琅琊，奋庸于会稽。赤忠忧国，谠论匡时。朝堂倚如柱石，黎庶信若龟耆。金庭终隐，韫□藏诸。子孙快仪型之不远，四海仰风流之在兹。”又记：“晋一世羲之，字逸少，号澹斋，西晋惠帝太安二年癸亥七月十一日生，东晋穆帝升平五年辛酉五月七日卒，葬金庭瀑布山之原，配郗氏，太尉鉴之女，生子玄之、凝之、徽之、操之、献之、璠之、穆之。”这里值得注意的是“号澹斋”，为史书所不载，又其生卒年份与张怀瓘《书断》记“升平五年卒，年五十九”相合，但张说未及月日，谱载特详。又羲之有子七人，《晋书》本传云“知名五人”，故所载仅玄之、凝之、徽之、操之、献之而不及璠之、穆之之名。一般都以献之为羲之第七子，但谱中排在第五，不知何故。

又此谱载有署名为隋大业沙门尚杲所作之《瀑布山展墓记》，读后可知王羲之墓在隋代修葺时之经过情况。全文如下：

> 尝闻先师智永和尚云：“晋王右军乃吾七世祖也，宅在剡之金庭，而卒葬于其地。我欲踪迹之而罢，耄不能也。尔在便宜，询其存亡。杲谨佩不遗。大业辛未，杲游天台，过金庭，卸锡雪溪道院，览佳山，访陈迹。因记先师遗语，求右军墓，得于荆榛之麓，略备山陵之制，墓而不坟，朴而不甃。杲惧久加荒秽，丘陵莫辨，征其八世孙乾复等共图之。立志石，作飨亭，以便岁时禋祀。呜呼！升平去大业才二百五十余年，而荒湮若此，则千载之后，将如何哉？吴兴永欣寺沙门尚杲识。大业辛未三月丁丑。

现在离隋大业年间又有一千三百七十多年了，经过“文化大革命”，王墓几成平地。所幸当地各级领导，对此墓十分重视，此文执笔时，闻已在动工修葺，智永、尚杲泉下有知，定当低眉合十了。

（1986年）

书艺·友谊

兰亭书会和西泠印社是我省书法篆刻的学术团体，深为国内外书法篆刻界人士所向往。而东邻日本友人来访尤为频繁。我忝为两组织的成员，故与日本书道家时有交往。

年前，我应西泠印社副社长赵辉君先生之嘱，书一寿字中堂，赠日本岐阜市市长莳田浩先生。不久，莳田浩先生寄来一封热情洋溢的致谢信，全文如下：

西泠印社、沈定庵先生：

上次我市职员松冈直太郎访问杭州市时蒙先生挥毫赠书，谨此表示由衷的谢意。

我已多次造访西泠印社，结识了许多挚友，通过赵辉君先生得以接近先生，我感到非常荣幸。

中日之间的友好往来近年日趋频繁，访问西泠印社的墨客也越来越多，本市市民还请先生多多关照。拜托了。

赵辉君先生那里我已给他写了致谢书信，但

还请先生转告我对他的问候。

谨言

1985 年 4 月 19 日

日本国岐阜市市长莳田浩

这封信，不仅仅是我们个人之间的书艺往来，也增进了中日两国人民的友好情谊，使我深为感动。为了答谢莳田浩先生的盛情，后来我也回复他一封信，并请我市著名画家商敬诚同志作了一幅《晴雪香飘会稽山》绘画相赠。今值 1987 年中日兰亭书会举行之际，记此芜文，以表祝贺，并愿中日书艺取长补短、繁荣昌盛，两国人民世代友好。

（1987 年）

遗范足式、遗愿当酬——悼念朱仲华先生

吾越著名爱国人士、佛学研究前辈朱仲华先生不幸于1月26日（农历腊月初八日）溘然长逝，享年九十有二。笔者忝属世交，痛定之余，因叙往事数则，用志追思。

早在20世纪30年代初，先父曾为祖母六十华诞及先祖父八十冥辰假绍城开元寺（今市一医院）祝寿，是日仲华先生也亲临祝寿，童稚的我跟着家人列队向仲华先生鞠躬答谢，这是我第一次得睹先生风采，虽时隔五十余年，犹历历在目。

绍兴旧有“龙山诗巢”“壬社”之设，仲华先生和先父均为“壬社”年轻诗友。社中遇有雅集，先父常携我同往。因我童年即善饮酒，父亲也常令我代饮。一次，先生和李鸿梁老伯劝我父亲莫让孩子饮酒，有损脑力，可见二老对我的爱护。而我亲近二老，都直到他们临终。

抗日战争起，我随父亲避难南天，时山河破碎，

人各一方，音信杳然，直至1948年归里，即探望先生于四板桥“仁里”“德邻”旧居，时先生五十开外，精力充沛，谈笑风生，令人欣慰不已。并悉绍兴沦陷期间，先生避难孤岛，誓不为敌所用，且在沪上共筹稽中上海分校，其高风亮节，和先师生翁先生身陷敌后，处垢泥而不染，同为铁骨铮铮之士。鲁迅先生读明末王思任文有感云：“会稽乃报仇雪耻之乡”，身为越人，未忘斯义。乡贤楷模，终身受持。

先生青年时代求读于复旦大学，曾任学生会主席，积极组织领导同学参加“五四”运动，深得同学爱戴。曾两度晋谒孙中山先生，面聆指导，并得到孙先生嘉奖，亲笔题写“天下为公”横幅留念。仲华先生关心桑梓，特别是教育及福利事业，多率先倡办，育人济世，仁声播七邑。中年后参加绍兴佛学研究会，潜心佛学，40岁起茹素，直至临终，长达五十余年。如无大宏愿、大毅力，何克臻此！先生平生经历过许多险滩恶浪，能享如此高寿，功也在此。

前年某日曾访先生于病榻，尚谆谆叮嘱：绍兴是全国24个历史文化名城之一，其余名城均有著名寺院，唯独绍兴没有，正好可以恢复一座如戒珠寺的古刹，并在市区开设一家素食馆，提倡素食。他要我将其建议向有关部门反映，希望能够实现。先生于绍兴佛教事业多有建树，暮年仍复耿耿，作为一名身体力行的佛学老居士，深受绍兴宗教部门和佛教徒的尊重爱戴。先生这一遗愿定能得到宗教界的大力支持和市县领导的重视，古刹重修，佛声远闻，不久必将实现，为古城绍兴增添光彩。

1956年，王贶甫、陶冶公二老及先生从绍兴书法事业的继承和发展考虑，三老共商引荐我师事徐生翁先生，主动联袂亲访徐先生，并蒙徐老欣然应诺。三老又复驾舍面告，此情此景，难以忘怀。今三老先后作古，缅怀先哲，怎能不兢兢业业，夙夜匪懈?

1979年，我病退后，居龙山数月，为绍兴市园林部门规划龙山胜迹，曾邀各界人士共襄盛举。先生也不辞辛劳，亲临龙山指点，于重建越王殿，拟复建范仲淹遗迹——清白堂、清白泉等，提供了很好的建议，有的规划已付诸实施。

先生对绍兴文物保护工作亦多贡献，如30年代初，曾和稽山中学校长徐柏堂创建“绍兴碑林”，迎南齐维卫尊佛于开元寺，和王子余、周星白等集资请购《大藏经》赠小云栖寺等，不胜枚举。落实政策，清退物资，先生慨将文物部分，如孙中山“天下为公”题词、康熙书“兰亭序”木刻挂屏捐献给国家。

先生弟季华，居上海，与先师友善。生翁师贫甚，多亏其资助，年前仲华先生赠我先师手札十数件，均系中晚年时写给季华先生的，件件精品。我如获至宝，后精加装潢，于今年元月在杭州展出，并在《中国书法》杂志发表，获得观众、读者的好评。

杭州展出归来，我本拟将展览盛况向先生禀告，以冀分享喜悦，讵知先生又罹重病，无法成述。后据先生哲嗣吉陀兄云：“家父于病危时，尚和我提起定庵在杭州举办展览之事”，其关心厚爱如此。今哲人其萎，亲近缘绝，中夜临文，泣不成声。

29 日上午，我参加朱仲华先生遗体告别仪式，有感先生遗嘱：“遗体火化，丧事从简，不开追悼会，谢绝送花圈、挽幛。”这是移风易俗的典范。综观先生一生，始终跟着时代的脉搏前进，这也是作为一位爱国人士——朱仲华先生的精神支柱。

（1988 年）

兰亭和中日兰亭书艺交流

说起兰亭，大家可能都会联想起王羲之来，可以说，兰亭和王羲之有着密切的关系。没有兰亭的茂林修竹，蜿蜒流动的曲水和当时众多文人相约同游兰亭的盛况，也就不可能产生王羲之的《兰亭序》。据传，王羲之在永和九年（353）上巳日那天即兴书写《兰亭序》后，对其中的某些部分尚感不足，想重新书写，但写了好几幅，总觉不及即兴书写的那幅。这个传说表明，书法创作对创作环境、创作激情的依赖性。

在中国，王羲之被尊崇为“书圣”，不仅由于他的书风高雅、书艺精湛，还由于他在书体演变过程中起到核心的作用。王羲之的书风不仅影响了中国，而且也影响了日本等国。如在日本最早的诗集《万叶集》中，就曾提到王羲之。在日本，王羲之的书法如同它在中国一样，也被看作是书法典范。

近十年来，众多日本、韩国等国家和地区的书家和书法爱好者纷纷前来兰亭，希望能一睹兰亭的风采，领略一番“书圣”书写《兰亭序》的地方，并希望能在兰亭曲水流觞，即兴挥毫。这都为兰亭书法交流增添了风采。

兰亭书会作为一个书法学术团体，自 1981 年 4 月成立以来，接待了众多国家和地区的书法家和书法团体。自 1985 年 3 月的首届中日兰亭笔会以来，每年都举办一次。笔会期间，中、日、韩书家在兰亭右军祠进行晋圣献艺活动，并列坐在书圣撰写《兰亭序》的曲水之畔，流觞赋诗，即兴挥毫。特别是 1987 年举办的中日兰亭书会活动，其规模和水准都是空前的。此次活动有沙孟海、启功等 24 位中国书家和青山杉雨、小板奇石等 17 位日本书家参加，追仿晋朝 41 位名士雅集兰亭，并列坐于曲水之畔，谈笑风生，相互切磋，一觞一咏，一咏一书，令人发思古之幽情。我作为中方书家之一，目睹了这一盛大的场面，激动之余，也在曲水之滨即兴书写了“无诗须饮酒，不饮且吟诗。诗酒同怀抱，挥毫正及时”。正如沙孟海先生诗云：“中日能书者，嘤嘤求友声。交邻欣有道，万世卜和平。”他道出了两国书家的心声。当时那热烈的场面至今仍时常在我脑海里映现，希望有机会能将我当时的感受告诉各国书道同好和朋友们。

中日书法交流有着悠久的历史。在历史上，书法作为中国文化的代表，影响了日本文化。今天，随着社会的进步，中日书法交流也进入了新的历史时期。我们期望有更多的书法同好和朋友们来书法圣地兰亭，切磋书艺，增进友谊，共同开创中日书法交流新局面。

（1988年）

忆樊鹏

我和樊鹏相知近卅年，他长我十五岁，又是我老伴求学绍兴简师时的导师，故我也以师礼相待。

60年代前后，各种形式的展览一个接着一个，樊鹏因擅长美术设计，常被抽调去参加展览会的设计工作，我则专为展览书写文字说明，相互之间，配合得颇为密切融洽。

我们两人对家乡的加饭酒都有偏爱，到了一日不可无此君的程度。相互聚会喝上几杯后无所不谈，高兴时手舞足蹈，高声憨笑；如遇忧闷则摇头叹息，牢骚不已，所以樊鹏也是我的酒友和诤友。

说起樊鹏一生从事美术教育工作，还和我家有着一段渊源。30年代初期，我父亲在现今的龙山横街开设“镜湖书画社”，经常有书画陈列展览，少年樊鹏当时就读于泰清里绍中附小（在今府山公园内），每天往返经过，驻足观看，日复一日，逐渐培养起他对美术的兴趣和爱好。最后，美术竟成为他一生的事业，他深情地说："这是受到你父亲的影响和启悟。"他还向我说起当时我父亲的形象：修颀的身材，服装也与众不同，三十多岁的人却蓄起了长长的美髯，风度翩翩。

1933年，他去宁波帆影画社学画，两年后通过努力进入了杭州西湖艺专（即今浙江美院前身）工艺美术系学习，在艺专学习一年余，他在宁波一家电影院画广告。不久，抗日战争起，樊鹏毅然参加了抗日救亡组织——宁波救亡宣传队，用漫画来揭露敌人的残暴与侵略罪恶，唤起了人民大众的觉醒。樊鹏多才多艺，后来参加教育工作，除了教美术课外，还教授音乐，而且还写得一手好文章。但他为人谦逊，不恃才自骄，他有时在作品上署名凡朋，既省了笔画，也表明自己是一个普普通通的美术教育工作者。

"文化大革命"初起，我俩的厄运也随之而降。一日，我去访他，留我午膳，当然少不了喝点酒，唯一的下酒菜是"笃螺蛳"和"田鸡肉"。酒逢知己，我们喝得颇为酣畅，谁知乐极生悲，中间来了一个"娘子军"，后来她竟揭发我们"杀鸡杀鸭，大吃大喝"。这所谓杀鸡，是为田鸡；杀鸭，则从"清明螺，抵只鸭"的绍兴老话而来。"四人帮"垮台后，我俩相晤时，都会异口同声唱出"杀鸡杀鸭"，聊以对那痛苦岁月的诅咒和嘲笑。

樊鹏在“文化大革命”期间的遭遇，不仅有肉体的凌虐，还有精神的折磨、人格的侮辱，令人发指。一次，他被“红卫兵”押着出学校批斗，项颈上挂着特大牌子，沿途示众，当经过藕梗桥时他真想投河一死，可是他身边虎视眈眈的“煞星”们，哪里容得他越雷池半步，想死也难啊！

“四人帮”被打倒后，为了相聚畅谈，我邀约几位能喝酒的盟友，雅集咸亨酒店小酌，如约而到的有老书法家冯亦摩、支部召集人黄士康及樊鹏和我，各人自带小菜一味，有丰有俭，杂陈桌上，相视大笑。樊鹏多带一味，是醉麻蛤和豆腐皮肉包子，大家公认他的菜质与量都是第一。佳肴出于他的贤妻之手，有她主持家务，使他晚年的生活，平添无穷乐趣，这也是樊鹏的福分。

那次咸亨小酌之，回味无穷。此后，大家都想再次聚会，遗憾的是今天樊鹏再也不能和我们聚在一起了！

樊鹏患有多年的气喘病，去冬我远走广东，直到今春 3 月始归，此后听说他抱病在身，谁知他竟病得这样严重！ 7 月 4 日，我去第二医院作出国前的体检，得知樊鹏正在抢救中，我大吃一惊，急忙到了病房，他躺在床上输氧，话也不会说了。我低声喊了两声老樊，他看我几眼，答不出话，我心里难过极了，他夫人和儿子侍候在侧，凄凉悲怆的气氛笼罩着病院的这一角。

我不忍再这样呆下去了，最后对着他说：“你好好养病，等我回来再来看你。”忍着感伤和惆怅，向老朋友及家属道别，谁想这竟是我们最后的一面。

7 月 15 日，我从日本回国，得知樊鹏已经在我别后的第二天遽尔与世长辞了。我去他家吊唁，昔日身材魁梧的樊鹏，如今已化为一盒骨灰被高供在灵堂前。我木然地对着亡友的遗像欲哭无泪，我失去了一位相处多年的良友，这个大千世界里也消失了一位平凡而又高尚的人。

（1989 年）

记刘耀林先生二三事

桐叶凋零、秋风萧瑟的 9 月，我在古城绍兴得到了一个令人难以置信的噩耗——原浙江古籍出版社社长刘耀林同志逝世了！这突如其来的消息，使我惊讶不已。随后又得到耀林同志追悼会的消息。至此，耀林同志逝世的噩耗是千真万确了。我默然难言。

耀林同志，学识丰富，平易近人。他的身躯魁伟，正当迈入中年之际，孜孜不倦地为我省古籍出版事业贡献他的才华之时，天不假年，病魔竟夺走了他的宝贵生命。我作为他的一位文友，回忆往事，悲从中来，夜半人静，哭难成声，倍增哀戚。

耀林同志和我相知在 60 年代初，那时他主编《浙江日报》副刊，我在绍兴文博部门工作，工作之余亦爱弄文舞墨，并不时向浙报副刊投稿，承耀林同志青睐，拙稿时蒙润色披露。约在 1962 年，我为绍兴文管会征集到一封很有价值的秋瑾烈士的书信，事后为了表彰革命先烈，宣扬革命文物，同仁推我执笔为文，提供《浙江日报》副刊发表。那是一个周末的下午，我携稿及书信影件，赴杭送给《浙江日报》副刊。谁知第二天一早就见报了，我捧读《浙江日报》，感奋之情，热泪夺眶而出。如果不是耀林同志的重视，副刊编辑们的支持，是绝对不可能有这样高速度的。《浙江日报》副刊和耀林同志对表彰先烈是不遗余力的。

1962年春，《浙江日报》副刊以将近整版篇幅，发表了耀林同志的署名文章《陈洪绶和他的手稿》。陈洪绶字章侯，号老莲，浙江诸暨人，明代著名大画家，明亡后自称悔迟，曾在绍兴云门山为僧。晚年还在青藤书屋寄居，至今留有“青藤书屋”匾额。

陈洪绶的诗稿是1962年在湖州发现的，当耀林同志得知消息后，欣喜若狂，迅即赶到湖州。当他见到画家的诗稿时，说：“怎么也按捺不住内心的激动！我迫不及待地打开稿箧，贪婪地读着，深深地被那些充溢着真挚感情的诗稿所感动。”耀林同志又一次对绍兴的先贤产生了深深的爱慕和崇敬之忱。

十年动乱，恍如隔世，我们之间的联系也中断了十年。拨乱反正后，百废待举，书法事业，也逐步由恢复走向发展。其时，我有感于书写隶体工具书的匮乏，拟编辑一册《隶书大字典》。此事我酝酿多时，曾向前辈沙孟海先生请教，得到沙老的鼓励和指导，又考虑到成书时的出版问题，因此我又向唐向青同志求教，唐老嘱我与耀林同志联系，并告诉我耀林同志已担任浙江人民出版社副总编。当我怀着忐忑的心情去访晤旧友时，回想起过去一段交淡如水的文字因缘，眼前不知会出现怎样一个场面？在一间明亮宽敞的办公室里，我会见了一别十年的耀林同志，他先离座和我紧紧地握手，然后两人畅怀笑了起来。然而，这笑声里含有十年的多少辛酸。在互道离情别愫后，我言归正传，道出了来意。以下是耀林同志的答复："定庵同志，你有这个打算计划，对学习隶书者很有用处，但问题是我们的出版范围限于一般的普通读物，你编的是专业工具书，话虽如此，我们可以为你推荐介绍香港的有关出版社。"随后还拿出几本在香港出版的书册。

我对耀林同志诚挚的答复深为满意，尤其感到：耀林同志身份变了，但为人仍如往昔，热忱则甚或过之。此后，由于资料的困难，编书的事，随之搁浅了。

1988 年 1 月，我在杭州为徐生翁老师的书画遗作和我个人的书作举行展览，承蒙耀林同志亲临参观，我刚好在场，所以始终陪着他，并作一些必要的介绍。这又是一次愉快的会面，但谁知这竟是诀别。耀林同志逝世后，某天，我翻阅了展览会的签名册，他那敦厚如人的三个大字签名，使我睹物思友，抚卷三叹，不能自已。

耀林同志在参观展览后不数日，惠书于我，深情厚谊，跃然纸上：

定庵同志：

此次能在杭州看到你与徐生翁先生的书法展览，学习到许多宝贵的东西，再次向您表示感谢！同时祝愿您在书法艺术方面取得更大的成功！

奉上《夜航船》一册，敬请对标点、校记、注释等方面多加批评指正，是为至感。即颂

康健！

刘耀林上

1988年1月11日

我有一个坏习惯，平时最怕写信，一年两载不回一封信是常有的事，因此失礼和得罪了不少新朋旧知。为了改变这一劣习，我开始在读完每一封信后，即在封面上注上："速复、速书、待寄"等字样。我在耀林同志的信封上写了"速复致谢，寄字"。但现在我已记不清楚当时是否这样办了。不然的话，我将愧对亡友，抱恨终身。收到耀林同志信后不久，我从邮局领取一册厚厚的《夜航船》，我喜不自胜，因为耀林同志校注《夜航船》耗费很大精力，而书的作者明代张岱又是我所崇敬的乡贤。张

岱（1597—约 1689），字宗子，号陶庵，山阴人。著作等身，如《西湖梦寻》《陶庵梦忆》《琅嬛文集》《有明於越三不朽名贤图赞》《石匮书后集》等等，皆脍炙人口，深受国内外读者欢迎。而《夜航船》一书，耀林同志在“前言”中叙述：

> 此书分门别类，杂采经史子集各种资料，以内容而论，上至天文，下至地理，旁杂三教九流、诸子百家、人伦政事、礼乐科举、职官考古、草木花卉、禽兽鳞豸、鬼神怪异、日用宝玩、方术技艺，共计二十个大类（部），一百三十个子目，四千多个条目，真可以说是一部琳琅满目的小型百科全书。由此可以窥见张岱的兴趣之广，记闻之博，学问之深，以及他在写作上的特色和成就。

原著 30 余万字，加上校注共约 52.4 万字，洋洋大观，这其中注入了耀林同志多少血汗，历经了多少个不眠之夜。

我有爱书、买书、读书、藏书之癖，凡是经原作者签署姓名的书册，无论书籍大小，一律作为珍本收藏，而《夜航船》这一校注巨著，注者在扉页上用毛笔端端正正写着数行字曰：“沈定庵同志教正，刘耀林奉。”下钤阳文刘耀林印一方，旁又写“一九八八年元月杭州”。

刘耀林的书法，我过去少见，人们也不加注意，其实从他的大字签名到这几行小字，细细品味分析，他于书法着实下过一番功夫，结体、用笔类似魏晋南北朝写经的书风，而字之凝重端厚，犹如其人。

在草此悼文后，为不负亡友生前的嘱托，我于《夜航船》开始逐页精读，其时适有齐鲁之行，乃将此书随带在侧，旅舍舟次，不时翻阅，睹书如晤良友。

我至今还不知道耀林同志的籍贯，可是从我所举的秋瑾、陈洪绶，乃至张岱，他们都是绍兴人。耀林同志却一往情深，为他们著书立说，教育后人。我作为一名绍兴人，怎能不对他的功绩，铭感五内。耀林同志，您虽然过早地离开人世，但您所给予这个社会的贡献，将和您的著作永留人间。

（1989 年）

越州翰墨香南国——山阴书画展览在深圳

1988年的金秋时节，山阴道上已是黄叶初飘，而南国大地仍是一片葱绿，繁花似锦。我和市政协墨华书画社的同仁们来到深圳举办山阴书画展。

书画展在深圳新园大酒店举行，绍兴市政府设在特区的窗口——深圳越州贸易公司开业典礼，以及市政府邀集的旅港绍籍同胞恳谈会也同日在该店进行。这使得展览自始至终洋溢着经济兴旺、艺术昌盛的热烈气氛。

此次山阴书画展览，展出了近百幅当代绍兴名家及部分国内著名书画家的作品。93岁高龄的赵岐山先生创作的《菊蟹醇酒图轴》，笔墨苍劲，构图新颖，画上题诗一首："鱼米之乡即酒乡，饮中便有贺知章。山阴道上乐游客，每对黄花度重阳。"赵老此作堪称书、画、诗三绝。全国特级教师、著名山水画家寿崇德先生的《五泄飞瀑图》，浑厚华滋，气韵生动，有灵山生秀、空水氤氲之感，是一幅为五泄传神的佳作。

国内名家如朱屺瞻、钱君匋、程十发、沙孟海、唐云诸老的作品更使展览锦上添花。《花鸟图轴》是程十发先生的心爱之作，他慷慨提供展出，足见其对绍兴的深情厚意。

为了使展览面向特区广大群众和书画界人士，展览又在深圳的文化中心博雅画廊继续展出，得到了特区书画、文化、新闻、工商各界及深圳市政府部分领导的指导和支持，不少外宾也接踵前来参观。画展期间，一位青年在欣赏沙老的书法时，竖看横看，不放松一点一横，原来这位青年酷爱沙老的书法，但平时只能从印刷品上观赏，现在展出了真迹，难怪他要如此细细品赏了。三五成群的中学生也赶来看画，他们对展出的许多画幅感到十分新鲜。

“不愧山阴道上来。”这是一位观众留给此次展览的美好赞词，表达了特区人民的友好感情。

这次展览，承蒙沙孟海、陆俨少两位先生赐题会额，章耀德同志题了贺词，谨致谢意。

（1989 年）

珠联璧合——记诸乐三、谭建丞两老为我治印

我有两方不寻常的用印，是由两位诗书画印名家，诸乐三先生篆文，谭建丞先生奏刀，两老合作之精品。所以我名之曰“珠联璧合”。

早在20世纪70年代初，朱昆明君在绍兴工作，因爱好书法、篆刻，与我成为好友。其时我在书写较大篇幅的书件上，缺少相应印章，为此承昆明君赠我印石两方，高6厘米，围3厘米，青田石质，印为永嘉叶鸿翰先生旧刻。因昆明君亲近诸老，故托代求，幸蒙应允，但因诸老身心不适，半年后才写了印稿“定庵之印”“华山子”一纸，并嘱昆明君请湖州谭建丞老人代刀。据昆明君回忆，谭老接石当在1972年清明后数日，但两印直到1976年刻成，谭老的边款：“定翁方家属徽园改刻即乞教正，丙辰三月。”又一印边款为：“湖州谭徽园改作，丙辰年七十有九。”两印所刻，大致和诸老篆文相似。无大改动，然刻划之精，深得缶翁神髓。此后，两印曾披露在《徽园印存》中。

两老缜密合作，相得益彰，诚印坛之佳话也。

为了保存此两方印，近年来我已很少使用。诸老的一页印稿，数年前也蒙昆明君自杭寄赠与我，因有“珠联璧合”之美名。最后，还得感谢朱昆明君对两方印章之玉成。

行文至此，尚有一趣事值得一提，即诸、谭两老和昆明君及我均为西泠印社社员，如此巧合，诚一西泠佳话也。

（1990 年）

忆西宫行

今春发生在日本的阪神大地震，导致日本灾情惨重，震撼全球。而介于大阪、神户之间的西宫市也深受其害，仅死亡就达一千多人，其他损失不言而喻。西宫和绍兴是友好城市，笔者曾经访问过这座美丽且文化气氛极为浓郁的城市。震后，不时引起我对西宫的怀念和惋惜之情。

好客的市长

1989 年 7 月 12 日，我随兰亭书画展览团到达西宫市，当晚，市长八木米次先生为我们设宴洗尘。他在见面时对我说："我们虽属初见，但你的书法已陪伴我很久了。"宴会用的是日本料理，一个多小时的盘膝而坐，两腿麻木，实在够我受的了。市长已感觉到我们的不习惯，翌日中午改在中国餐馆再次宴请。同时，市长还特地请来了在西宫市兵库医科大学进修的我市三位医师共进午餐，他们是市人民医院的张居适、徐继恩和妇幼保健院的华凯。能在异国他乡得与乡亲聚会，真是喜出望外，高兴之余，深感八木市长人情味浓厚。

在拜会市长和参观市政府时，该市主要政府官员在市长率领下肃立在市府大厅前欢迎，市长搀扶着我的胳膊，提示我仰望，原来大厅屋顶上高高飘扬着中日两国国旗。我心有感触，我们虽是一个地方文化团体，八木市长如此安排，可见礼遇之隆了。拜会结束，市长邀我们全体合影，背景挂着的是我数年前写的一张书法："天涯怀友月千里，灯下读书鸡一鸣。"硕大的一个会议厅，就挂着我这张字，我内心深感八木市长是我的海外知音。

1991 年 8 月，我应邀赴韩国汉城（今首尔）参加"国际兰亭笔会"，途经东京，曾向八木市长作了礼节性的电话问候。谁知当我要离开日本回国的前一天下午，八木市长专程从西宫来到东京成田机场的寓所来看望我，又是宴请，又是馈赠。席间他讲了许多惜别的话。我被八木市长的热情所感动，陪同我此行的日本朋友也感叹地说："你们之间有这样深厚的友谊！"

八木市长读过许多汉书，对书法也很有研究。他文质彬彬，有儒者之风。可惜，他于 1992 年冬不幸病逝。我失去了一位异国的良友。

西宫有个小兰亭

西宫市的北山绿化植物园内，有一处小兰亭的景点。它是为了纪念绍兴市和西宫市结为友好城市，作为两市人民的友好象征，于 1987 年建造的。小兰亭仿照我市兰亭碑亭建造。亭的顶盖部分构件及康熙御笔“兰亭”两字的石碑都是在绍兴按原样复制而成的，然后漂洋过海，运到西宫，并由我市的工程师和泥瓦技工到西宫协助施工。因此，此兰亭惟妙惟肖，它凝结了两市人民的深情厚谊。亭前也仿造了流觞曲水，只是规模略小而已。西宫市还成立了兰亭会，会长与野三郎先生，他们也在每年的三月上巳日举行曲水之宴，也征集我市兰亭书会的作品去该市展出。有一年我曾写过“书圣高风远，咏觞翰墨馨。挥毫敦友谊，中日两兰亭”的书法致贺。

白鹿纪念造酒博物馆

滩之造酒，是西宫的传统酿造工业，已有三百多年的历史，其产量多，质量高，在日本算第一。西宫市有 40 多个造酒工厂，所以西宫也和绍兴一样，是一个充满传统酿酒气味的城市。市内还设着一个白鹿纪念造酒博物馆。博物馆是利用原来一个酒厂而建成的，保持了许多旧有造酒工具，规模颇大，在西宫市是一处著名的文化旅游景点。我想绍兴也应该建立一个“绍兴老酒博物馆”为历史文化名城充实它的内涵，并和西宫遥相呼应。绍兴和西宫同是中日两国名酒之城。

（1993 年）

抗战后期发行于广州湾的《公民日报》

抗日战争后期，约在1942年和1943年之间，广州湾发行了一份《公民日报》。社址设在大中酒店斜对面的志满路口（现名南方路），两层楼房。社长江步天，及其两个弟弟都在报社任职。该社主要的成员有湖南溆浦人荆冬青，他留学日本，回国后在长沙第一师范任教，毛泽东曾是他的学生。据说其时侵占广州湾的日本特务机关长肥田木是荆冬青留日时的同学。还有一位林众可，他是宋庆龄和鲁迅主导的自由大同盟成员。记得他在日报的副刊上发表长篇小说《雪藏观音》（内容记不清了）。副刊的编辑荆小俦，是荆冬青的儿子，虽双耳失聪，但人极聪明。他用“老太婆”的笔名，将副刊编辑得有声有色，很受读者喜爱。他年轻时爱上了一位美女，但因为耳聋，女方的家长不同意，他以死相求，终于如愿以偿，育有两女一男，聪明可爱。《公民日报》虽在日本占领的广州湾地区，奇怪的是所发新闻均采用自重庆的中央社的内容。这其中相互之间或有一定的默契，外人不得而知。1946 年国民党的军统特务头子戴笠乘飞机撞山而死，报社的主要成员举行追悼，并要我画了一张 24 寸的肖像。开会的地点在南华酒店附近一间名为国信庄的店铺内，这“国信庄”三个字是林众可题的。抗战胜利，《公民日报》停止发行，报社的主要人员还留在湛江（林众可因肺病亡故），荆冬青去西营中正中学任教，江步天的女儿江国采从昆明西南联大毕业来到湛江，不久与许爱周的儿子结婚，新中国成立前夕全家去了香港。年前我去湛江时，从政协那里了解到江国采和湛江政协有联系。荆冬青一家则去湖南长沙，荆小俦在省参议会任职。“文化大革命”时我受审，调查我社会关系的同志去了长沙，回来后告诉我，他们到长沙时荆冬青已病得不能讲话了，问起我的名字，他点点头，调查人员又告诉我，荆冬青本判死刑，后来他说：“我救过刘少奇。”经查询属实，免于一死。关于《公民日报》，我不知道湛江市档案馆有否存档，关于《公民日报》的来龙去脉，不知是否有调查研究，最好还它一个本来面目。

（1993 年）

记惠州、东莞书画之旅

我仰慕伊秉绶隶法及其为人，屈指已六十寒暑，锲而不舍，爱之弥笃。隶书自秦至东汉达到巅峰，唐后逐渐式微，直至清代中叶方始中兴。其时流派纷呈，高手林立，伊秉绶可谓异军突起，为有清一代隶书宗师。

伊秉绶（1754—1815），字组似，号墨卿，福建汀州宁化人。后人尊称其为伊汀州，以纪念他在书艺上的突出成就和为官清廉方正。伊秉绶先后出任惠州、扬州太守。他的故乡及其从政之地，余向往久矣。今岁初夏，余与老妻又有广州之行，旋应东莞实业家冯细玉、陈森伉俪之邀，作东江之游。惠州距东莞不远，遂与友好商量，为圆余之夙愿，乃于6月14日晨一行十人自广州沙河启程，沿广汕公路径抵惠州。

杭州有西湖，惠州也有西湖。两个西湖都和苏东坡贬官有关。东坡于宋绍圣元年（1094）谪居惠州，先后三年，他为地方百姓办了不少好事：资助在西湖筑堤、造桥、教农民制造水碓和使用秧马，传播中原科技，兴建兵营，防止军队扰民。四处奔波，游说官衙减轻赋税。他的功业，为世推重。

后坡公七百年，又一贤哲伊秉绶于清嘉庆四年（1799）来守惠州。伊秉绶甫抵任所，即问民间疾苦，革除旧习，百坠皆兴，力持风雅，尤于教育提倡，不遗余力。筑无碍山房、招鹤庐，创建丰湖书院（西湖又名丰湖）供莘莘学子学习和士人游冶。文化功绩映耀一时。

进入湖区，登“苏公桥”，倚栏眺望，湖光山色尽收眼底，缅怀坡公浩然正气、绝代才华，令我肃然起敬。名山秀水有了一代圣哲的参与，才会有异样的灵性风韵。

惠州西湖也有孤山，山有栖禅寺，苏东坡的爱妾王朝云就葬在寺侧松林中。墓冢早圮，伊秉绶于嘉庆六年（1801）为之重修，并亲题墓碑，文曰：“苏文忠公侍妾王氏朝云之墓。”款署“嘉庆六年辛酉岁夏四月郡守伊秉绶重修。”

墓旁还有志铭一方，原文为东坡所作，文曰：

> 东坡先生侍妾曰朝云，字子霞，姓王氏，钱塘人。敏而好义，事先生二十有三年，忠敬若一。绍圣三年七月壬辰，卒于惠州，年三十四。八月庚申，葬之丰湖之上栖禅山寺之东南。生子遁，未期而夭。盖尝从比丘尼义冲学佛

法，亦粗识大意。且死，诵《金刚经》四句偈以绝。铭曰：

浮屠是瞻，伽蓝是依。如汝宿心，惟佛之归。

铭文为隶书，亦署伊秉绶名姓。然据近人马国权编撰《伊秉绶先生年表》载：“（墓志铭）先生命幕客而隶书拟先生甚似之惠州人黄钥（鱼门）书之。因先生隶书名重一时，故碑估有此铭翻刻而冒先生名者。”又读《岭南书艺》（1988）第一期张从达撰《伊秉绶书〈王朝云墓志铭〉》则肯定为伊秉绶所书。余从墓碑与墓志铭两书分析，前者隶法端庄温厚，结字凝炼饱满，深得《衡方碑》之骨与肉，为伊汀州在惠州时的力作；而后者笔力单薄，结构松散，志铭似出他人之手。

孤山建有苏东坡塑像及纪念馆，附设纪念品出售处，悬有碑帖多种，其中有伊秉绶隶书《东坡思无邪斋铭》拓片，60 厘米 ×60 厘米，共五十五字。余喜出望外，为过去所未见。同游梁公国华睹余状迅即出资购赠。余又得一伊隶可贵资料。此外尚竖有“德有邻堂”砖刻四个大字，系东坡自题惠州寓所堂名。后有伊秉绶重摹上石，附跋：“苏文忠公以宋绍圣三年营新居于白鹤峰，书此二额，流传至今。虑其朽也，摹勒上石。嘉庆六年四月惠州郡守宁化伊秉绶记。”汀州此跋未见，他日冀求得之。东坡法书，宋代第一，余也深深敬爱之。

时届晌午，同游黄玮琦先生于丰湖鱼翅海鲜大酒楼设宴，请我们品尝地方特色菜肴，有东江盐焗鸡、梅菜扣肉煲、丰湖靓卤肉等等，而最令我大快朵颐的却是一道香烧伊面。伊面又称伊府面，是伊秉绶所创制，故名。史载：“伊秉绶每食必具蔬，曰藉以清吾心。”丰湖酒楼的伊面仅配以黄韭、香干丝，而色香味俱佳，应是伊面的正宗，也可说是我仰慕伊汀州的一种条件反射。

午膳后，车向东莞进发，约两小时到达市区。在穗时承广东省书协莫各伯老友介绍，谓东莞可园值得一游。可园位于莞城大桥东，它与顺德清晖园、番禺余荫山房、佛山梁园并称为广东近代四大名园。可园始建于清道光三十年（1850），它的特点是面积小，设计精巧，把住宅、客厅、别墅、庭院、花圃、书斋艺术地糅合在一起。在三亩多土地上，园林设施，一应俱全，虽是木石、青砖结构，但建筑十分讲究，极富南方特色，是广东园林的珍品。我更欣赏它的内涵，可园主人张敬修于金石书画、琴棋诗赋，造诣极高。他又广邀文人名士，吟诗颂赋，作画刻印。岭南画派的先导者居巢和居廉都在可园多年，从事创作，提倡以形写神，在中国近代画坛上独树一帜。后来的高剑父、高奇峰、陈树人、赵少昂、黄少强、关山月、黎雄才、杨善深等都是岭南画派的佼佼者。这与当时张敬修的礼请书画名家，并给予优厚的物质生活和良好的创作环境有关。今天可园博物馆的陈列内容也着重于此，且陈列的居巢、居廉等名家作品多系原迹。说来余家与岭南画派有一段渊源，20世纪30年代，家父（华山）曾与赵少昂在湛江清凉禅寺举办书画赈灾义展。1996年春，我去香港举行书法展览，曾去九龙岭南艺苑拜访赵少昂先生，一别五十余年，先生垂垂老矣，但湛江旧事，记忆犹新。前年赵老遽归道山，参观同时感叹不已。

在可园，我意外发现了乡前辈晚清著名篆刻家徐三庚曾在可园传师授徒的记载。遥想当年浙粤相隔千里，交通条件昔非今比，乡贤能传艺于此，为之赞叹不已。

徐三庚（1826—1890），字辛谷，号袖海，上虞丰惠人。在晚清的印坛上，他坚持自己独创风格，他的篆刻线条和刀法，婀娜多姿，被人誉为“吴带当风，姗姗尽致”。他的篆书取法三国时东吴的皇象《天发神谶碑》，参以邓石如的篆法，别具一格，隶书合汉魏诸碑之长，自成面目，可园主人张敬修的侄子张嘉谟及其子崇光曾拜徐三庚为师。从此，山阴、东莞喜结翰墨因缘，令后人传为美谈。

20世纪60年代，有友以徐三庚篆书楹联脱售，余因囊中羞涩而失之交臂，至今尚有余憾。

惜别可园，于四时许抵东莞企石镇石牌村，陈森记家具厂主人冯细玉、陈森夫妇及其女香萍亲切接待，将刚摘下的名种荔枝尝鲜，味甘汁多，核小如玉齿。余平时食荔不过数粒，因荔枝湿热易上火，而此刻不顾禁忌，大嚼一顿而后快。东坡居士有诗："日啖荔枝三百颗，不妨长作岭南人。"洵非虚语。

蒙主人厚意，以特制红木笔架一对相赠，为此行平添了一股浓郁的书香，心甚感之。

车返羊城，夜已阑珊，游兴不减，难以入睡。回思一日之游，见闻之广，获益之多，得未曾有，此诚天时、地利、人和之助。游历好山好水，景仰先贤英华，算得上是一次难忘的人文记游。

（1993 年）

追忆35年前访陈洪绶故里

缘起

岁月如流，往事如烟，然而35年前的一件旧事，令我终生难忘。其时我在绍兴文博单位工作，一日，得到一个令人欣喜的消息：抗日战争初期，大文豪、爱国烈士郁达夫先生曾路经诸暨枫桥，遗留下一藤箱他的著作、手稿、书籍等宝贵文物。出于对郁先生伟大人格的感召，虽时隔多年，我们仍抱满腔希望，冀能获宝，因此有关部门借调了一名古旧书店人员及我，赶赴枫桥寻访，区委专门派了一位指导员石振良来支持并协助我们开展工作。经过几天的寻访了解，我们似大海捞针，一无所获，就连此事知情的人也无处可觅，我们乘兴而来，却得到无限的惋惜和失望。

柳暗花明又一村

几天的相处，石指导给我的印象是工作认真，待人诚挚，尤其当他知道我是一名搞书画工作的（大概他也有此好）。在“山穷水尽疑无路”之际，引出了“柳暗花明又一村”一桩桩赏心乐事来。

离别枫桥的前夕，石指导忽然对我说：“枫桥附近有一户农家藏有一幅祖传名画，旧时有一地主愿出良田若干亩换取此画，但为主人所拒。”石指导邀我前去观赏。旧时诸暨农家惯用吊炉，用柴烧茶，日子久了，楼板熏得很黑，吊在楼板上的那卷画，也熏得像黑炭一条。我迫不及待、小心翼翼打开它，猛一见竟是幅名画。画中绘的是茶花双雀，工笔重彩，线条浑厚流畅，署姓名陈字，我不知作者是谁，根本没有欣赏过他的画作，但认定这是一幅名画无疑。在欣赏之余，我深佩这家农户祖先的远知灼见，后由石指导说项，由我出具借据，然后经吾师徐生翁、朱家济委员先后鉴定，确认为小莲手迹。小莲即陈字，陈洪绶第四子，传父业。朱委员还说小莲的画，北京故宫也只藏有一幅。此画后又在石指导员的协同下，由绍兴文管会收藏。后经重新装裱，历经多位专家鉴定，被定为国家一级文物，此是后话。

深入佳境

高兴之余，石指导又带领我们去大画家陈洪绶的故里长道地探访瞻仰。长道地离枫桥镇不到三里路程，有一块横在村前的大晒场，该村因此而得名。长道地附近有一方清水池塘和一片碧绿的田野，清澄的枫溪从村北静静地流过，远处青山为屏，那矗立在挂坟山上的宋代宝塔，遥对着这个村子，环境清幽，看不尽的诗情画意。陈洪绶的故居就在村的西端，故居在清初康熙年间毁于兵乱，现在宅基尚存，还留有谯楼、石井。三百多年前，就在这块土地上，孕育了伟大的画家、诗人和爱国之士，这是诸暨和绍兴人民的骄傲。

进入村后，先在一家农户看到老莲手书的板联，书法挺拔秀隽，乡间农家多是泥地，为防止受潮，主人将板联搁置在小楼上，可见故里的人们是多么珍惜老莲的手迹。

在石指导的指引下，我们又到一家陈姓的社员家，观赏多幅陈氏祖先的画像，这些画像大多出自明代民间肖像画家之手。画技和设色的水平都很高，每幅像的上端都有陈洪绶亲笔题写的像赞，款署“耳孙洪绶九顿书”。其间有一幅陈洪绶的堂弟陈良庵和夫人的合像，像的风格异于他幅，有似老莲的画风，但细看笔力纤弱。据主人介绍，此画是早年间村里的一位陈圣达老者依据陈洪绶的原作临摹而来，真迹已在抗日战争时期被人偷走。陈洪绶之所以要为良庵夫妇绘像，正因陈良庵是一位具有民族气节之士，他在明朝亡后，就长居楼上，足不踏清朝异族统治之士，直至死，高风亮节，可钦可佩。陈洪绶所绘良庵夫妇原迹，后失而复得，现保存在浙江省博物馆。

更精彩的奇观还在后面。有一幅丈八大堂是老莲人物精品，画是通过当地生产大队借观的，该画也归生产大队所有，为了一窥全貌，我提请将画挂在村中最高的房子“绍文堂”（是全村议事的场所）的屋檐下。此画从高处一直拖到地面，真是洋洋巨制，画中一位策杖的老人，旁有一个童子侍待，周围衬托树石花枝。人物造型独特，线条古拙又流畅，设色和谐并富有装饰味的艺术风格，拜读之下，令我啧啧称奇不已。我问此画可否由文管会收藏？答云：已有省里某某人物以三百元之价定购，我只好缄口不语。当时又无相机，我只能贪婪地看个够，行文至此，不知此名画能逃避“文化大革命”的破坏否？

在枫桥长道地这短暂的日子里，我能获观章侯（陈洪绶字）贤乔梓的墨宝，真是莫大的缘分，也是我生平一大赏心乐事。欣感之余，我涂了一首七绝，以留鸿爪：

於越自古多才士，归去老莲号悔迟。
四百年来留健笔，丹青长眷故园思。

注：明亡后，陈洪绶曾在绍兴云门寺为僧。晚年自号“悔迟”。

老莲书画会成立

1986年5月，由诸暨县政协发起并组织成立“诸暨老莲书画会”，以弘扬“三百年来无此笔”的老莲书画的宝贵遗产，让“老莲”绽放新枝，“越派定可开创新局面”为宗旨。到会的有已故金石诗书画大师余任天的夫人葛晓霞，著名画家吴山明、吴永良、寿崇德、徐银森、徐小庵等，赠送的艺术品有余任天先生的遗作及陆俨少、费新我、李群杰、龚望、韩天衡、李伏雨等名家作品，我也写了一幅录自张岱撰老莲水浒牌缘起的句子“才足掞天，笔能泣鬼”的拙书表示贺忱，会议还选举诸暨老画师陈望斗先生为会长。会议开得很成功，可惜后来由于多种因素，老莲书画会没能继续开展。会议结束，我又去长道地老莲故居重访，弹指间，已二十余年过去了，故居遗址经历翻天覆地的变化，幸而谯楼、石井依然存在，回想昔日老莲的字画，今复何在？呜呼痛哉！我在老莲故居这狭小的空间不断徘徊，缅怀往事，感伤之余，再涂俚句一首：

廿载风云世事殊，重到花明喜何如。
谯楼古井依然在，一瓣馨香拜故居。

自那以后，我不止一次地向诸暨、绍兴的有关领导和部门建议修复老莲故居，以供人瞻仰、学习，因我人老言微，建议如石沉大海。这期间以擅长学习陈洪绶人物画而闻名的画家程十发曾到过枫桥及长道地访问，但此间无一纪念机构，画家失望而归。前些日子阅报，得知程十发先生已将他珍藏的十多幅陈洪绶绘画精品捐赠给上海中国画院。我想：假使能及早把老莲故居修复起来，或者因陋就简，在故居之旁设立一个老莲纪念室，程先生也不至于失望而归。如果说老莲的故乡没有一幅老莲的手迹，那是不可思议的事，即使有最好的博物馆，也只徒有虚名而已。

追昔抚今

明清易代之际，也是民族矛盾激化之时，陈洪绶无奈选择出家为僧的道路，誓不与清政府合作，后来又在青藤书屋长居了一段时期。为了生活，他又到杭州卖画谋生，三年多的时间里，陈洪绶辛勤劳动创作了大量优秀的作品，成为他一生艺术活动的高潮。为了铭记亡国之痛，他不为权贵画，宁愿为“小夫稚子，歌妓老卒”画，内心的苦闷、吞声独呼的生活，影响了陈洪绶的身体健康。在52岁那年，他自知在世不会太久，但仍奋力作画，像《博古叶子》《隐居十六观册》《花卉山鸟图卷》等，都是他临终前的杰作。55岁那年，他突然离开杭州，回到他心目中的第二故乡——绍兴，不久，结束了他那义愤填膺的一生，死后葬于绍兴谢墅官山岙横棚岭下，《嘉庆绍兴县志》及《府志》均有明确记载。此墓历经三百多年风风雨雨，一直保留到1949年。1963年，此墓成为浙江省重点文物保护单位，1987年进行了修缮，1996年绍兴市文联倡导清明祭扫绍兴先贤墓，陈洪绶也列其中。1998年初，绍兴市有关部门将火葬场迁移到陈洪绶墓旁，这于《文物保护法》及对保护文物，都是不能容忍的。中国美术学院、浙江省文化厅及诸暨有关单位发起，于9月在老莲的故乡诸暨隆重举行纪念陈洪绶诞辰400周年活动，故居光裕堂也修葺一新。两相对照，绍兴火葬场迁移新地之举实在不当。文物有保护法，有法不依，这又当何论！我于4月上旬才知火葬场迁移一事，即以政协委员的职责写了一份意见与建议送报市政协提案组，出于义愤，行文中有“迁移策划者，将成为千古罪人”“得罪于人在所不计”等语。近闻，章侯家乡有迁坟之议，窃以为不可。一是老莲并非猝死，当年绍兴与诸暨之间又无战事而影响归葬老家，因此卜葬官山岙应是陈洪绶生前之愿望，后人实在无理无权迁葬。二是历代志书对陈墓均有确切记载，迁葬有悖历史。三是老莲之墓为省级重点文保单位，不是一般文物，不可以随便更换馆藏单位。谁若轻举妄动，不仅愧对先贤，也将遗骂名于后世，终受愚蠢之讥。

行文至此，感愤不已，因再赋俚句《宝纶堂怀古》一首：

水浒西厢蕉叶肥，先生真迹世间稀。
画魂今日凭谁吊，唯见堂前鹧鸪飞。
注：宝纶堂为陈洪绶旧居堂名。

（1993年）

访新日记

1993 年 11 月 1 日，晴，气温 24℃。

我应新加坡狮城书法篆刻会主席、新加坡兰亭笔会会长丘程光先生之邀，参加第十二届国际兰亭笔会。于下午四时四十分在上海虹桥机场搭乘新航班机直飞新加坡，行程五千公里，历时五小时。丘主席及祁展民先生前往樟宜机场迎迓。夜宿市中心滑铁卢街华达鲁酒店，为印度人经营。

11 月 2 日，晴，阳光明媚，气温 35℃。

与上海相比，有炎热的感觉。十时，赴新加坡大会堂出席国际兰亭笔会国际会议。到场有东道主丘程光、日本兰亭笔会会长驹井鹅静、韩国兰亭笔会会长郑周相、中国兰亭笔会郭仲选和我、台湾黄焕霖，以及各国和地区的随员、翻译及媒体人员共百余人。席间东道主宣布明年笔会定在中国曲阜举行，并提议兰亭笔会组织让更多的国家和地区的人员参加，促进交流，并作出更大的贡献。提议得到与会同仁的一致赞成。下午三时，仍假新加坡大会堂举行新加坡展开幕式。新加坡著名诗人、书法家潘受先生致辞，并对《兰亭序》的真伪作了精辟的论述。会后举行交流笔会。我写的是一首五绝："海上方壶境，狮城处处新。兰亭修禊日，俯仰集嘉宾。"我还应在场观众的要求，书写数幅。至此已汗流浃背矣。会上还结识了新加坡书界知名人士曾广纬、陈建坡、傅工昭、王佐等。

11 月 3 日，晴。

晨起，出酒店，漫步街头，但见绿树扶疏、鲜花盛开，景色宜人。路过商务印书馆新加坡分馆，店门尚关，硕大的隶书馆额，一看就知系我国著名书家黄葆戊所书。60 年代，我曾在上海和黄老觌面求教，睹书如见其人。上午十时，应邀赴大会堂二楼讲堂作书法艺术讲座，为"书法之旅"系列之一，内容为"绍兴的碑刻"，主要介绍东汉的建初买地摩崖刻石。它的结体布局显著，刻字分五行，每行四字，共二十字，长短参差有致，不像东汉其他碑字大小一律像算珠似的僵化，此为开创了隶书布局的新意。讲座引起了新加坡华人的兴趣。能有这样的机会，我心适然。

11 月 4 日，晴。

上午，由丘主席陪同拜会新加坡共和国环境发展部高级政务次长何家良先生。何先生是一位业余画家，擅长油画，还兼任狮城书法篆刻会的顾问，热心书画艺术事业。临别，何先生赠我《狮城揽胜——何家良写生油画集》一册。余也以拙编书法选集及“佛”字硬片回赠，并合影留念。午后，又由丘主席陪同拜访新加坡书法家协会，惜值会长陈声桂先生外出。我们参观了该会正在展出的中小学生硬笔书法，写的都是规范简化汉字。

11 月 5 日。夜雨晨霁，空气特别新鲜，道路洁净无尘。

九时，谢翰林、杨昌泰两君来邀共进粤式早餐，啖牛肉粥，质嫩味鲜。十时，由丘主席陪同拜会新加坡国家艺术理事会、辅助与发展处处长连金水先生及蓝美莲女士，听取了连处长的介绍及播放活动录像。该会性质类我国文化部与全国文联的综合，隶属于新闻艺术部，而新加坡全国的艺术企事业统由该会掌管。嗣后，连处长以新加坡著名画家陈希文的画册相赠，我也回赠自己的《隶书两种》及邵芝岩毛笔，并合影告别。十一时，拜访潘受先生于其寓所，额曰“海外庐”，门联曰：“岂有文章漫劳车马；虽然城市不在云山。”室内陈列着赵少昂、吴冠中、吴昌硕、赵朴初的字画，琳琅满目。潘老十分健谈，娓娓动听。来时我写了一幅隶书寿字祝福潘老，潘老接过寿字，满脸喜悦地赞叹："伊秉绶！伊秉绶！"众人也为我高兴，但我高兴不起来。我内心明白，潘老这赞词的含义，是说我的隶书脱不了伊秉绶的束缚，缺少自我风格。此后，我一直把潘老的美誉作为我追求艺术的动力和鞭策，十二时，老友新加坡城市策划师沈鸿文先生设宴于美的大酒店，同席有新加坡原国防部长助理潘峇厘先生，集发公司董事主席蔡金顺先生。沈先生为爱国高僧广洽大师大弟子，又富收藏字画，得在狮城叙晤，亦一殊胜因缘耳。饭后至薝卜院礼广洽长老灵骨塔。薝卜院为广洽老晚年修禅之所，闹市处静，现由传发法师主持院务，承接待参观，院内得观弘一大师、马一浮乡贤、沙孟海先生诸多法书，其中徐悲鸿先生的白描观音圣像更为难得一见。当时名扬海外的《护生画集》（丰子恺画、弘一大师题字、马一浮作序），原稿久为广老珍藏。90 年代初，广老发心将原稿秘密献给国家，珍藏原稿的八只画箱尚存院中。据传发法师告知，拟在院旁建广老纪念馆，届时会复印一部《护生画集》陈列馆中，以志两地胜缘。临别传发法师赠《狮城潮音》及广老纪念集多种。

夜归寄寓，接新加坡书法家协会办公厅主任谭启成先生及协会送的礼物。信云："书会会长陈声桂先生得悉你们昨天访书法中心，并拜访潘老，会长特别拜托潘老先生向各位致谢。”读后深感。五天做客狮城，瞬霎过去。夜留一名片与酒店，答谢酒店良好的服务。检点行装，深夜始寐。明日将别新加坡，结束这美好愉悦之旅。

（1994 年）

阿里山的树木在哭泣

1995 年 3 月，我随省参事室和省文史研究馆组团访问台湾。访问团的环岛行程，从台北出发，向南经台中，到嘉义，然后折东向著名的旅游胜地——阿里山进发。途中所见，印象最为深刻的莫过于那无数古木被砍后留下的树根。树根高可过人，基周有数米到十多米不等。由此可以想见当年树之巨大。由于年久，树根间呈镂空状，形如蟹爪。其中一株最为奇特，原树树龄至少在千年以上，枯而复活，树中生树，树上再生树，号称“三代树”。

以上所见众多奇特的树根，由于没有标牌说明，旅游者无从知道它们的奥秘。幸亏全程陪同的导游刘女士（台湾孔学会会员）详尽地做了介绍：早在 1895 年中日甲午之战，清政府战败后，被迫签订丧权辱国的《马关条约》，宝岛台湾被割与日本。从此，日本侵略者大肆掠夺台湾资源。上述奇特树根，原本就是阿里山最为名贵的树木——红桧和黄桧。

当年，日本侵略者疯狂地将山上名贵树木砍伐殆尽，因树身过大，人力无法运走，乃筑小铁道专运，然后用海轮运达日本。现在日本不少建筑材料，就是用台湾阿里山的红桧和黄桧制成的。又悉，日本掠夺而藏至今日的阿里山名贵树木，尚能用上四五十年。闻之能不痛心？

日本侵略者的强盗行径，给全中国人民带来了深重灾难，但日本政府至今死不认罪，真是无耻之极。更可耻的是台湾当局，对日本侵略者的暴行避而不谈，更不要说谴责揭露了。这种媚日惧日的丑态，完全丧失了作为中国人的人格。希望爱我中华的台湾同胞，应该让台湾当今的青少年一代认识国耻，明辨是非，分清敌我，立志做一个有骨气的中国人！

（1995 年）

张杰先生乡谊情厚

张杰先生是上虞旅港同乡会永久名誉会长。张先生一家人在香港经营小买卖，胼手胝足，省吃俭用，把攒得的近六百余万元资金，全捐献给故乡教育事业。香港亿万富翁有的是，包括绍兴旅港的工商业者，富裕者也不少，但相比之下，张杰先生的奉献精神，影响之大之深，是极为突出的。

我久闻张杰先生的大名，却无一面之缘。1996 年 3 月，我承香港兰亭学会和香港绍兴同乡会会长车越乔先生的邀请和帮助，到香港举办个人书法展览，其中还有先父的遗作及小儿大晔的习作。一门三代，颇得香港及中外文艺界的好评。由于我和张杰先生比较陌生，加之时间短暂，忙这忙那，会前会后也没有去拜访张杰先生。展览会开始前后，送来的一只只高大精致的花篮，插着祝贺者的标牌，有将近 20 只之多，其中就有张杰先生的一只，并在标牌上写着："热烈祝贺绍兴兰亭书会会长沈定庵书法展在香港举行，张杰敬贺。”当我发现张杰先生这份隆情厚谊时，又感又愧，我也不知道这只漂亮的花篮是张先生自己送来的，抑或托人送来的。展览会结束后又忙于几个活动，并匆匆返程了，竟没有去拜访和感谢张杰先生这位乡贤。直至今天，我从心底里仍埋着深深的遗憾。

展览会最后一天的下午，工人来处理花篮，我和儿子将这近 20 块祝贺者的标牌全部取下，带回绍兴一直保存着。见牌如见故人。受恩莫忘，我总觉得这是我们中国人的固有道德，也是我人生历程中有意义的一页。

1996 年农历岁尾，我写了一封感谢信和一幅拙书，寄给张杰先生，也不知道张先生收到没有。但是这份愧疚的心情，于焉少慰，并借记此小文的同时，祝愿张杰先生生意兴隆，万事亨通，全家幸福。

（1997 年）

我和绍兴老酒广东米酒的渊源

我生平爱酒，尤其爱喝家乡的绍兴老酒（绍兴老酒外乡人称黄酒，但绍兴本地人习惯呼为老酒，因绍兴酒的品性是越陈越醇，越陈越香，“陈”就是“老”的意思。南宋诗人范成大《食罢书字》诗中有“扪腹蛮茶快，扶头老酒中”之句。又如“小店名气大，老酒醉人多”等等）。我今已届耄耋之年，仍不可一日无此君。这与我生长酒乡，以及家族嗜酒史有关，我的老祖母、慈母、严父都嗜酒。这可说是我一生爱酒的渊源吧！

记得我四五岁时，当时古越龙山上有一座“龙山诗巢”，用来纪念绍兴古代的著名诗人，他们分别是唐代的贺知章、方干、秦系，宋代的陆游，元代的杨维桢，明代的徐渭，被称为“诗巢六君子”。诗巢创始于元代，延续发展到民国。20世纪20年代后期，家父加入诗社，属于年轻成员。诗巢有惯例，每逢六君子生日必聚会雅集，赋诗、作文，旁及书画。并设宴助兴，当然少不了酒，大家还行酒令，呼幺喝六，兴高采烈。家父发令屡发屡输，一次一杯，在他的席前酒杯排成长龙。但家父酒量不丰，故而每饮必醉。后来父亲把我带去代他喝酒。我小小年纪就是一口一杯，面不改色。在场的长辈鼓掌夸奖，但其中有一位李鸿梁长辈（他是弘一大师在两浙师范任教时的学生），当时对我父亲说："小孩子酒喝多了要伤脑子的。"李先生这一劝导，我一直记忆至今。我有时脑子转不过弯来，可能与此有关。后来父亲经常带领"镜湖书画社"成员外出交流活动，从此我去诗巢的机会就中断了。抗日战起，绍兴沦陷，诗巢停顿并受到破坏，现在连影踪也没了，实在可惜。近闻府山要建越王城，我非常盼望龙山诗巢能够恢复，作为越王城亮丽的文化景点。

1940 年，我离开绍兴，也告别了绍兴老酒。千里寻父来到广东广州湾（今湛江市）赤坎，在岭南喝的是甜甜的米酒。那时由于战争交通阻隔，在广州湾要喝到正宗的绍兴老酒，比琼浆玉液还难。但日子久了，我也喝惯了广东的米酒。在湛江八年，我与广东米酒结下了不解之缘，故多年后，每次返湛探亲访友，承蒙湛江领导和好友的厚爱，每每盛情款待，当提及酒时，我都会谢绝"茅台""五粮液"和洋酒，一定要饮地道的广东米酒，特别是湛江乡下的米酒。我有一位酒友朱有荣君，是我的老乡，他为人厚道、乐于助人，从小来到广州，是广州六榕寺云峰长老的皈依弟子。他经常从广州来湛江看我，因为酒量大，人又高大，所以喜称他为朱大哥。在湛江我俩经常去喝早茶，朱大哥总要带一瓶米酒去过他的酒瘾，我虽然不习惯饮早酒，但为了助他酒兴，多少也得陪他饮几盅。后来朱大哥由于饮酒过量，不到 60 岁就去世了，我深为痛惜。再说广东风行的杯装“九江双蒸酒”，此酒特醇，我很喜欢喝它。虽然我远在绍兴，朱大哥的夫人不时从广州托运到绍兴，见到它我如获至宝，而且每当喝完一杯，我都把酒杯留存下来，洗净后放在盒子里存着。而且我在家喝酒都用其做酒杯，每举杯时又好像回到了第二故乡——湛江，又与湛江的亲友聚在一起。20 世纪 80 年代兰亭书会成立，又逢一年一度的书法节，活动频繁，流觞曲水，都离不开酒。我作了一首五绝：“无诗须饮酒，不饮且吟诗。诗酒同怀抱，挥毫正及时。”这正是我于诗酒的写照。

我以前写字，每当遇上重要的书件，总想写好它，却偏偏写不好，这主要是思想受了束缚，放不开手。后来我从古人的诗句“何以解忧，唯有杜康”中得到启发，当我要写字前，喝上几口老酒，杂念和拘束都解脱了，字就能写好。时间久了，即使外出交流书艺，承办方也会备好一瓶陈年老酒、几块香干、一碟花生米款待我，助我写好字。试想这老酒的魅力多大啊！

旁观者说这是我写字的一种创举，的确，书酒不能分，我得感谢两千多年前吴越之争，越王勾践投醪的绍兴酒。

到我六十多岁时，因长期喝酒，怀疑自己患上脂肪肝。后我求医于绍兴第一医院裘怿钊院长，经检查尚无碍，但裘院长语重心长地规劝我，已经喝了一辈子酒了，也不用戒了，只是限量，每餐二两（我不喝早酒）。此后，我就照裘院长的医嘱，一直至今。平日在家我能控制好，但有事外出应酬，难免要超量，但我心有分寸，很少酗酒。今年我八十又六岁，朋友见到我，都说我精神矍铄，我也心悦。

旧事重提，约在 20 世纪 50 年代，绍兴城内要仿建一座鲁迅先生笔下的“咸亨酒店”，要我题额。我写的是行楷大字，不署款。那时刮一阵风，匾额落款，等于为书者树碑立传，我当然也不例外。书法大师启功先生有次莅绍看到“咸亨酒店”这块招牌，说字写得不错，为什么不落款。这其实是过去“极左”思潮的影响罢了，不足为奇。

最后还得说，绍兴老酒和广东米酒是我一生的良友和知己。从身心健康到书艺的长进，它们都帮了我大忙，我得再一次衷心感谢绍兴老酒和广东米酒。

（1997 年）

60年前，当抗日战火弥漫浙东大地时，少年的我，第一次惜别了故土绍兴，开始踏上万里寻亲的旅途。其时双亲已饱尝战苦，挈子女过着颠沛流离的生活，辗转于穗、港、琼崖等地，最后到了广州湾（今湛江）暂时得到喘息。然后在赤坎新街尾与泥水街两街的交叉处开设镜湖书画社，以传播文艺并靠此鬻画谋生。

我于1930年的冬天，也经千辛万苦到了湛江。轮船泊于西营外海，父亲赶到码头接我。乱世相聚，犹若梦中，父子俩禁不住流下悲喜之泪。从此，我在双亲的教导下刻苦钻研金石书画。父亲每日凌晨起床，勤奋作画，对我的要求也很严格。我也锲而不舍，白天帮母亲画肖像，凌晨跟父亲学习书画。我学有所进，透过父亲的面容，看出慈父内心的喜悦。

有一次我用心临写伊秉绶的隶书五言联“道出古人辙；心将静者论”，几可乱真。父亲亲手用锦缎装裱后悬挂画室中。有一次我临伊隶“有子产君子……”

中堂，“君”字下部的口我写歪了。父亲严厉地训斥：“写字如做人一样，要方方正正。”又拿来伊隶和我写的对照。此情此景，令我终生难忘。又有一次，湛江有一位殷商兼收藏家蔡惠和先生答允我去他的店肆临摹伊秉绶七言隶书真迹：“强恕事于仁者近；㧑谦身向吉中行。”我把此事告知父亲。父亲听后叮嘱我要作好准备依约临写。其实父亲和蔡先生早有交往，他隐而不提，目的在于培养我的独立创意精神。我的书画基础就是在湛江八载的岁月中奠定的，特别获益于我的双亲和众多的良师益友对我的教育。

然而好景不长，突然间大祸临头。1944 年 6 月 2 日夜半，空袭毁了我和其他许多人的家。我家 7 口只有我一人死里逃生。从此我孑然一身，过着苦难的日子，直至 1947 年的冬天才离开湛江回到久别的故乡。

在湛 8 年，湛江大地哺育了我，使我成长。因此，60 年来，我一直眷恋着湛江，并把湛江当作我的第二故乡，并不时回湛祭扫双亲的衣冠冢，探访许多给我帮助的领导和乡亲。10 年前我曾写过一副对联“山阴道上有我家；寸金桥头亦故乡”，由此可见我与湛江的情缘。

去年我三度返湛。第三次是在深秋季节，住宿在赤坎迎宾馆，曾邀集新朋旧友近 20 人在该馆金雅典包厢共进早茶。少长咸集，信可乐也。其中八旬翁温莎先生抱病莅临，我随侍翁侧。回忆往昔，憧憬未来，感慨万千，真有说不尽的话语。离湛不久，蒙莎翁惠赐华章，七律两首，并由莎翁的诗友周军先生将诗披露在《湛江日报》，复将报纸寄我。诗曰《赠沈定庵先生》：

其一

竹卿午夜电来湛，约晤明朝沈定庵。
相见谁知君益俊，疾余转觉我如昙。
隶书力透新岚脆，笔力深铺薄雾蓝。
名重雷阳前邑客，故乡第二绍家男。

其二

揖别数年今又见，寸金桥上月初凉。
沿河旧载秋愁老，浊世浮生日枉藏。
忆昔亲人罹难事，于兹再步作新章。
羡君光老笔随运，百代长传翰墨香。

捧诵之余，莎翁厚我之情，感从心来，遥望南天，不能自已。余不善作诗，然此情景使我不得不作，乃从心坎里唱出以下俚句，聊酬温莎先生的一番乡情，工拙不计耳。

酬温莎翁

莎翁诗文，名重雷湛。为人敦朴，犹存古风。月前余三度返湛，诚邀好友茶叙，翁抱病莅临，后复赐以华章，心甚感之，别后惦念不已，乃以俚句奉酬，尚祈斧正。

三度今年返故乡，湛人多不识山郎。
团圆金雅典中聚，独与莎翁絮短长。
泥水新街依旧在，镜湖画社已迷茫。
浮生若梦匆匆过，唯有文章千古扬。

先父名远，号华山，又号卧龙山人，师从大画家王一亭先生。我抵湛后，父命余名曰：小山。我在湛八载，经用此名。诗中“山郎”盖怀旧也。

此诗草成于己卯小春月初八日富春江白沙道上。返绍后命管成书，遥寄南国。作此小文，聊以为志耳。

（1999 年）

忆丁旦

人到晚年，怀旧之情也袭人而来，回忆六十多年前我在湛江的一段酸甜苦辣的历程，像电视荧屏般时时清晰显示在眼前，其中仅良师益友所给予我的教诲和帮助，就令我终生难忘。本文的丁旦君就是我在湛江的益友之一。

丁君是顺德人。中等身材，隆鼻、深目，双眼炯炯有神，大我十余岁，人疑为混血儿。君擅长书法，兼工音乐美术，隶书师法汀州（伊秉绶），20 世纪 40 年代初期，湛江专攻伊隶的有林众可、丁旦和我。林众可是我老师，福建闽侯人，自由大同盟成员（系宋庆龄副主席和鲁迅先生倡导），林老师写的伊隶，中锋用笔，结字偏长的“国信庄”三字店额为林老师的大字代表作，可惜我没有留下林老师的只字遗墨。林老师当时提供给我大量的伊隶资料和学习要领，师恩浩荡，受持终身。

丁君写的伊隶也是多用中锋，刚中带柔，字形也偏长，已渐脱离伊隶范畴，表现自家风格，他为“国光中学”题写的校额，端庄宏伟，有大家风范，我暗自佩服。最后讲到我自己，由于年少气盛，认为自家写的伊隶极为形似，达到几可乱真的地步，另外我在双亲的熏陶下研习国画、篆刻，博得地方和师友的口碑，个别的还称我为“神童”。父亲对书画、篆刻的学习方法是初学阶段必须形似，要求忠于原作，认为只有通过形似这条必经之路才能达到神似的自我之路。所以我误认为丁君写的伊隶外形不及我美，我不愿屈居第三位，这正说明我的幼稚和不够虚心。数十年过去了，我还在蜗步似的追求着自我。1993 年我去新加坡参加国际兰亭笔会，并拜会了新加坡著名诗人及大书法家潘受先生于其海天庐宅邸，事前我写了一幅寿字赠祝，潘老接过寿字满脸喜悦地赞叹：“伊秉绶！伊秉绶！”众人为我高兴，但访后至今我一直在剖析这话中的含义。我的隶书始终受着伊汀州的束缚，即使我有深厚的功力，但缺少自我风格，所以打那以后，我一直把潘老对我的赞赏作为鞭策和奋进的动力。生命不止，追求不止。

当年丁君常来我家坐谈，和父亲畅叙艺事。父亲开设在湛江的赤坎新街尾的镜湖书画社，犹如文化沙龙，会聚了不少外来的和本地文艺界人士和爱好者，父亲也不时地回访艺友。丁君住在离我家不远的文章村，一片红土，丛丛榕树，他住在一间破祠堂中，教着二三十个村童，生活艰苦。他却以苦为乐，故也有人疑他为“赤色分子”。父亲虽是一介画师，却也受牵连，故同情丁君的遭遇，并有所资助。逢年过节，去村时，村民还舞狮相迎，父亲虽靠卖画为生，但乐于接近劳动人民，乐善好施。

太平洋战争爆发，日寇侵占香港，大批文化人出逃来湛，有的还远走大后方，如知名的书画艺术家赵少昂、冯康侯、田寄樵、杜其章、蔡里安、马师曾、薛觉先、林众可及高僧海仁法师等。其中有一位青年画家谢子真，也常来画社和父亲交往，并为我父亲绘过一幅六尺宣纸的水墨肖像画，并进而和丁君往来较密。从其谈吐中略知谢君思想先进，痛恨日本侵略者。

后来随着整个形势的急剧变化，又在 1942 年 6 月 2 日的深夜，我家及许多同胞的家遭遇了盟军飞机的误袭，七口之家只我一人死里逃生。我从此失去了双亲和弟妹，也毁灭了小小的镜湖书画社，往日的友好的欢乐也都化为乌有，再也看不见丁旦和谢子真两君了。此后数十年，我每回到湛江，总惦念着丁君，但杳无消息，为之怅然。行文至此，新的世纪已经来临，衷心祝愿丁旦、谢子真两君晚年幸福康宁，更希冀能在湛江旧地重逢故友，共叙别愫。

（1999 年）

一副楹联显友情

近年来，我怀着一股浓厚的兴趣，策划编写一本《近百年来绍兴著名书画家小传》（包括篆刻）的书。因为近一个世纪来，绍兴的先辈为了书画事业，有的耕耘了一生，受时代条件的限制，他们足不出绍兴，名也不出山阴道，精湛的艺术鲜为人知，这是多么令人惋惜的事。我作为一名后学，有责任担起这方面的整理工作，使先辈的业绩不致湮没。但做起来困难也不少，如西泠印社创始人之一的吴隐（1867—1922），字石潜，号潜泉，又号遁庵，绍兴人，善治印镌碑，也擅书法，他制作的潜泉印泥，名闻遐迩，编有《遁庵印存》等。吴老虽属绍兴人，但由于久在杭、沪创业，故乡却少见他的作品，引以为憾。

幸而在1997年，西泠印社举行成立95周年大庆，夤缘得到社兄徐银森的介绍，得悉林乾良先生珍藏有吴隐书联一副。后来在1999年末，西泠印社举行迎春联欢晚会，我请求乾良先生为我摄一吴隐书联照，谁知林先生竟一口答允将真迹借我，并详细绘出他家路线图，嘱我次日上午去取。翌日上午，在他家我看到乡贤吴隐的七言隶书联：“高风自乐石长寿；旧雨相亲尊不空。”款署“丁酉午月石潜吴隐书于愿学长生楼。”下钤阴文：“吴隐私印。”阳文：“石灊叉。”上联闲章为阳文：“遁庵。”是联书印均为上乘之作，可宝也。当我满怀喜悦之情借取佳联之时，乾良先生还特地从书房中递给我一份录有多名绍兴籍书画家名单、作品的资料，供我不时之需。我在连声道谢之余，思忖着乾良社兄助人为乐的崇高精神，可谓社员之间相亲的典范。

（2000 年）

扶桑正是秋光好——记在福光町的日子

今年是《中日友好和平条约》签订25周年，又是绍兴市和福光町结好20周年（1982年建交），所谓双喜临门。我有幸在1989年7月参加绍兴兰亭书画展代表团首次访问日本友好城市——福光町。在福光町的日子是永远美好的。

福光町给我的第一感觉是宁静、整洁，又富有田园风味。代表团下榻在国际观光旅馆，位于小矢部川河畔，离町政府不远。旅馆绿野遍地，环境幽雅。主人宫川幸子女士，穿着和服，彬彬有礼。日本国民讲究卫生我早有所闻，但今天才实地领略，从到旅馆门口脱鞋开始，进入楼上卧房一共换了三次鞋。室内席地坐卧，真是一尘不染。我平时有凌晨起床写读的习惯，到了客地也是如此。有时肚饥，对着冰柜里许多食品，不敢问津，怕费用昂贵，后来据说町政府知道了，特地通知旅馆，任我们取用。这为我们的书写增添了动力。直至今天我还在内心感激他们，友好城市的友谊，多耐人寻思啊！在旅馆数日，生活舒适愉快，临别我写了“宾至如归”四字条幅送赠宫川幸子女士留作纪念。说来真巧，去年3月在绍兴市举行的“中日友好樱花林大联欢”活动中，我和宫川幸子女士不期而遇，共叙别愫，互相祝福，高兴极了。幸子女士还叮嘱我，如到福光町，希望我再到国际观光旅馆做客。

到福光町的第二天上午，代表团一行到町政府拜会。出席的有町长定村荣吉先生、町议长木户正义先生、町日中友协会长田矢一郎先生、町助役福田隆先生等，我方代表团出席的有团长陈阳女士、团员陈秋田先生和我，还有翻译张惠兰女士。町长定村先生朴实厚道，从事农业，家有田园，后来卸任了，仍去干他的农业。我和田矢一郎会长联系较密切，他欣赏我的书法，后来还写信请我为他写四幅屏风，我都照办。

“第二回绍兴兰亭书画展”在町福祉会馆举行，仪式隆重，气氛热烈，除町政府官员外，地方爱好书画的人士也踊跃参加。我们的书画很受欢迎，我和陈秋田先生还即席挥毫，更受町民喜欢。町日中友协还专门为我组织了一场讲演会，会长田矢一郎先生亲自主持，町长等官员也亲临参加。开讲前我作了一段回顾，即1985年5月“第一回绍兴兰亭书画展”在福光町举行，我因健康原因无缘参加，当时福井县有位寺山良子得悉后深表遗憾，特地托参展的我市代表带回一件礼品，写着“但愿您身体健康，早日到日本来”。时隔5年。我终于来日访问，临行前专门写了“墨缘”两字横批，并加装裱，准备答谢寺山良子女士。这次良子女士因故不能前来，我在场将字幅托日本朋友转达。这一举动，令在场的听众为之感动。大家不约而同地响起了一片热烈的掌声。

在会上我阐述了中国的传统书法艺术与日本书道的源流关系，介绍了近年来中日书法家在书法圣地兰亭结下的翰墨情缘，还朗诵了我在兰亭流觞曲水所作的诗篇。讲演自始至终，均由我团张惠兰女士翻译和板书。我瞥了一眼黑板上清秀流畅的字，字如其人，引起听众的注目。我暗自佩服，这也增加了我讲演的信心。

书画展时间虽短，但展出是成功的，日本的《读卖新闻》《北日本新闻》《北陆中日》《富山新闻》等报刊做了报道。

展览结束，接着是一连串的参观访问，主要是参观松村谦三纪念馆和栋方志功纪念馆。松村谦三先生是位伟大的政治家，生前和周恩来总理一同为中日两国的邦交正常化、中日世代和平，做出巨大的贡献。我国文豪郭沫若先生曾有诗歌颂和悼念松村谦三先生：“渤海汪洋，一苇可歌。敦睦邦交，劝攻农桑。后继有人，壮志必偿。先生之风，山高水长。”松村谦三先生伟大的一生，崇高的品德，令我们肃然起敬。

栋方志功纪念馆，可说是福光町的艺术宝库。栋方志功是日本著名的版画家，享誉世界。他诞生于青森县森市大町，1944 年 41 岁时曾在福光町蠲飞山光德寺完成作品《华严松》，与福光町结了画缘，还因长期住在福光町，并在荣町有故居，名“爱染苑”和“鲤鱼画斋”，这是福光町的骄傲和荣誉。承蒙馆领导赠我栋方志功画师的作品《青白朱玄》仕女头像册页一方，及染作《弘仁的册》《清君的册》两幅，精妙绝伦，仕女头部造型与脸型类似我国盛唐贵族妇女，以丰满圆润为美，着色鲜丽不俗，画师对我国唐代绘画有深湛的研究。这几件佳作，我一直保存着，有时悬诸客堂，为居室增辉。

此外，还参观了学校、工厂、农家，所到之处，都给我们留下了深刻的印象，获益匪浅。参观之余，我向陪同人员提出，我是一名佛教徒，想瞻礼当地的寺院。后来去了光德寺，规模虽小，但建筑精致，佛像庄严。全寺只有一位僧人，也是住持。另有一名中年女士兼出售门票和纪念品之职。住持领我们参观陈列室。陈列室内展示着众多的文物，犹如一个小型博物馆，让人感到中日文化交融在一起。出奇的是，像绍兴农村手制的竹椅也陈列着，我连声赞叹。

7 月 11 日上午，町政府举行友好恳谈会，代表团依依不舍地告别了福光町。代表团一行在町政府收入役宫崎俊一先生等的陪同下去了此行第二站——芦原町。宫崎俊一先生将代表团托付于芦原町后和我们告别。但当我们访问第三站西宫市后，准备去大阪乘机返国之前，宫崎先生等又出现在我们眼前，为的是要为我们最后的行程服务，购机票，物品打包，托运行李，忙个不停，大家都为之感动，其时我尚剩有一张条幅，便送给了宫崎先生，以表谢意。小记行将结尾，我衷心祝愿福光町的新老政府官员和众多的朋友们，身心康泰，让我们共同沐浴在幸福和平的日子里，祈愿中日两国人民世世代代友好下去。

（2002 年）

古越藏书楼重光有感

回忆六十多年前，抗日烽火已燃遍浙东大地。为躲避敌机的侵袭，我在乡村读完小学。其时，父亲远在南粤，经济中断，我辍学在家。由于我在学校已养成读报习惯，常去离家不远的镇东阁看报，因报纸贴得高，我得踮着脚、昂着头去读，很费力。后来我找到离家稍远的古越藏书楼，一进石库门就是阅报室，一张大菜桌，上铺蓝色台布，两旁有椅可坐，右上角的报架上夹着多种地方报纸，如《绍兴新闻》《绍兴民国日报》等，任凭取阅，比在镇东阁读报要舒服得多，所以我三天两头去。但阅览室和借书处，是小孩免进的。所以内部的设施也不得而知了。总之，古越藏书楼给我的印象是环境极为清寂，附近除古贡院、大通学堂外，很少有楼房或行人。当时选楼址于此，确是一个读书、研究学问的好场所。

藏书楼有时也预告晚上放映露天电影，多为新闻纪录片。有一次映出的画面赫然有一队“萝卜头”

（日寇的代称）穿着毛呢大衣，端着枪，偷袭南京城。我又惊又恨，跺着脚咒骂。那时除汉奸、奸商外，有良知的中国人无不义愤填膺，同仇敌忾。有一次，我曾瞒着老祖母和母亲去报名参加抗日组织少年营，大概考不及格，没有被录取。故而我依旧去古越藏书楼读报。现在回想，当时在我幼小的心灵中萌芽的一颗中国心，与我长期在古越藏书楼读报不无关联。但我毕竟年幼，不知道古越藏书楼竟是我国最早的一家公共图书馆，也不知道藏书楼主人徐树兰先生对图书馆事业作出如此卓越的贡献，其在中国藏书史上具有划时代的意义。更不知道被毛泽东誉为学界泰斗的著名教育家蔡元培先生及著名物理学家钱三强先生都曾在古越藏书楼读书和工作过。光凭以上几项，绍兴就不愧为文化名城、名士之乡的桂冠。作为一个绍兴人，应引以为荣，更应好好珍惜，并将之发扬光大。

我于 1940 年秋离开绍兴，在岭南度过了八年游子生涯，饱尝了人世的酸甜苦辣。与此同时，故乡的古越藏书楼也遭受了敌伪的摧残掠夺，待到绍兴解放时，只剩下两万多册图书，损失了原有总册数的百分之八十左右。四进楼房也被夷为平地，剩下孤零零的一堵门楼，也破损不堪。虽然从 1960 年起，门楼外墙接连竖起了县、市、省三级政府公布的文物保护单位标志，但藏书楼还是那副令人尴尬的景象，令不少慕名前来参观和研究的人员只有望“标”兴叹，败兴而归。

有鉴于此，我市不少政协委员和有识之士，利用提案等方式，大声疾呼，年复一年，其目的只有一个，即尽早使古越藏书楼名副其实。

在社会各界热心人士和有关部门的共同努力下，古越藏书楼获得拨款，修缮门楼。另外，我和原绍兴军分区李鹏飞政委相知多年，曾和他谈起过军分区宿舍搬迁的可能。李政委怀着对藏书楼关爱的态度，坦率地表示，只要地方政府能批复新宿舍建设土地，军区愿意迁出。这虽然是我们朋友之间的闲聊，也说明古越藏书楼的重建问题已引起社会各界的普遍重视。

日前，我在绍兴图书馆工作的女儿大晟，回家兴冲冲地告诉我：“爸爸，古越藏书楼开放了。”我兴奋极了，终于迎来了这一天。第二天，我和老伴到了古越藏书楼，只见“绍兴图书馆古越藏书楼分馆”的馆牌已被高高悬挂。当我一踏入石库门内，恍若回到六十多年前，儿时来这里读报的情景浮现眼前。虽然没有读报室，但我在原有的石板地上徘徊踯躅，还是感到很亲切。上了门楼是阅览室，朝街一列明窗，光线明亮。内有四五个书柜，陈列的多为本地作者的书籍，有的书本还有作者亲笔签名，这是很珍贵的。我急忙抄下几本书名，有车越乔、陈桥驿两位先生合著的《绍兴历史地理》，以及《周作人评说

80 年》、陈瑞苗的《中国国历纪年》等等。阅览室虽小，绍兴有句土话：“砻糠搓绳起头难。”有这样的开端，作为 60 年前的一位老读者，我是感到十分欣慰的。

最后，我要介绍给读者一桩有史料价值的人和事。徐树兰先生共有四子，元钊、尔谷、嗣龙、维烈。长子元钊，字吉荪，晚号遢园。元钊先生工于诗、古文字，旧时杭州岳庙大门长联为先师徐生翁先生所书，深受大画家黄宾虹前辈激赏，长联的撰句人就是徐元钊先生。长联曰：

名胜非藏纳之区，对此忠骸，可半废西湖祠墓；
时势岂权奸能造，微公涅臂，有谁话南渡君臣？

联意忠奸分明，慷慨激昂，铿锵有声。可惜此长联毁于“文化大革命”。年前，岳庙文保所邀我补书，仍录旧句，并在落款上加以说明。庶几元钊先生之文采风流可长留人间。

我有幸还庋藏着元钊先生的一幅花卉立轴，画的都是如意吉祥的花果，款题“绘为宝珊侄女奁”。此为先生晚年之作，笔墨隽秀可爱，自成一家。行文至此，我深为吾邑有徐树兰、徐元钊两位贤乔梓而稽首顶礼。谨以小文庆贺绍兴图书馆建馆 100 周年。

（2002 年）

复藤野和夫先生的一封信

藤野和夫先生：

首先祝贺你在书法艺术上取得了更大的成绩，知道你在短短的时间里就取得了如此巨大的进步，我感到十分惊喜。

书法是一门需要持之以恒、不断学习创作的学问，想必藤野君一定知道得很清楚。你的作品（融心之法）写得很自然，用笔上很流畅，这是能写好字的充分条件，也是天赋。还要不断学习前人的书法作品，诸如王羲之、王铎，贵国的空海、橘逸势等大家，不断创作自己的作品，这是学好书法的必要条件。希望藤野君不断努力，并在以下几个方面继续予以提高：

一是用笔用墨。这是学写书法最基础的功夫，是组成作品的最小分子。用笔要赋予变化，否则就会呆板。王羲之的《兰亭序》是很成功的典范；用墨也要表现得自然，即二次蘸墨的一个周期中，黑色变化要自然，要做到很好的衔接。和式书风更要注重笔墨上的功夫。

二是把握结构。可多临摹前人的书法作品。《兰亭序》每个字的结构是很成功的，练习时可将其放大复制，仔细观赏、临摹，效果更佳。

三是章法布局。在创作作品时一定要把握好章法和布局。唐式书风有其章法上的规矩，和式书风也有其章法上的规矩，只要多借鉴、多创作，必能成功。

希望不久后能收到你更好的书法作品，并希望藤野君能为绍兴—芦原町友好城市的书法及文化交流做出努力。

（2002 年）

忆刘公辉乙先生二三事

乙酉年元月十一日，我患高血压，冒着严寒，赶赴杭城向多年知交刘公辉乙先生做最后的告别。

刘公 1919 年生，湖北黄石市人，长年在杭州市园林局担任高级工程师，为西湖景区作出了卓越的贡献。特别在“文化大革命”后，西湖景区众多珍贵的匾额、楹联毁坏殆尽，为了补救，刘公不辞辛劳，走南奔北，向全国的名书家求字，此后景点一一得以恢复旧貌。

1982 年秋天，西湖阮公墩改建后，刘公由沈立新君陪同到绍兴约我题字。不巧，我有事外出，为了等我，又为了节省开支，他俩在鲁迅纪念馆内的招待所一直等了五天，我才回绍。我很抱歉，这是我第一次和刘公会晤。匾额题的是“云水居”，旁加跋语“云澹澹，水悠悠，沧溟空阔，烟水迷蒙，故以云水名斯居”。此跋为刘公手撰，足见其文学修养。匾额悬挂后，刘公邀我去杭州观看，还请我在楼外楼酒家用膳，事后同席某君对我说这是高规格的礼遇。

杭州岳王庙大门的长联：“名胜非藏纳之区，对此忠骸，可半废西湖祠墓；时势岂权奸能造，微公涅臂，有谁话南渡君臣。”原为先师徐生翁先生所书，联句为古越藏书楼创始人徐树兰之子徐元钊所撰。当时，著名画师黄宾虹看到徐师此联后，赞赏不已。“文化大革命”后期，此联竟被无耻之徒据为己有。

后来刘公、立新嘱我补书。这个任务，当然荣光，但也使我彷徨不安，因先师有书在先，小子拙书何以能续。为此我不知写了多少张纸，却没有一次满意的。当时刘公和立新每次都仔细察看并提出修正意见，在题款上刘公也认真琢磨。最后由立新君制作并悬于大门原处，但每当我经过岳王庙门口时，我总怕瞥见它，我多次向立新君建议再给我一次重写的机会。

有一年杭州大华饭店改建“明良楼”，集了众人的智慧，已故刘操南教授撰定楼名，由我书写。灵隐寺原监院根源法师提供旧木料。我也请刘公参加策划，虽非分内工作，刘公也乐于接受。明良楼匾额的雕制也出自立新之手。

刘公工作出色，而且具有公私分明的良好品德，他请国内众多的名书家为景点题字时，从不为自己求取片纸只字。他身体力行，还要求他的同事也这样做。他虽喜欢我的字，但这么多年从不向我要一个字。在告别会上，扶着我站立的濮水根所长低声地对我说："刘公也要求我不向书家要字。"这是多么难能可贵啊！

1999年的春夏之间，刘公八十大寿，亲属、领导、好友在西子湖上的游艇里为刘公祝寿，我特地在洒金红笺上写了一个大"寿"字，这也是我第一次主动向刘公赠字。

告别会上，刘公的长子，杭州电视大学教授刘曾遂先生在答谢词中提到刘公对父母的孝敬。秉承庭训，刘公的众多子女也孝顺父母，并在各自工作岗位上作出贡献。这种良好的家庭熏陶，是现代家庭的楷模。当曾遂先生提到其父生前对子女的教育时，多次因呜咽的泣声所中断，听者无不为之感动。

刘公近年来，身体诸多不适，自迁新居后，我少去探望，至今深以为憾。我失去了一位良师益友。

刘公，您的高尚德艺，无愧此生。您辛劳一生，应该安息了。我们会永远怀念您的！

（2005年）

有感于广州的地铁

2005 年 12 月，我应挚友的邀请，做了一次短暂的羊城（广州）之旅。虽届隆冬，但在南国仍暖意浓浓。一行行紫荆树，花朵飘落在地上，宛如一条彩带，还有些花朵藤留在绿叶之中，煞是好看。

此行印象最深的莫如广州的地铁。到穗后没有几天，正值广州地铁三、四号新线通车之际，闻之跃跃欲试。在友人的陪伴下，我们从广州的闹市区——公园前站，下了地铁，对新旧地铁一、二、三、四号线作一次观光。车站之宏伟，设施之先进，堪为国内地铁上乘，令人深感科学技术的突飞猛进，造福人民。

进入地铁车厢，座位舒适，秩序井然，我细看厢壁，有四五个红圈标图，内容是请乘客遵守公共卫生和注意安全等，每个红圈下还加说明。看后使我猛然回忆起在新加坡乘地铁的一幕，新加坡地铁车厢壁只有一个较大的红圈。它的规则是，如乘客在车内吃任何东西，罚款 500 元（折合人民币 3000 元），令人咋舌。

新加坡是个美丽整洁的城市，人们还普遍遵守纪律。据说，新加坡是用严罚和教育相结合来治理的。而对照广州地铁规则，没有规定一分钱的罚款。但令我惊异的是，广州地铁那么多车站，无数的车厢，我竟看不到半点儿尘埃，洁净非凡，真有一尘不染的美感。对比之下，我深深为广州市民的高素质赞叹不已。真希望我们绍兴市民也有这种高素质！

（2005 年）

满室贺卡满室春

数年前，在一个岁尾的日子里，曾访著名篆刻家、教育家刘江先生于其杭州寓所。甫入其室，瞥见四周悬挂起五彩缤纷的新年贺卡，我被这动人的一幕所吸引了。人说“室雅何须大”，在这不到十平方米的斗室，却有无限广阔的天地。春意盎然，其乐融融。当我和主人告辞时，回眸刘老清癯的身影，遐想联翩。

2006 年 12 月中旬的一天，我收到三位好友的新年贺卡，分别是市立医院的董传春医师、日本福光町日中协会会长田矢一郎、任我省经济顾问的乃炯先生及夫人莫德容女士。拜领之余，喜悦和感激之情不能自已。此后，每天两次邮班，我络绎不绝地收到政府部门、有关单位和亲朋好友等寄来的贺卡，形色多样，华丽简朴兼而有之。如：兰亭书会名誉会员上海胡铁生先生，他用自己的书画稿件组成贺卡，融书画、篆刻、诗文、装帧于一体，别出心裁，远超一般的贺卡之上，称得上是一件浓缩的艺术品。胡老还附有一页短笺，要求给贺卡赐评，云：“年届八五，如蒙赐评，不论书画或诗词、函件，均所欢迎，并将汇集成册，永作纪念。”胡老这一创新，可谓风雅，一举两得，真有心人也。

桐乡丰子恺研究会和市文联的贺卡，是质朴一类的代表作，乳白色的纸片，横式不规则折叠形，封面正中有红色美术体“恭贺新禧”四字，左上角置图案，如古钱状，中绘长尾老鼠，上有“丙子”两字，说明丙子年和鼠的联系。贺卡用古铜色套印，色彩鲜明和谐。贺卡内页，是一幅丰子恺先生的漫画小品：两个小孩子抬着一个硕大的桃子，奋力向前，构图简洁，涵义深刻，反映了丰先生漫画的人间情味。

我又收到方外之交，灵隐寺监院根源法师、普陀山颐养堂监院演权法师的贺卡。后者的贺卡正面彩印南海观音奠基典礼的场景，后页是洛迦山新建石雕五百罗汉塔，散发着浓郁的佛教文化气味。

又有一张精美的贺卡，是我一个数十年前的学生从上海寄来的。卡内贴着一张师生合影的四寸彩照，写上一行字：“三十年后重谒沈定庵于绍兴先生寓中。”又题着：“多谢先生教诲，恭盼椽笔如风。学生宓重行率子吴敏问安。”师生之情跃然于贺卡之上，我心慰甚。

最为难得的是我收到本市邮电局投递组周伟国、王雷两位同志的贺卡，尤其是王雷同志，他每天给我送来大量的报刊信件，遇上挂号的函件，还得送上楼来，服务态度顶好，但是我一直不知道他的姓名。自从收到贺卡不久，他又上楼送信件，这时我才问他姓名。果然他就是王雷。我表示感谢，他也不多说，匆匆下楼去，继续着他的逐家挨户递送邮件的工作去了。望着他的背影，觉得他的身躯越走越大。反省之余，感到自身的渺小，同时也催人奋进。

周末，8 岁的孙女、7 岁的外孙都来玩耍了，我趁此机会，要他们一起帮我把所收到的贺卡都挂了起来。经过一番装点，新居的春色提早来临了。这些贺卡温暖了我一家子的心。

古德云：“来而不往，非礼也。”我将以自制自写的贺书，特出一个“书”字，用来答谢大家对我的关怀和厚爱。愿在新的一年里，随着祖国前进的步伐，与大家共同携手，勇猛精进吧！

（2006 年）

苦夏读画忆旧友

今年夏天连续高温，笔者白天足不出户，躲进小楼，干起整理晾挂字画的活儿，聊以调整心态，抵御酷暑。

当我揭开一大卷尘封多年的字画，突然瞥见了18年前福州一位画家赠给我的一幅弥勒立像，令我惊喜不已。是画形神兼备，笔意在黄慎、白龙山人之间。当时曾摄有画照，惟此后十多年，我再也找不到这幅原作，故每览画照，重睹原物，如遇故友。画师名黄叶，号无全子，丙寅年冬画于鼓山。此诚苦夏读画得乐之首乐也。

其次是现代著名作家、出版家楼适夷先生书写的一张条幅，系楼老于1986年冬书赠与我。诗为楼老访绍兴旧作：

十月访绍兴，百级登禹陵。
三过家门而不入，胼手胝足为人民。

兰亭真幽绝，墨花散清芬。
俯临曲水试流觞，宛然我亦晋时人。
稽山何苍郁，鉴水碧波清。
赤血斑斑轩亭口，秋瑾千古留芳馨。
此山此水有此人，万众企首拜鲁迅。
感谢主人情谊重，遥颂古城日日新。

楼老是余姚人，此诗对绍兴情有独钟，不愧为大家手笔。书法也隽秀厚重，布局高雅，堪入现代作家法书之林。

回忆 20 世纪 60 年代，楼老和黄源老莅临绍兴，笔者有幸陪同参观鲁迅外婆家安桥头等有关鲁迅遗迹。乌篷船中二老侃侃而谈革命岁月，聆听之余，得益匪浅。时届晌午，舍舟登镇上酒店就膳，两位原想喝一点绍兴老酒，但其时老酒要凭票，我又没带酒票，致使二老扫兴，不然在归舟中，二老会谈兴更浓。我非常后悔，没有接待好。此后我一直在想，待二老再到绍兴，一定好好弥补。但二老一在北京，一在杭州，天各一方，会见机会少。更遗憾的是，楼老已在 2001 年逝世，黄老也于今年在杭州病故。从此聚会无期，展卷怀旧，感慨系之。

此外，我又发现了原杭州大学王焕镳老教授、作家李准、广东大书家麦华三、湖州谭建丞老先生、上海朱龙湛先生的法书，以及著名版画家沈柔坚先生的国画佳作《郁金香》。同时还发现了我省著名画家孔仲起先生和朱恒先生的山水画，还有刚去世不久的张岳健先生的花鸟画等等。读后真是其乐无穷。

最后，还有吾绍几位名书画家的杰作，如诸暨的赵岐山老先生的画作《芦雁》，并题诗一首：

我亦当年臭老九，舞文弄墨此生休。
居然盼得晚晴日，又向无涯艺海游。

时先生年逾九十，一目已渺，绘画作书全凭熟练技巧，且每画必题诗，堪称诗、书、画三绝，可宝也。又有新昌画家唐伯痴老先生画赠的《烟迷柳一川》图，满眼翠柳，小桥之畔缀以桃红，好一幅暮春景色。忆 1984 年我随商敬诚画师及唐老同游新昌长诏水库，小住数日，共研艺事。唐老朴实无华，画如其人，印象至深。我等共送其回沙溪真诏老家，山区农舍，颇为清幽，唐老画作深含山水之灵气。诸暨金鸣秋先生以擅写鸡、鹤，闻名遐迩，其中一幅《鸡菊图》，题为“高歌声振花冠丽，从菊傲霜晚节香”。金老自号浣溪渔翁，绘事之余，惟垂钓自乐，虽家徒四壁，生活艰难，然不能夺其追求艺事之志。士穷而后工，洵非虚语。故余不仅爱其画，更仰慕其人。值得一提的是，金老故后，某年于绍兴博物馆举行绍籍书画家作品展览，展出金老《鱼乐图》一幅。余从未见金老画鱼，但所绘之鱼又如此精妙绝伦，难怪金老自号“浣溪渔翁”，日日钓鱼，所谓艺术源于生活，高于生活。参观之余，痛惜余与金老绘鱼失之交臂。

综上所述，乃癸未年苦夏，余读画之乐事，濡笔记之，以留鸿爪。

2008 年夏日记

沈从文先生的背影

20 世纪 80 年代，笔者病退后，不时去杭州西子湖畔的浙江图书馆古籍部读帖抄碑。一天，在静悄悄的阅览室里，突然有人发出“喏！喏！喏！沈从文、沈从文”的低语，我猛地抬头望去，只见一老者已缓步向古籍部办公室走去。我非常遗憾没有见到沈从文先生的庐山真面目，但这难得一见的沈先生背影，却成为我永久的幸福回忆。

沈从文先生是我国一位伟大的文学巨匠，其作品被译成四十多个国家的文字出版，两度被提名为诺贝尔文学奖候选人。但新中国成立后，我们看不到沈先生新的文学作品，而代替它的却是研究文物一类的写作，如《中国古代服饰研究》《中国丝绸图案》等。我现在猜想，那次沈从文先生到浙图古籍部来，与他研究浙江的丝绸不无关联。对于他的这一“改行”，我一直耿耿于怀，不得其解。

我平生好游，对沈从文先生的故乡湘西凤凰，向往久矣。去年 12 月下旬，蒙绍兴海外国际旅行社董事长董学文的精心安排，我和老伴在女儿女婿的照护下踏上了凤凰之旅。从杭州到湖南吉首需乘18小时火车，我的惯例是带上一瓶老酒、花生米和香干，还有女儿手烹的熏鱼，以增加旅途的乐趣。此外我特地带了沈先生的不朽之作《边城》重读。沈先生笔下的川湘边境茶峒小山城有一条溪流，专职渡船的老祖父和孙女翠翠还有一条黄狗。他们终年累月竭诚为来来往往的渡客默默工作，显现了湘西人民的淳朴敦厚，令我倾倒。

火车晚点两个小时，到吉首已下午二时许了，当地旅行社孙导已在车站迎迓，此后几日她一直作为我们在湖南的导游。当天下午，我即瞻仰沈从文先生的故居。这是一栋已有百余年历史的清朝晚期建筑，分为前后两进，中间一个小天井，左右配以古色古香的厢房，给人以精巧秀丽的感觉。那飞檐矗立的屋架和灰色牢实的墙体融为一体，显得如此协调，那苍老陈旧的板壁和门窗，显示出故居的陈旧与古老。据传，当年沈从文先生的祖父辞官回归故里，在中营街的中段买下了这块地皮，修建了这座四合院样式的楼房。从沈先生的祖父到沈从文先生，前后经历了三代，风雨沧桑几十年，也曾显赫一时。时过境迁，昔日的辉煌与荣耀，已成过眼烟云。但可喜的是，在这原属故居的古老楼房中，建成了沈从文先生生平事迹陈列室，给人以莫大的鼓舞和欣慰。

沈从文先生自喻为“无从驯服的斑马”，以一个“乡下人”的纯良内心，孤立于光明与黑暗之间。20 世纪 30 年代初，沈先生批评左翼文艺运动中部分作家“只要思想，不要艺术”的公式化倾向，赞扬“京派”文人诚朴治学，批评“海派”文人与商业结缘，引起了鲁迅对他的批评。40 年代初，因为在《战国策》上发表过文章，居然被视为“战国策派”。事实上，他反对“英雄崇拜”，并因“反对作家从政”被郭沫若误解。40 年代末，他将希望寄托在非党派、非集团的“第四条路线”，因之被定性为“反动”的“桃红色作家”。

由此种种，决定了沈从文先生在 1949 年之后的命运，他的作品不能出版。笔者往日的悬念和困惑，至此迎刃而解，这是我凤凰之旅的一大收获。1981 年，春风解冬，沈从文先生应邀访美，与一般人不同的是，他很少提及“文化大革命”期间的遭遇。当时有作家问沈先生是否相信命运时，先生回答：“我不相信命运，却相信时间，时间可以克服一切。”

在凤凰短暂的时间里，我们走马观花地参观了闻名遐迩的吊脚楼、凤凰虹桥、沱江泛舟、北门城楼等。唯有茶峒小溪渡头未曾一到，那昔日渡船的老人、孙女翠翠和那条黄狗，只有遥想而已。

凤凰这座小小的边城，除了沈从文故居是最耀眼的人文景观外，使我出奇的是它还有许多杰出名人的故居和寄寓。分别是：民国初期的国务总理熊希龄、清朝湖南巡抚陈宝箴与其儿子陈三立。陈氏父子在湘施行新政，“戊戌政变”后双双被革职。陈三立的两个儿子为陈师曾和陈寅恪。陈师曾是著名的画家，陈寅恪任过中央文史研究馆的副馆长、学部委员，陈家的寄寓也作为故居开放。还有现代著名画家黄永玉的艺术馆。有趣的是，国家邮政局发行的《山水凤凰》明信片有这样一段妙文：“这是一座在沈从文的书里能读到；在黄永玉的画里能看到；在宋祖英的歌里能听到，中国最美的小城。”

2010 年 1 月 21 日大寒之夜沈定庵记

六渡东瀛见闻

我访问日本已有五次，每次都有不同的感受。今年 4 月，我和老伴应宁波七塔禅寺可祥大和尚的盛情邀请，参加了该寺组织的友好访日考察团，是为六访东瀛。此次考察团访日，主要是考察日本著名的古典建筑，并与日本佛教界人士开展友好交流活动。我有幸作为考察团顾问，在领略异国名刹古寺风光面貌的同时，还积极参与互动交流，并以书法作品与日本友人缔结了友情。

考察的首站是日本首都东京。我们走出成田机场时，日本东武旅行社的陈志成先生（宁波人），以及邀请考察团访日的村上博优先生早已在此迎候。据悉，村上先生是可祥大和尚的日本同参好友，也是日本曹洞宗一所寺院的住持，住在长野县上田市，此次特意从上田远道赶来迎接我们，之后将连夜赶回上田。其周到的待客礼数，给我们留下了深刻的印象。陈志成先生全程陪同考察。他既是翻译、导游，又是朋友，一路上为我们提供了非常热情周到的服务和帮助，大家内心很是感激。

第二天上午，我们参观了日本著名的佛教大学——东京驹泽大学。这是日本曹洞宗所办的一所综合性大学，地处东京都世田谷区驹泽。大学内设禅文化历史博物馆，馆内有宏伟壮丽的须弥坛，有一佛两祖的塑像，山门有一匾额曰“旃檀林”，书法精湛。耕云馆为著名的历史建造物，有宏伟的图书馆和宽敞的阅览室。大学的总长田中良昭接见了我团，可祥大和尚在赠送礼品时，把我写的一幅《南无阿弥陀佛》书法作品也送给了总长，以作留念。

东京的皇宫外景，我已参观多次，此次再临胜景，景色依旧。但见皇宫广场四周的黑松，长得郁郁葱葱，令我心爱不已。回想我省宁波天童寺山门前的万松关，数百株马尾松因虫害枯萎殆尽，实在可惜！身在国外，心怀天童，感叹不已。

离开东京前往旅游胜地箱根，游览了闻名于世的富士山。因其山高峻，周边无比，巍然耸立，山顶终年白雪皑皑，是日本的标志。登山车从一合目（一段路）开始，到顶端为八合目，但车路只能到五合目止，当天因受雾影响，车只能到四合目。在停车站，我们还邂逅了我省旅行团，有萧山、绍兴老乡，感到很是亲切！不一会，云雾稍散，露出了富士山的顶部，冰雪亮白，晶莹剔透，非常壮观，引发了众游客的欢呼赞叹。在下山的途中，雪顶又两次露出，愈显可爱动人！晚宿河口湖温泉旅店，大家洗了一次舒适的温泉浴，又遥览了富士山风光，心情格外舒畅。

在日本古都京都，我们参观了东、西本愿寺，寺内有三大著名古建筑，其中御影堂是大型木造建筑，因堂内供奉着亲鸾圣人木质肖像而得名。二为阿弥陀堂，以本尊阿弥陀如来为中心，左右两侧悬挂着圣德太子像和七位中日高僧，其中善导为中国唐代高僧。三为寺院山门，为京都三大门之一。在佛教中，山门又称作三门，意味着由此门入，领受真实之教；再从此门出，开始新的人生之路。

在京都，我们住宿在新都大酒店。当晚，远在西宫市的老友竹内晶子（市府秘书）特地赶来京都相晤，共叙别愫，畅谈欢甚！得知其双亲健在，赠其一硬片“寿”字。

奈良也是日本的古都，到处呈现古色古香，景物宜人。其中最为我所仰慕的地方，莫如供奉着我国唐代高僧鉴真和尚的唐招提寺。这里原本是日本一位亲王的宅邸，后被日本天皇赐予鉴真和尚，建成了招提寺。招提的意思是在佛身边修行的道场。鉴真和尚原是扬州大明寺的律宗高僧，应日本僧人及使者之邀前往传法授戒。鉴真和尚从唐天宝元年（742）筹划东渡到天宝十二年（753 年，日本天平胜宝五年）到达日本，前后近 12 年时间，经历了 5 次失败（其中一次船被风浪吹到海南），甚至双目失明，但矢志不渝，坚持东渡传法，最终达成所愿，开创了日本律宗。此外，鉴真东渡除带去大量佛教的经典外，还把唐代的文化艺术如建筑、雕塑、壁画、医药、书法，以及日常生活的豆腐、酱油等的制作工艺也传到了日本，其对日本的贡献和影响是不言而喻的。鉴真和尚在日本弘法 10 年，于日本天平宝字七年（763）圆寂，享年 76 岁。弟子们在其生前，特制作了大师的肖像（干漆），属日本国宝，现被安放在开山御影堂。每年五月初六鉴真和尚忌辰前后大约一周时间才对外展出，供众人瞻仰。鉴真和尚的墓塔在御影堂东边小树林中，我和老伴以满腔爱戴之情焚香礼拜。墓前还有一株赵紫阳总理当年手植的琼花，旁边的标牌上写着："鉴真和尚的故乡——中国扬州的花。"前中国佛教协会会长赵朴初先生撰的颂词被刻在护栏石上。徘徊墓前，我深感祖国有这样一位大德在异国他乡受到世人的膜拜而自豪骄傲。

在奈良还有一座被列为世界文化遗产的法隆寺，始建于 7 世纪，是日本现存最古老的中国式木结构佛寺建筑。寺中的文物被列为国宝级的有 130 件，被列为重点文化财产的有 1870 件。庙宇布局分东、西两院，其中建筑，如西院的南大门、中门、回廊、五重塔、金堂、讲堂、西圆堂、圣灵院、食堂，东院的梦殿、传法堂、舍利殿、钟楼等，均为日本国家级文物。寺内建于670年的五重塔，是日本最古老的佛塔。建于620年的金堂内供奉着中国北魏风格的释迦牟尼青铜佛像和药师如来佛像，是日本最古老的佛像。此外，法隆寺内还有各时代的雕刻、绘画、工艺品等，是日本佛教艺术的一大宝库，游览后使人流连忘返，兴叹不已。

此行的最后一站是大阪，这是一个现代化商业之城，犹如我国的上海。街上人山人海，热闹非凡，和几天来我们梵宇寻幽的生活相比，好像换了一个世界，感觉很别样。

此次在日本逗留一个星期，我有以下几点感受：一是日本对文物、建筑以及花草树木，保护管理得特别好；二是我们所到之处，无论大街小巷（除大阪部分地方之外），清洁程度真可说是一尘不染，尤其是看不到一张“牛皮癣”（小广告）和乱涂乱贴；三是日本人待人接物，彬彬有礼，给人以和谐之感。以上都值得我们借鉴学习。

2010年4月18日记

日本法隆寺

日本的法隆寺是现存日本最古老的唐式木结构佛教建筑群之一，位于日本奈良县生驹郡斑鸠町，又称斑鸠寺，是日本圣德太子于飞鸟时代建造的木结构佛教寺院。

现存庙宇群由西院、东院和众多附属庙宇组成。西院重建于 7 世纪末和 8 世纪初。西院的金堂佛像殿、五重塔、中门和回廊是早期佛教建筑风格的重要典范，而这一建筑风格在中国、朝鲜，或是其他亚洲地区早已荡然无存。

东院建于 8 世纪末，有梦殿等建筑群，寺中有 17 座被指定为日本国宝的建筑物，此外还有各时代的雕刻、绘画、工艺品，是佛教艺术的一大宝库。

西院寺中用木刻版压成花纹的土墙大道，是法隆寺的特色。大道尽头的中门门柱上还有外曲线形成的花纹，这又是仿希腊建筑的艺术特色。

建于 670 年的五重塔，是日本最古老的佛塔。建于 620 年的金堂内供奉着中国北魏风格的释迦牟尼青铜佛像和药师如来佛像，这是日本最古老的佛像。

东院后面的中宫寺珍藏着一尊木刻弥勒佛像，这是奈良雕刻的登峰造极之作。弥勒佛一腿绕在另一腿上，头微微侧向一边，一手托至腮边，显出庄严、泰然、若有所思的神情。

西院和东院中的历史建筑建于 8 世纪到 13 世纪之间。环绕周围的附属庙宇则建于 12 世纪，并一直持续到 19 世纪。我们今天见到的建筑则建于 17 世纪到 19 世纪之间。法隆寺所在地区被认为是日本文化和宗教遗产的重要组成部分，而这些建筑展示了从早期到现在的日本佛教历史。

虽然法隆寺建于 7 世纪，但现存的建筑仅有一座三层宝塔，修建于 706 年。同西院的建筑结构一样，这座宝塔已成为日本早期佛教木质建筑风格的典范。

1993 年，“法隆寺地区的佛教建筑”被列为世界文化遗产。世界遗产委员会评价：在奈良县的法隆寺地区，有 48 座佛教建筑，代表了日本最古老的建筑形式，是木质建筑的杰作。其中的 11 座建筑修建于 8 世纪之前或 8 世纪期间，标志着艺术史和宗教史发展的一个重要时期，即再现了中国佛教建筑与日本文化的融合。这些建筑与佛教是同期传入日本的。

如我们今天所见，历经风吹雨打的古老法隆寺外观显得对称和谐，橙色的栋柱以及白墙绿窗仍灿烂辉煌，着实让来自中国、朝鲜的游客感到绚丽夺目。西区的大殿中供有巧夺天工的佛像，它们和在丝绸之路上发现的佛教艺术风格极为相似。青铜佛像面部表情平静如水，呈闭目养神之状，并露出幸福之意。另外，精美雅致的绘画装饰着主殿屋檐。在珍宝馆内，随处可见华丽的物品，印证了当时贵族生活的无比奢华。特别值得注意的是玉虫祭坛，它原归皇后所有，最初是用上百万只闪光的甲虫翅膀镶嵌而成（遗憾的是，时间太久，甲虫翅膀早已腐烂掉了）。在法隆寺内还耸立着一座梦殿。这座八角形建筑建于740年，传说法隆寺的建造者圣德太子做了一个梦，梦中一位天使出现在他面前，后因圣德太子之梦而建此殿。梦殿内竖立着一座名为“神秘佛陀”（即释迦牟尼）的雕像，只在春季和秋季时供人观赏。

（2010年）

记我在湛江的第一位老师冯凌云先生

冯凌云老师（1875—1954），号榕溪，广东遂溪县麻章长布村人。家贫，自幼聪慧，年少时曾一度辍学，后赖其六伯父冯绍琮出资供他就读，教他立志进取。光绪二十一年（1895）受业于雷阳书院，其恩师陈乔森先生乃粤西的一位硕儒，且又是一位闻名宇内的大书画家。冯老师于光绪三十一年（1905）经遂溪县试、雷州府试和省学政院试，成绩列一等第一名，考取廪生（廪生可获官府廪米津贴）。同年光绪帝下诏书“停科举，办学堂”，结束了延续一千多年的科举制度。冯老师成为雷州历史上最后一位廪生。

晚清废除科举后，大多数贡生自负清高，对追逐功名耿耿于怀。冯老师却识时务，应潮流，于光绪三十三年（1907）考入两广法政学堂，是遂溪首个毕业于省级学校的学生。他亦古亦今，双重学历，在雷州很有名气。尤其是冯老师的书法、诗词、楹联不落俗套，独树一格，在当时粤西地区是首屈一指的。冯老师后来定居在广州湾（今湛江市）赤坎兴汉路 14 号，其自书门联“传家有道惟存厚；处世无奇但率真”，正是他沥诚从善、正义做人的写照。

有两件事，最能反映冯老师的高尚风骨。法国入侵广州湾后，相继有法人死亡，侵略者便在今霞山区第四中学附近修建一座法人坟场，民众称为“番鬼园”。墓园按西欧传统模式建造，为显示也有中式特点，特在墓园大门两旁设置对联，法人通过法国师爷（即翻译官）求冯老师撰联。冯老师对法殖民者素来痛恨，有意在墓联上挖苦讽刺侵略者，联曰：“江山信美谁家土；天海苍茫故国魂。”表面像是悯悼死者，实寓对侵略者死在“谁家土”的质问。当时市民来往者都可看见，均知其意，大快人心，争相传诵。不少老广州湾人至今仍能背诵。

冯老师又有一名联：“到此地除非嫖赌饮吹，断难小住；惟斯界可容官商兵盗，任作欢场。”把当时广州湾的丑恶面暴露无遗。

另一件事，在 1947 年 3 月，原广州湾赌霸，后投靠国民党出任遂溪县长的戴朝恩（诨名铁胆）被粤西游击队击毙。其家属恳求冯老师为“铁胆”写诔文，连续登门三次，还许以重金作酬谢，但均遭到冯老师的拒绝。

冯老师平生热心教育事业，民国期间曾任遂溪七小、湛江晨光小学、河清中学校长，很是同情革命。这些学校的革命师生，在地下党的领导下，为抗日和解放战争做了大量的工作。新中国成立后，不少冯老师的学生，担任了湛江市的部门领导。

我于1940年（时年14岁）历经万里跋涉从家乡绍兴到了广州湾（即今湛江市），其时慈父和庶母也因避难到了广州湾，并在赤坎新街尾开设一间小小的镜湖书画社，以卖画为生。我到广州湾后，父亲、庶母就教我学习金石书画，为此我无法再进学校读书，父亲为了弥补我在文化上的缺陷，特地恳请冯老师收我为入室弟子。由于我白天要跟庶母学绘肖像画，蒙冯老师不辞辛劳，每晚亲自徒步来到我家教读，读的书先后有“四书”“五经”等。除了读书，冯老师还教我书法——隶书，冯老师的书法在广州湾也是声名显赫的。所以我的隶书基础是在冯老师的教导下奠定的。记得当时我有一位学兄，是南山上林寺的一位云峰和尚，跟冯老师学习诗词，他很聪明，后来成为一名诗僧，新中国成立后出任广州六榕寺住持，并凭借他的道德学问成为我国当代高僧之一。

民国成立后，冯老师曾在顺德、江门、新会等地的政府部门担任科一级的公职，至民国八年（1919）返家。陈学谈为广州湾法租界赤坎公局绅（即局长的级别），聘冯老师为雇员。从此，陈学谈对冯老师的后半生起到了很大的影响。陈学谈以贩卖鸦片起家，在广州湾赤坎海边街设有鸦片总局——三友公司，当时海边街整条街的房屋都是陈学谈的产业，富甲粤西。云南盛产鸦片，他在云南开设分公司，名为“大有号”。冯老师曾于民国二十六年（1937）受“大有号”雇工，两年后因与陈学谈意见不合辞职到广州湾，另谋工作。1945年抗战胜利，陈学谈受重庆国民党令，接收广州湾日军移交，又拉冯老师参加工作，任审判厅长。他在就任时曾经布告，誓不妄取一钱（曾二次却贿不受）。后又任国民党先遣军司令部执法长，仅一个月。

新中国成立后，广州湾改名为湛江市，陈学谈逃到香港。冯老师则受到人民政府的拘留和改造，在湛江公安局狱中表现很好。我曾有一份冯老师手写（复印本）的历史交代和悔过书，多达26页，共5000多字，是一件上佳的书法作品。首页有《学习十日，局长教导有方志喜》五古一首：“国利重太岱，身命轻鸿毛。顾虑不可有，苦口诲我曹。立地证佛果，放下屠者刀。一言见真谛，云月比孤高。”又有《狱中改造有感》七律一首：“如山恩重海量宽（蒙政府宽大之恩狱中改造），不信狱中改造难。证佛何妨暂历劫（慧能六祖说觉悟即佛，不觉悟即凡夫，于狱中如能觉悟，何妨暂失自由），成仙未必不凭丹（十日学习蒙局长指导员训诲诱掖，借仙佛为譬如，诗人之常也）。涤污尽挹千江水，进步高登百尺竿。八十老人身尚健，太平指日倚筇看。”以诗言志，足见冯老师洞察旧社会把人变成鬼，新社会把鬼变成人，他的改造是有成果的。没有多久，冯老师获得了新生。冯老师于1954年病故，其时笔者身在绍兴，天各一方，未能凭吊，师恩难忘。1985年笔者重返湛江，曾到冯老师墓地焚香敬酒祭奠，缅怀昔日老师亲临我家谆谆教诲之情，不禁潸然泪下。伏愿老师在天之灵，得到安息。

2011年元月受业沈定庵谨记

谈谈我参加中国民主同盟的一点感受

1975 年我参加中国民主同盟至今，已 36 年了。其间，又有幸加入了由一代书坛宗师沙孟海先生领导的浙江省民盟华夏书画学会。在民盟组织和学会的领导帮助下，我获益良多，在书法专业上确实进步不少。但陈振濂同志在《书画论集》第七辑的序言中，称誉我为“隶书独步天下”。我实在愧不敢当，只能虚心地把它作为陈振濂同志对我的鞭策和鼓励，让我在书法艺术上不断追求进步，不辜负学会、组织的关爱。

2008 年，省民盟华夏书画学会在陈振濂同志亲手策划下，在绍兴为我隆重地举行了“沈定庵从艺 70 周年庆祝大会”，又逢华夏书画学会成立 20 周年，真是双喜临门，意义特别重大。当时自杭州光临的书画大师有徐启雄、钱大礼、陈明刚、烨国，上虞的张关卣和陈振濂，他们在舍间的画室中，挥毫合作四尺整张的《九寿图》，苍松、磐石、牡丹、灵芝、水仙，五彩缤纷，瑞气祥和，再加上陈振濂同志的一手题跋，真是美不胜收。当时我在一旁观看各位画师通力作画，得到如此礼遇，我心感不已。后来我将此有意义的《九寿图》装潢后，一直挂在客厅，以作永久的纪念。当天下午还在府山饭店举行了座谈会，出席的除以上书画家外，还有远道而来的宁波七塔寺方丈可祥大师、《绍兴日报》社长赵解刚、《山阴道》编辑郑休白、杭州著名作家杜文和等，大家畅谈风生，并摄影留念。

除上述庆祝活动外，华夏书画学会还专门出版《书画论集》第七册，主要收集了我写作的“师恩浩荡”纪念徐生翁先生的文章9篇及《近百年绍兴书画名家小传》20余篇，又有《定庵随笔》30余篇。我的小文不雅，可是学会还是如此张扬我，除了感恩，还望读者有以教我。

再说年前我为绍兴民盟做过一件小事，也可说是件好事。我郑重地推荐绍兴才女——《绍兴日报·山阴道》副刊高级编辑郑休白女士加入绍兴民盟。自休白女士入民盟以来，对组织热爱，每会必到，还凭着她的一枝生花妙笔，为民盟做了不少事，得到绍兴民盟和省民盟的好评。民盟是一个融合知识界的宝库，我们还需要不断发掘、荐贤举能，以壮大发扬民盟的队伍。

（2011年）

师生两馆员

恩师徐生翁先生在我心中是一位前无古人、后无来者的书画大师。他的书画艺术受到周恩来总理、黄宾虹、潘天寿、沙孟海、萧蜕庵、邓散木、陆维钊等领导和大家的推崇与肯定。先生一生清贫，布衣终身。1939年，周恩来为抗日救亡运动到绍兴视察，在大禹陵见到“地平天成”四字碑刻，非常欣赏，陪同者告知为绍兴著名书画家徐生翁先生所书，而且其人品高尚。周恩来得悉后即嘱随同人员持自己的名片往访并致慰问，隔日还邀徐先生等游览东湖、快阁（陆游读书处）。人云生翁先生素不闻政治，但从这一事例可知，徐先生是闻最大的政治。早年北洋军阀河南督军赵倜，出重金聘徐先生去做他的代笔，被先生严词拒绝。20世纪30年代，绍兴地方一位高官欲从先生学书，也被先生婉拒。抗日战争期间，绍兴沦陷，徐先生爱子翁旦被日寇枪杀，国仇家恨令老人悲愤不已。因徐先生一家食口众多，无力远避，乃去附廓小云栖寺暂寄，日惟靠糊火柴盒，种些园菜艰苦度日。敌伪迫其写字作画，先生默然以对，后汉奸楼某出巨资索书，先生凛然拒绝。有人以先生一家嗷嗷待哺相劝，先生说：“我不要这种造孽钱！”铮铮之言，掷地有声。与此同时，先生曾作《荷轴》，寄赠远在浙西后方的挚友画家沈红茶先生，画上题“不染”以明志。明末乡贤王思任曾说过：“夫越乃报仇雪耻之乡，非藏垢纳污之地。”鲁迅先生也说：“身为越人，未忘斯义。”徐先生亮节高风，一脉相承。

在痛苦煎熬中，徐生翁先生以75岁高龄盼到了黎明。1949年5月7日绍兴解放，第二天张慕槎秘书长代表浙东行署主任马青上门看望先生。此后先生关心国家大事，经常戴着高度近视眼镜，还拿着放大镜阅读报纸。1953年6月24日浙江省文史馆成立，先生被聘为第一批馆员，由于先生无正常职业，且在书画艺术成就特殊，因此每月发给生活补贴四十多元，这在当时达到中等以上工薪水平。先生感恩图报，据我所知，此后先生积极参加社会活动，为绍兴文管部门鉴定考证大量字画、碑帖和文物，还为公家书写字牌匾额，如革命烈士之墓、重修大善塔碑记、徐锡麟纪念馆、绍兴少年宫等等，不胜枚举。连个人写字作画也不取分文，而且还用自备的纸张笔墨。通过我代求先生字画的数量也不少，他却从不收受一分钱。先生一家食口众多，有工作的极少，先生有这种品格，真是难能可贵，是一位十分合格称职的馆员。

我于1990年蒙郭仲选馆长的推荐，进入浙江省文史研究馆。我6岁习字就受到徐老师的嘉勉，直到1956年（师已82岁高龄，我29岁）承王贶甫（周恩来总理表弟，绍兴市副市长）、陶冶公（鲁迅先生留日同学，著名民主人士）、朱仲华（绍兴乡绅）三位前辈的引荐，徐先生始收我为入室弟子。我于徐师既学书艺，更师人品。今师虽早归道山，但谆谆教诲，矢志不忘。为了弘扬徐师书画艺术和高尚人品，我自1962年开始撰文发表于报刊（1964年师病逝），此后撰文不断，已撰文30余篇，计10余万字，并在杭州西泠印社及绍兴兰亭为徐师举办书画展览，主编《二十世纪书法经典·徐生翁卷》、合编《西泠印社书画名作丛编·徐生翁书画》等，然师恩浩荡，我所做的微不足道。今已届83之龄，纪念先生和研究先生的学术思想的愿望方兴未艾。

我于1986年8月担任中国书法家协会第二届理事，1982年1月浙江省书法家协会成立时被推选为副主席，同年春兰亭书会成立，被推为会长，直至今日。二十多年来，愧无建树，只有两件事尚可告慰全体会员，一是兰亭书会活动频繁，差不多全国知名书法家都亲临过兰亭，但我从不假公济私，向书画家索求过一张书画。二是，2004 年 12 月 26 日，印度洋地震海啸的大灾难，惊动全世界。赈济救难，刻不容缓，为此我建议兰亭书会于 2005 年 1 月中旬在绍兴举办全体会员书画义卖（拍卖形式）。在绍全体会员踊跃投入义展活动，其他在浙江省的会员（杭州居多），及远至河南、北京的，我都用毛笔在较大幅面上书写邀请参展的信函，内容如下：

> 怒海无情人有情，尊敬的某某先生，为赈济印度洋地震海啸的巨大灾难，兰亭书会将于本月中旬在绍兴举办全体会员书画义卖（拍卖形式），全部所得捐助受灾难民。今特函恳赐法书乙幅，为义卖增色，功德无量。如蒙应允，感同身受，临书不胜翘企，专奉谨颂新禧。兰亭书会中人沈定庵。

此后即蒙郭仲选、朱关田、刘江、章祖安、鲍贤伦、祝遂之、王冬龄、陈振濂、朱春城、赵雁君、林剑丹、卢乐群、李明、曹厚德以及远在河南的牛光甫老书法家都纷纷寄来书法作品，其热情令人极为感动，共收集到 113 件书作。其中车广荫会员一人捐书 10 幅，最后此 10 幅作品由宁波七塔寺方丈可祥大和尚、住持传道法师亲临绍兴并以人民币 15 万元拍得。赈济救灾，功德无量。当时场面热烈动人。事后我写了一封感谢信，告知拍卖经过并附上绍兴市红十字会收款票据。

自2007年三季度开始，我发兴编写《近百年绍兴书画篆刻名家小传》，已在《绍兴日报》发表16篇，欲起到抛砖引玉的效果。由于工程较大，非个人能力所能完成，半年来已得到读者广泛提供的资料及建议。此举给我以极大的鼓舞和鞭策，生命不息，我将奋笔直书，以回报社会。

（2013年）

乡景乡贤

『金不换』

鲁迅先生一生著译数百万言，手稿几乎全部用“金不换”毛笔书写的。“金不换”小楷毛笔是绍兴卜鹤汀笔庄所特制。这家笔庄创始于清同治年间，至今已有百余年历史。制造“金不换”的原料是用正冬狼尾（黄鼬尾）为主，其次以江苏句容所产野草兔毛为辅，又用芙蓉皮混合制成。黄鼬尾细软经久，又富于弹性；草兔毛光滑有粘贴性；芙蓉花皮则能含蓄水分。故“金不换”毛笔的特点是既细软，又刚健，并能吸水，书写自如。

“金不换”又名“本京水”，早在前清科举时代，绍兴一般应考者，多爱用此笔。由于书写迅捷，得心应手，故称为“金不换”。

新中国成立后，卜鹤汀笔庄业务大大扩展了，在制作“金不换”毛笔的过程中，不但保持名笔原有的特色，并且精益求精，质量上有了很大提高，产品远销上海、北京、东北等地。绍兴鲁迅纪念馆还把“金不换”名笔赠送给前来参观的国际友人，很受外宾的欢迎。

（1976 年）

两登大善塔

1956年，绍兴遭遇强台风袭击，古老的大善塔也受波及。翌年，绍兴市人民委员会拨款重修。工程初期，绍兴市委曾组织部分人士登塔观赏，我有幸参与。记得当时的黎明市长登塔到一半，因气急而下。其时我年方三十，虽有恐高症，但探宝心切，竟顺利登上七级浮屠。大善塔曾遭火焚，故塔内空空洞洞，兀像一支大烟囱。逐级望去，一无所获。只在顶级塔壁发现一方碑石，约一尺见方，字寸许大小，但模糊不能认读。我猜测此碑与建塔或修塔有关联。对于这样千载难遇的机会，我是不肯轻易放过的，后商请市区小坊口文云阁裱画铺钟阿水师傅一起再度登塔拓碑，工地工友帮我们捡来一条长木板，横架于塔洞两口，钟师傅进入塔内，立于木板上共拓了两份。四十多年过去了，每当展示当年钟师傅手拓的碑文，都心存感激之情。

塔碑高36厘米，阔26.5厘米，字大约2厘米。共八行：

首行：“山阴县迎恩坊十三保奉”

第二行：“佛信士张廷□，同妻□□”

第三行：（上空两格）“男张鹏女大姐□□……”

第四行：“捐资重修大善宝塔”

第五行：“祈求向□□□□人”

第六行：“□□子副繁”

第七行：（空行）

第八行：仅“三日”两字。（记述年月的字迹已损毁，殊为可惜。碑之底部有挖凿痕迹，可能是塔在未焚前被人偷挖过）

考大善塔屡有兴废，《绍兴市志》载：“据明张岱《修大善塔碑》记载，大善塔与大善寺同时建造。”大善寺建于南朝梁天监三年（504）。如属上说，则塔始建至今已有1500多年的悠久历史了。另据《南宋嘉泰志》载：“唐大中元年（847）造塔，宋淳化三年（992）火焚塔寺俱尽。景德元年（1004）重建。”又据旧《府志》载：“明永乐初寺僧重修寺塔，复焕然。”旧《志》：“国朝康熙八年僧万休同邑人重修。”依照以上史料，大善塔在明清两代各重修一次，明初一次为寺僧所修，清代一次则有寺僧同邑人共修。这与现存塔碑所记颇相吻合，但观碑刻苍石，远于清代，因此很难定论此碑立于何代。

塔碑所存之字，书法隽拔，类北魏造像刻字。书者刻工均属上乘之作，极为珍贵。

1957 年修塔时，我又进入塔内，取出不少旧塔砖。砖上有砖铭“大善寺宝塔砖”六字，字体古拙可爱，我手拓一份留存。重修工程将竣，绍兴市人民委员会专请徐生翁先生书写碑记，文曰：“一九五七年七月，绍兴市人民委员会重修大善塔竣工。徐生翁题。”先师法书与宝塔同垂不朽矣。

（1976 年）

姚长子和『绝倭涂』

多少年来，绍兴民间流传着姚长子抗击倭寇的故事。

姚长子是柯桥独山村一个贫苦农民，家无立锥之地，在鉴湖街一个姓王的财主家里当长工。因为他身材长得高大，大家就称呼他“长子”，连他的真名也忘啦！他为人忠厚勤恳，见义勇为，乡民们都很尊重他。

明朝嘉靖年间，东南沿海经常遭受倭寇的侵扰。倭寇所到之处奸淫掳掠，杀人放火，人民遭受深重的灾难。绍兴地处浙东沿海，也屡受倭寇的荼毒，百姓无不恨之入骨。

嘉靖三十一年（1552）的时候，浙东四乡奋起抗倭，打击侵略者，倭寇溃败，妄想出海逃命。一天，一百多个倭寇从诸暨窜入绍境。由于官军防备松弛，一路如入无人之境。倭寇过跨湖桥，直扑鉴湖街。那天，姚长子正在场上打稻，见倭寇闯到，怒不可遏，立刻拿起稻叉，奋不顾身和倭寇勇猛搏斗，当场被他戳倒几个，但终因寡不敌众，被倭寇所擒。倭寇惨无人道，用藤条贯穿他的锁骨，并胁迫他领路到舟山。姚长子误以为是柯桥附近的州山，心想：州山是个有百户人家的大村，强盗入室，鸡犬不宁，是万万不能去得。可是，倭寇逼迫得紧，怎么办呢？姚长子急中生智，将计就计，沉着镇静地引着倭寇向背着州山方向而去。

姚长子经柯山，翻柯岭，来到四周皆水的化人坛。前后只有两桥与外界连接，这时姚长子密嘱乡民先拆前桥，待全部倭寇引进坛后，即毁后桥，断其归路，可以将倭寇一网打尽。倭寇跟着姚长子进入化人坛后，见前边桥已毁，急忙后退，哪知后边的桥也已被拆除，知已中计，倭寇疯狂地杀害了姚长子。

绍兴总兵得知倭寇陷入化人坛，就率领官兵将化人坛团团围困，倭寇犹做垂死挣扎，筑起土城，负隅顽抗，相持数天。绍兴秀才徐文长不但精通诗词字画，多才多艺，而且深晓兵法，足智多谋。他得知消息后，星夜赶往柯桥，察看地形，向官兵献了一个“穴舟窒袽”的诱杀计策。先叫乡民们凿穿船底，再塞入棉絮布丝之物，然后罩上一层伪装，乘着夜色将空船放到对岸。倭寇因被困数日，饥饿不堪，争先恐后，夺船逃命，哪知船到江心，迅速下沉。乡民和官兵合力围杀，痛打落水狗。这一百多个倭寇，全军覆没，无一漏网。

战斗结束后，携老扶幼的乡亲们涌往化人坛寻找姚长子下落，他为了保全万千人的生命而壮烈牺牲。乡亲们怀着无限悲痛把姚长子安葬在鉴湖街的西首钟堰的寿家岸。从此，鉴湖之滨，长眠烈士忠魂。

“夫越（绍兴）乃报仇雪耻之乡，非藏垢纳污之地。”为了表彰姚长子的功绩，人们把化人坛改名为“绝倭涂”。前后两桥重建后，命名为“得胜桥”和“万安桥”。至今，刻着姚长子英雄形象和事迹的纪念碑，还巍然屹立在“绝倭涂”上。

（1978 年）

新发现的秋瑾书信

我们在新近搜集革命文件中，发现了秋瑾烈士的两封亲笔书信。这两封信是秋瑾于第一次出国前和在日本时，写寄给她的哥哥秋莱子的。其中一封谈到她想使绍兴多有几个女同胞出国留学；另一封谈到她在日本东京援救一个华侨弱女子的义举。这些书信一直为人们所珍藏，从未发表过。1962年7月15日，是秋瑾烈士就义55周年，我们发表出来，以作纪念。

> 来吉大哥大人手足：接读飞函，敬悉一切……妹大约月底动身赴东，近因欲运动一官费及绍中多去几女学生留学，以备学堂师范之用。奈妹多年未回，事事隔膜，亲友又无一人，恐难达望。家中大小人丁安吉，勿念。余言后续，此请旅安。妹瑾叩。

五十多年前，秋瑾烈士为了寻求救国的道路和充实革命的知识，冲破了家庭的牢笼，决心到日本去留学。从这封信里，我们知道了当时秋瑾不仅自己这样行动，而且还希望有更多的女同胞留学，为谋求妇女的解放和日后的革命事业多增加一分力量。

> 大哥大人手足：妹因师范尚未开班，大约四月开学，暑假不放，故于近日归家一行。并携有一蔡姓女子，因其人为其夫所弃，人复老实无用，非妹援手，实无依靠，故在东京为其筹款归国。凡人做事必须全始全终，别处妹无立足地，故带至绍地，使其入新开之手工学校。一年后可自食，则择一人嫁之，妹须可卸肩。学费已筹好，每月四两半，为各同志凑集者。吾哥之信于将上船时，友人在会馆中见信携交者，故未得即书……

秋瑾烈士见义勇为，援救弱小者，这一事例，给人以深刻的启发和教育。“凡人做事必须全始全终”，秋瑾不但救人于危急，还万里迢迢地送她回国，并给予她以自力更生的生路。从这件事的表面来看，秋瑾烈士不过救了一个弱者（据说这位蔡姓女子，后来在秋瑾主持大通学堂时，也到大通学堂忠心耿耿地跟着秋瑾做事，直至秋瑾牺牲才离去），而对照烈士对革命事业的忠贞不渝，直至最后的以身许国，则可见“凡人做事必须全始全终”的精神，是贯穿着秋瑾烈士一生的。

（1978 年改定）

徐锡麟烈士的遗诗

辛亥革命前夕，在“安庆起义”中英勇牺牲的徐锡麟烈士（1873—1907），字伯荪，浙江绍兴东浦镇人。今年是烈士诞生90周年。

徐锡麟烈士短促的一生中，除了轰轰烈烈的革命斗争事迹外，在文学修养上也很深邃。所作诗歌，慷慨激昂，充满着强烈的爱国热忱，可惜烈士在殉难时，其作品多被清政府没收，故很少留传。

1962年中华书局出版的《辛亥革命烈士诗文选》选录了徐锡麟烈士的《出塞》和《浪淘沙·京口》两首诗词。此外，新近在绍兴发现了他的一首五言律诗。

瞥眼顿心惊，分明故物存。
摩挲应有泪，寂寞竟无声。
在昔醒尘梦，而今听品评。
偶然一扪拭，隐作不平鸣。

这首诗作于1903年，是年夏天，徐锡麟去日本参观东亚博览会，在东京博物馆中看到祖国的两座古钟，一座是道光十三年（1833）广州某庙所铸，别一座为宁波天后宫所铸。他见到祖国文物散失在异国，感慨很深，因赋此诗。从这首诗里也揭露了帝国主义分子盗窃我国古代文物的无耻罪行。

（1978年改定）

塔山

塔山是绍兴市区的名山之一，在南门内。塔山又名飞来山、宝山、怪山、盘山等，因山上有隋唐创建、宋代重修的应天塔，故名塔山。

塔山有许多悠久的史迹和有趣的传说。春秋时，越国大夫范蠡督造绍兴城时，一夕，有山突然从琅玡东武海中飞来，居民怪之，称怪山，或飞来山。北魏著名的地理著作《水经注》上也记载着：“（县）西门外百余步有怪山，本琅玡郡之东武县山也，飞来徙此，压杀数百家。《吴越春秋》称‘怪山者，东武海中山也。一名自来山，百姓怪之，号曰怪山’。亦云：‘越王无疆为楚所伐，去琅玡，止东武，人随居山下。’远望此山，其形似龟，故亦有龟山之称。”东汉《越绝书》上记载着越王勾践曾在山上建造游台，仰望天文，即今之天文台。

山上旧有不少古迹，如巨人迹、灵鳗井、宝林寺、应天塔等。灵鳗井在山顶，方广不满二尺，水深仅尺余（现已淤塞），有鳗一尾。传说如遇重大灾害时，鳗就出现，故称灵鳗。唐代农民起义领袖黄巢兵驻浙东时，曾登临此山观看鳗井，凑巧灵鳗浮上水来，黄巢不信鬼怪，即掣宝剑向鳗刺去，伤及鳗头部，灵鳗立即逃遁。后来人们看此鳗出现时，头部还有伤疤。宋朝诗人林景熙《宝林鳗井》诗云：

云根藏海眼，灵物此中蟠。
吐沫晴岩雨，飞阴夏木寒。
何年化龙去，半日待潮看。
消长从谁问，微吟倚石阑。

《绍兴府志》记载，山上有应天塔，今呼为塔山。应天塔始建于隋唐之际，现在的塔身重修于宋代。塔高七层，巍然屹立在山之巅。塔原有楼，可缘梯而上，登高可眺望绍兴全城。鲁迅在青少年时代也常到塔山去游玩，有一次从南京求学回来，陪着农民朋友章运水，去登应天塔，两人爬到第四层，因风刮得很厉害，就下来了。到了1900年的旧历七月半，这天是习俗的盂兰盆会，塔上烧香不慎失火，楼板楼梯全部被焚，因此变成了现在这样一个空心的古塔。但塔壁内各层的许多石刻经文、造像，却仍完整地保留着。

新中国成立后，塔山也绿化了，山的南麓是辛亥革命烈士、中国妇女解放运动的先驱者秋瑾的故居——和畅堂的所在，山的西麓将是绍兴的第一所大学——绍兴师范专科学校（即浙江师范学院绍兴分校）的所在，现正在动工兴建中。

（1980 年）

蕺山

蕺山在绍兴城北昌安门内，周围二里许，高不满百米。两千多年前，越王勾践为了报仇雪耻，以卧薪尝胆、节衣缩食的坚毅精神，与人民同甘共苦。他经常登临蕺山采食一种有腥味的野生蕺菜，以牢记国耻。这就是蕺山命名的由来。后来明末的爱国学者王思任曾说过："夫越乃报仇雪耻之乡，非藏垢纳污之地。"鲁迅也说"身为越人，未忘斯义"。两千多年来，这种革命传统哺育着越国的千百万优秀儿女。

蕺山又名戒珠山、王家山，其与东晋伟大的书法家王羲之的事迹紧紧联系在一起。王羲之原是山东琅玡（今临沂）人，东晋南渡后在会稽山阴（今绍兴）担任地方官，定居在绍兴、嵊县两地。蕺山南麓的戒珠寺就是他在绍兴的别业，其住宅在嵊县。寺的前面原有一方小池，是王羲之养鹅的所在。传说王羲之有颗心爱的明珠，经常用来摩挲双手，使十指不停运动，以加强书写腕力。一天，这颗珠子不翼而飞，他怀疑是寄住在他家的和尚所为，因此对和尚日渐冷淡。这个和尚也不加申辩，竟至绝食而死。不久真相大白，原来明珠是被王家养的白鹅误吞下肚的，后来白鹅不思饮食死去，宰杀时发现了这颗珠子。王羲之得悉后忏悔不已，但人命已无法挽回，于是舍宅为寺，就把整座别业和周围的山地都舍给佛门作为庙宇。这就是戒珠寺、戒珠山的来历。

戒珠寺的山门陈设与别的寺院不同。一般寺院山门的佛龛里都塑着一尊哈哈大笑的大肚弥勒佛，而这里塑的却是屋主人王羲之的坐像。方巾帽、斜领服，温文尔雅，栩栩如生，令人爱慕。左右塑着两个童子，一个怀抱双鹅，一人手执拂尘，形象逼真。这种处理手法，是独具匠心的。说明王羲之虽然冤枉了好人，但他能痛加悔改，所以世人还是谅解和爱戴他的。因此，千百年来，不知有多少仰慕“书圣”的诗人词客在这里留下了纪念的诗篇。如南宋朱熹有一首《游戒珠寺悼右军故宅》诗：

因山盛启浮屠舍，遗像仍留内史祠。
笔冢近应为塔冢，墨池今已化莲池。
书楼观在人随远，兰渚亭存世几移。
数纸黄庭谁不重，退之犹笑博鹅时。

这首诗把戒珠寺和王羲之的史实胜迹描绘得惟妙惟肖，令人遐思。

戒珠寺的山门曾有楹联一副，为现代名画家蜀人张大千所撰写，联句是：

此处既非灵山，毕竟什么世界？
其中如无活佛，何须这样庄严。

上述塑像楹联等，已毁于“文化大革命”中，但寺庙至今基本上还保持着原样。楹联也已重新补写。

到了明代，蕺山上创建了一所“证人书院”，也称“蕺山书院”，是富有民族气节的学者刘宗周讲学的地方。刘宗周（山阴人），字启东，被尊称为“念台先生”和“蕺山先生”。他是明代万历年间进士，天启时为礼部主事，因痛斥阉宦魏忠贤、客氏等，被削籍归乡。崇祯初复官为顺天府尹，以直谏名世，但不为崇祯帝所纳，南明弘光朝时又因弹劾马士英、阮大铖辈而再度遭到排斥。他为官清正，不怕权贵，任顺天府尹时，打击豪家，力挫阉党，虽受诽谤，也不动摇。外戚武清侯的走卒殴打国子监学生，刘宗周痛打了这个家伙，还把他枷锁在武清门外示众，大灭权势者的威风，对贫苦寡独的百姓则进行抚恤。他任职一年，政令为之一新。当他因病离任时，百姓为他罢市，以表追思。清兵陷杭州、绍兴后，刘宗周拒绝向清军投降，决心与城池共存亡，最后绝食23天而死。据说他在绝食时，由于饥饿的痛苦，双手不断往桌面上挖，留下了深刻的抓痕。他的门生祝渊、王毓蓍也一道殉节。

清代末叶，在蕺山书院的旧址创办了山阴县学堂，辛亥革命烈士徐锡麟曾任堂长。他亲自任教，自制大地球仪，自绘《绍兴府衢路图》，造就了一批革命人才，成绩显著。后来名闻全国的历史学家、《中国通史》的著者范文澜先生，以及著名的数学家陈建功先生，都是该学堂同班的高材生。

蕺山还有唐代的石刻“董昌生祠题记”，刻在天王寺后山坡摩崖上，刻高四尺九寸，刻横八尺二寸，大字六行，正书：

> 唐景福元年，岁在壬子准[敕]建节度使相国陇西□生祠堂。[其年]十二月十六日[日兴工]开山建立。□遍山栽□□□□。

董昌，临安人，从土团军到陇西郡王，对人民暴虐无道，僭位号“大越”，后为钱镠所杀。这几行刻字也是董昌的历史罪证。

新中国成立后，有关部门对蕺山进行了植树绿化。现在满山青松，郁郁葱葱，是民众游憩和锻炼身体的好场所。山的南麓建有“绍兴瓷厂”，生产的生活和工业用瓷，畅销国内外，获得了好评。山的东麓蜿蜒着杭甬公路，紧靠着浙东运河、萧甬铁路，水陆运输称便，车来船往，一片欣欣向荣的繁忙景象。登临山顶，可以眺望半个绍兴城和城北广阔的水乡景色，令人心旷神怡。根据市政建设规划，不久的将来，蕺山将被辟为市区公园。

（1980 年）

漫话绍兴的桥

绍兴是典型的江南水乡。在纵横交叉的河道上，散布着千百座大大小小形式不一的石桥，这是古城绍兴的特色之一。

绍兴现存的石桥，要算市区的八字桥历史最悠久、最著名了。它的建造年代在宋理宗宝祐四年（1256），后经两次重修，有文字刻在桥的栏板上。

宋朝的桥除在宋画李嵩的《水殿纳凉图》、张择端的《清明上河图》等上面见到外，保存下来的实在不多了，所以绍兴的八字桥，在中国建筑史与桥梁史上不失为重要的证物。

八字桥跨于南北流的一条主河之上，远远望去好像一个“八”字。这种桥的形式，根据实际需要出发，在设计时解决了较为复杂的交通问题。在七百多年后的今天，仍有很大的现实启示作用。

绍兴还有许多桥和伟大诗人、爱国志士的史迹联系在一起，增添了古城的光彩。如市区蕺山南面的题扇桥，相传是晋朝书法大家王羲之为卖扇老妪题扇的地方。桥上曾有一块“右军题扇处”的石碑。

绍兴陶里过去有一座渊明桥，据说晋代大诗人陶渊明曾在陶里住过，桥旁还竖过一块“渊明故里”的石碑。

距鲁迅纪念馆不远的禹迹寺前，旧有一座春波桥。唐代大诗人贺知章（越州人）曾有“惟有门前鉴湖水，春风不改旧时波”之句，故名春波桥。

香桥在市区梅园弄侧，南宋爱国诗人陆放翁曾手植梅树数百株于园中，每届花开，幽香四溢，游人在桥上就能闻到，因名香桥。

陆放翁的故里鉴湖的三山，还有一座杏卖桥。一列长桥，横伸在鉴水之中，犹若太湖之垂虹桥，烟雾弥漫，景色以早夜为最胜。桥名是附会陆放翁的“小楼一夜听春雨，深巷明朝卖杏花”的诗句而来。随着交通运输的发展，此桥现已改建。

柯桥在绍兴市区以西二十余里的柯桥镇上。汉代末年，大文学家、书法家和音乐家蔡邕（蔡文姬的父亲）因避难来到会稽，宿在柯亭。他看到这亭子的椽竹，是制笛的好材料，因取而做成笛子，果然发出清妙悦耳的声音来，从此柯亭就远近闻名了。后来柯亭附近的山、岩、桥等的名称，也都冠以“柯”字。现在柯桥镇的名称，也是以柯桥命名的。几年前，由于运输事业的发展，这座古朴小巧的石拱桥已作了改建。

得胜桥和万安桥在柯桥镇附近，连接着有二百来亩土地的“绝倭涂”。这两座桥有着一段可歌可泣的光荣历史。明朝嘉靖三十四年（1555），有一股倭寇窜犯绍兴，长工姚长子和敌人搏斗，因寡不敌众，被敌人擒获。倭寇用藤条贯穿他的锁骨，迫他领路。他沉着镇静地引着倭寇背着州山绕去。前面就是四面皆水的化人坛（古时的火葬所），只有前后两桥与外界连接，姚长子用乡言密嘱村民，先拆前桥，等将全部倭寇引进坛后即毁后桥，断其归路，一网打尽。倭寇知道中计，残忍地脔杀了姚长子。后来徐文长献计，才全歼倭寇。

战斗结束，乡亲们涌往化人坛寻找姚长子的下落，但他已为了保全桑梓而献出了自己的生命。后来他的遗体被安葬在钟堰的寿家岸，从此，鉴湖之滨长眠烈士忠魂。

为了表彰这位爱国勇士的功绩，乡里把化人坛改为“绝倭涂”，前后两桥分别命名为“得胜桥”和“万安桥”。得胜桥系“绝倭涂”之前桥，为三洞梁式石桥，主桥长约 17 米，宽约 3 米，由于江面辽阔，主桥南端再接上 18 米多的石砌塘路，直达涂中。正中桥栏上题着“得胜桥”三字，端庄肃穆，显示灭敌人威风、长人民志气的无限气概。万安桥是多洞式长列平桥，全长 80 多米，宽 2 米余，桥心栏板上刻有“此桥周围，八面威风，通衢大道，古名浪桥”，连同万安桥的大字题名，书艺高邃。睹此题字，缅怀壮烈，令人肃然起敬。桥畔还矗立着“姚先烈灭倭纪念碑”，嵌镶着姚烈士的遗像，碑阴刻有“明姚义士绝倭殉义事略”。虽然姚长子牺牲已四百多年了，但人们至今没有忘记这位民族英雄。

（1980 年）

陶里·渊明桥

绍兴城乡多石桥。其桥名之由来多与历史名人、事迹相联，故耐人寻思。

20 世纪 60 年代，笔者初游陶里乡，见一石拱桥横跨镇河上，建筑甚精致，桥名曰“渊明”，桥之北端立一石碑，上镌“渊明故里”，题字为金坛于敏中所书。于敏中是清代乾隆时人，曾官居军机大臣兼户部尚书。

从乡名陶里，桥名渊明，又竖碑“渊明故里”，这一连串的名称，显然指的是东晋田园大诗人陶渊明。从陶里归后，我遍阅志书，但一无所获。

年前，于友人处偶读《陶渊明集》（中华书局 1979 年版），见其附录《陶渊明事迹诗文系年》，内写道：“己亥（即 399 年，东晋隆安三年），牢之（刘牢之）为前将军，东讨孙恩于会稽，渊明从之。”因陶渊明为刘牢之僚佐，故有随从讨伐孙恩会稽之行。虽寥寥数语，足以证明大诗人陶渊明是到过绍兴的。

但曾到陶里乡之史实却无从考证。

去年，重游陶里乡，渊明桥在开阔航道时，已被拆建；“渊明故里”石碑在“文化大革命”时被损坏一截，至今尚存“明故里”三字残碑，保存于该乡文化站。笔者感叹之余想到，如能考证陶渊明与陶里乡渊源史料，在他日编修绍兴新志时，必能增添一笔异彩。

（1980 年）

三味书屋的字画与匾对

三味书屋是鲁迅先生少年时代求学的书塾。一个多世纪了，至今尚完整地保存着。现在是绍兴鲁迅纪念馆的一部分，供国内外人士参观瞻仰。书屋的陈列还保持着原来的面貌。其中部分陈列品系属原物，如“三味书屋”匾额、《梅鹿古树图轴》等，在鲁迅先生的作品里曾当作“旧事重提”生动地回忆过，而今原物尚存，更为珍贵。郭沫若院长于1962年秋莅绍参观鲁迅故居和三味书屋时，即席赋诗道：“三味书屋尚依然，拈花欲上腊梅树。”瞻仰遗物，如将我们带进了鲁迅的作品中……

《从百草园到三味书屋》一文中，鲁迅先生写道：

> 出门向东，不上半里，走过一道石桥，便是我的先生的家了。从一扇黑油的竹门进去，第三间是书房。中间挂着一块匾道：“三味书屋”……

这块白底黑字的匾额是木质制作的，高66.5厘米，宽 204 厘米。行书，款署“钱唐梁同书书”，下钤白文“梁同书印”。

梁同书，号山舟，杭州人，是清代著名书法家。他生于雍正元年（1723），曾得到元代贯酸斋手写的“山舟”二字，后作为自己的名号。他的书法初学颜、柳，后又师法苏、米，到了晚年摆脱了前人的束缚，变化超逸，书法的造诣很深，后人评赞“笔力纵横，纯任自然，势如矫龙”。生前书名远播海外，当时日本国有一王子，曾把自己书写的字托人求梁指评。还有琉球国（即今日本的冲绳列岛）的留华学生自太学期满归国前，踵门求书，并曰：“持是以复国王耳。”由此可见，东邻友邦对梁同书书道的赞赏了。

书屋正中两侧柱上挂着一副抱对，高 130 厘米，宽 24 厘米。浅绛色洒金底，行草书，联句曰：“至乐无声惟孝弟；太羹有味是诗书。”下联的句义和“三味”有相联之意。其也是梁同书的手迹，写得潇洒秀逸，和匾字的端庄浑穆比较，又别具一种风姿。

在《从百草园到三味书屋》里，鲁迅先生回忆道：“匾下面是一幅画，画着一只很肥大的梅花鹿伏在古树下。没有孔子牌位，我们便对着那匾和鹿行礼。第一次算是拜孔子，第二次算是拜先生。”这幅《梅鹿古树图轴》是三味书屋现存的唯一名画，纸地设色，古松一棵，拔地而起，直冲霄汉。郁郁葱葱的松针密布在半空，老藤缠绕着鳞片似的树身上，笔墨淋漓酣畅，充分显示出雄伟苍劲的古松风貌。那只匍伏松树下的梅花鹿，形象逼真，构图精确，用笔细腻，设色沉着。梅花鹿的两只前腿向里弯曲，躯体向后微升，两耳耸峙，好似十分警觉地倾听着周围的动静。黄茸茸的鹿毛，衬托着斑斑的白色花朵，姿态自若，栩栩如生，确是一幅佳作。可惜画的下半截山石和灵芝之间有几处破绽，大概由于裱手的错误，在损缺处补填了根根的松针，有美中不足之感。

原画作者陈肇域，在画上题着“甲午秋初。法悟先老人笔意，陈肇域写”，下钤朱文“陈肇域印”、白文“小坡氏”印两方，画的右下角钤白文闲章一方，曰“身闲。”关于陈肇域的生平事迹尚难查考，但作者所师法的“悟先老人”，则在《图画宝鉴续纂》和《中国历代书画篆刻家字号索引》里都有记录：“鲁唯，清武林（即杭州）人，字悟先，善画鹿。”可见作者师承画鹿能手，自己又具备高超笔意，不难看出其渊源之所在（为便于保管，现在陈列的是摹仿之作）。

书房靠南，从一个圆洞门进去，有一斗室，是寿洙邻助他父亲教授年幼学生的课室，室内也挂着一块匾，题着“谈余小憩”四字行草，款署“雪岩山人炳”，下钤朱文“雪岩”、白文“金炳之印”章两方。金炳是清代乾隆年间的一个画家，字星若，江苏青浦人。《青浦县志》和《画史汇传》都有记载，他“写神像最佳”。虽未提及他的书法，但观赏这方题额，可知其书法造诣也是深湛的。

书房后园是鲁迅先生小时读书和与同学玩乐的小天地。这里也有一方匾额，曰“自怡”，是元代著名书画大家赵孟頫的手笔，由于年深月久，匾已变成灰黝色，但仰观题额神采溢于匾外，不因蒙尘而有所逊色。

书房后园一堵粉墙上，还保留着百余年前的一首四言题壁诗，墨痕依稀可辨，诗曰：“栽花十年，看花十日。珠壁春光，岂容轻失？彼伯与师，煞景太烈。愿上绿章，飙霖屏绝。”诗后有花押，据传系寿峰岚手迹，书法秀逸。观诗通篇有惜花、惜春之意，对暴风雨给以鞭挞，所云“绿章”，放翁也有“绿章夜奏通明殿，乞借春阴护海棠”的诗句。

人们在观赏了三味书屋这些艺术珍品的同时，缅怀鲁迅先生当年在三味书屋勤奋好学的精神。屋虽小如扁舟，但它孕育出一代文豪，对启蒙和陶冶少年时代鲁迅的思想、情操和气质有着不可磨灭的功绩。

（1980 年）

绍兴秋瑾纪念馆

秋瑾烈士是中华民族觉醒初期的一位前驱人物。她是一位先觉者，并把自己的生命奉献给了反封建主义和争取民族解放的崇高事业。她在生前和死后都起了很大的推动作用。

秋瑾不仅为民族解放运动，并为妇女解放运动树立了一个先觉者的典型。

以上是郭沫若院长对秋瑾烈士崇高的评价。

绍兴是秋瑾的故乡。新中国成立后，由于党和政府的重视，在烈士的故居——和畅堂，成立了秋瑾纪念馆。纪念馆分文物陈列室和故居两部分。陈列的文物有一百余件，其中包括有烈士的手迹、遗物、书刊等珍贵资料。纪念馆成立以来，已接待了许多来自祖国各地前来瞻仰的游客。通过参观，增加了对烈士伟大一生的认识。

秋瑾烈士故居是一座三进旧式平房，陈列室和起居室都在第二进平列的三间房子里。陈列室的第一部分，对烈士的一生作了详尽的介绍。

秋瑾于 1875 年 10 月 11 日生在福建，家庭对秋瑾有很大的影响。这里陈列着秋瑾家庭主要成员的画像，包括：秋瑾的叔祖秋日瑾，曾任台湾淡水同知。甲午之战，日寇侵略台湾，秋日瑾以守土有责，领导人民奋起抵抗，最后壮烈牺牲。其儿子秋代，后来还参加过义和团的反帝斗争。秋瑾的母亲单氏，是一位深晓大义的妇女，对女儿的一切革命言行，从不加以阻挠。秋瑾也很敬爱母亲，因而母女的情感是很深挚的。秋瑾的哥哥秋莱子，也富有革命思想，赞助秋瑾赴日留学，并参加大通学堂的教务工作。在家庭成员中，值得一提的是秋瑾的嫂嫂张顺，她热心资助秋瑾创办大通学堂，不惜变卖自己的首饰，作为秋瑾革命活动的经费。富有革命传统的家庭，给秋瑾的革命事业带来了极为有利的条件。

秋瑾 19 岁时随着父亲到了湘潭，和当地大官僚财主的儿子王廷钧结了婚，生一子一女。秋瑾的夫家是依靠曾国藩血腥镇压太平军起家的，王廷钧又是一个十足的纨绔子弟，因此她对这个封建罪恶的家庭感到憎恶和痛苦。

不久，王廷钧花钱买了一个小京官的差使，秋瑾只得和王廷钧一起到了北京。当时腐朽的清廷，对外丧权辱国奴颜婢膝，对内则加紧镇压人民。这使秋瑾目击心伤，悲愤填膺，便开始考虑到将改革政治作为自己的责任了。她认为要改革政治必须先充实知识，故对当时发行的新书报刊无不搜求阅读，思想上起了很大的变化。首创男女平权，她说“革命当自家庭始”，并想到日本去，目的在于观察日本明治维新后的政治、经济、社会文化的开放及演变，作为将来改革中国的借鉴，并能广泛结识海外爱国志士。可是秋瑾出国留日的计划，遭到王廷钧的极力反对，起初他采取一种断绝经济的手段，借以束缚秋瑾的行动，后来又加以利诱，都不能动摇秋瑾寻求革命的坚强意志。最后秋瑾把簪珥之类首饰，典卖一空，勉强筹集了川资，终于在1904年的夏天,毅然地离开了在政治上与己背道而驰的丈夫，以及心爱的儿女，孑身东渡到日本留学去了。

秋瑾到日本后，第二年加入同盟会，结识了孙中山、章太炎、徐锡麟、许寿裳、鲁迅、陶成章等。不久，同盟会正式成立，秋瑾被推为同盟会浙江分会会长。1906年，清政府勾结日本政府压迫革命留学生，颁布留学生取缔规则。留学生群起反抗，罢课示威，向日本政府交涉。日本政府置之不理，因此大部分学生被迫退学回国，在上海创办中国公学，进行实际的革命活动。秋瑾也是在这年返国。

秋瑾归国后在吴兴浔溪女校担任生理教员（她的《看护学

教程》，可能在此时所译），暑假辞职赴沪。

秋瑾到了上海，住虹口白克路厚德里，秘密与同盟会会员陈墨峰制造炸弹。1906 年 8 月间一次因药性爆裂，声震屋瓦，两人均被炸伤，并惊动了邻居，传出风声，事态相当严重。后经过紧急处理，待巡捕赶来时，已查究不出一丝物证。

1907 年年初，我国有史以来的第一份女报——《中国女报》诞生了，这是秋瑾创办的。她认为革命是救国的唯一道路，她热爱祖国，也热爱妇女同胞，并在女报的发刊词里阐明了这种深爱。文章写道：

> 吾今欲结二万万大团体于一致，通全国女界声息于朝夕，为女界之总机关，使我女子生机活泼，精神奋飞，绝尘而奔，以速进于大光明世界；为醒狮之前驱，为文明之先导……使我中国女界中放一光明灿烂之异彩……

当时报纸从编辑到发行，全集在她一人身上。但由于经费的困难，仅出了两期就停刊了。现在这两期《中国女报》就陈列在纪念馆内。

秋瑾再次回到绍兴后，与徐锡麟等同办明道女子学堂，目的为使女子有学问、求自立、争取男女平权。不久又和徐锡麟等创办大通学堂，名为培养小学体育师资，实际上是训练革命党人的军事机关。校内编制完全模仿陆军的，计划以学员作为革命的基本队伍。同时暗招绍兴、金华、处州三府所属的革命志士，编为光复军。光复军共分八军，以“光复汉族，大振国权”八字编制而成。共推徐锡麟为首领，秋瑾为协领，王金发、竺绍康等为分统，积极准备起义。

不久，为了革命事业的进一步发展，徐锡麟离开了绍兴，到安徽进行活动。光绪三十三年（1907）的正月，秋瑾接替了徐锡麟在大通学堂的全部校务，并主持浙江的革命工作，双方约定，“一俟皖事得手，浙省立即响应”。

1907 年 5 月 26 日，徐锡麟在皖起义失败，英勇牺牲。

自安徽事变后，浙江巡抚张曾敭已风闻秋瑾为革命党人，并与“安庆事变”有关，又加上当时绍兴的学阀杜海生等人的陷害诬告，绍兴知府贵福于旧历六月四日午后率领由杭来绍清军和山阴、会稽两县营兵数百人先包围大通学堂，在校园开枪乱击。秋瑾下令抵抗，清军被打死打伤的有数十人。学生也牺牲了两人。最后清兵攻入校内，秋瑾被捕，贵福和山阴县令李宗岳连夜审讯，但无法得到秋瑾的半字口供，她仅写了“秋雨秋风愁煞人”七个字。7 月 15 日（旧历六月初四）黎明，秋瑾在绍兴市中心的古轩亭口从容就义，年仅 31 岁。

秋瑾、徐锡麟以及同盟会和光复会领导下的许多次起义虽然都失败了，然而它们对革命的影响是深刻而巨大的，不但使清朝统治者反动本质暴露无遗，更重要的是大大地振奋了人民反清革命的情绪。

在秋瑾、徐锡麟牺牲后的第四年——1911年的10月10日，终于爆发了震撼世界的武昌起义，最后冲毁了清朝政府的反动统治，取得了辛亥革命的胜利。

民国十九年（1930），绍兴人民为了追思秋瑾烈士的革命功绩，在烈士就义处——轩亭口，建立了纪念碑，并在市区的卧龙山上筑了一座以烈士的绝命词命名的“风雨亭”。现在“秋瑾烈士纪念碑”仍巍然地矗立在轩亭口，风雨亭已作了几次修葺，许多人来这里凭吊瞻仰。

陈列室的第二部分陈列着烈士的珍贵遗物，一块黑色毛绒方围巾、玳瑁镯等都是秋瑾生前用过的；一册《又补斋图》是秋瑾嫂嫂在典尽首饰之后，把这册家藏的图画也交给了秋瑾去典押过的；还有半盒蜡纸，是秋瑾在日本参加同盟会时，刻写过革命文件用剩的。

这里还陈列有秋瑾给他哥哥秋莱子信件的缩影（原稿现藏于浙江省文物管理委员会）和一页秋瑾亲笔诗稿，是秋瑾在就义前数日写给她的学生徐小淑的，这件诗稿是由徐小淑先生于1956年捐献给纪念馆的，弥足珍贵。诗写着：

河山触目尽生哀，太息神州几霸才！
牧马久惊侵禹域，蛰龙无术起风雷。
头颅肯使闲中老，祖国宁甘劫后灰！
何限伤心荆棘恨，长歌光复莫徘徊。

诗旁附语：

痛同胞之醉梦犹昏，悲祖国之陆沉谁挽。日暮穷途，徒下新亭之泪；残山剩水，谁招志士之魂？不须三尺孤坟，中国已无干净土；好持一杯鲁酒，他年共唱摆仑歌。虽死犹生，牺牲尽我责任；即此永别，风潮取彼头颅。

另一行又写着这样的断句：

壮志犹虚，雄心未渝，中原回首肠堪断。

诗稿一端有徐小淑先生的跋语：

此先师于殉国前五日自会稽（即绍兴）所寄者也，缄中并无别简，当时深滋疑讶！不意未及两日而恶耗至矣，悲夫！民国十六年夏历六月六日，弟子徐小淑谨志。

烈士起居室是一间丈方的小室，是秋瑾与光复会同志经常集会的场所。室有小阁，是当时暗藏枪支和秘密文件的地方。现在室内的布置是按照原来的样子陈列的。临窗一张书桌上放着笔砚、花瓶和一枚秋瑾的图章。左壁墙上挂着她祖父露轩公写的一副小对联和一张小条幅，上首板壁上挂着一堂朝鲜爱国志士金仕龙写赠秋瑾父亲的行书屏，笔力遒劲。室的右角有一张旧式眠床，酱色的夏布帐子，印花布的被褥，非常朴素。总之，室内每一件东西都给参观者以亲切之感。当人们徘徊在这间小屋缅怀先烈，犹如置身在无限广阔的天地里。虽然秋瑾已牺牲五十多个年头了，但在人们的心中她并没有死，仍活在人们的心中。

（1980 年）

绍兴秋瑾故居的沿革

在绍兴景物秀丽的塔山南麓，依傍着一座三进古朴的平房，这就是伟大的爱国主义者秋瑾烈士的故居——和畅堂。

故居始建于明代中叶，原是大学士朱赓的别业，到了清代光绪年间，才由秋瑾祖父露轩公向朱赓的后裔典住下来。当时露轩公在福建做官，秋瑾的父母也在福建，和畅堂里只有少数几个人住着。后来露轩公告老还乡，就一直住在和畅堂，房屋的产权也转为秋家所有。

秋瑾 15 岁那年，第一次从福建回到故乡绍兴，就住在这里，但住了没多久，又和父母到湖南去了。

故居的正屋堂前，旧有露轩公手写“客庐”匾额一块，附有跋语：“余家城居垂二十年，比岁卜居和畅堂，低檐矮屋，仅足容身，生齿日繁，容与自适。《后汉书》‘容容多福’，爰揭斯旨，以颜吾庐。”可惜这块匾已毁于抗日战争时期。

秋瑾自日本归国后，在绍兴主持大通学堂时，故居一直成为秋瑾和革命同志策划起义的所在，并且在这里藏放武器和革命文件。当秋瑾被捕后，秋氏一家紧急出走，一部分人逃往嵊县，一部分人逃往绍兴乡下隐匿，和畅堂房屋和财物全部被清政府查封。直至辛亥革命后，秋瑾烈士家属才回来探望老家。这时秋瑾的哥哥秋莱子已在天津逝世，秋瑾的嫂嫂和子侄辈多不愿再回老家和畅堂住。

新中国成立后，由于政府的重视和关怀，在故居成立了秋瑾纪念室，并陆续恢复了原有的面貌。现在故居的第一进中间，和畅堂厅旁，被辟为陈列室，陈列着秋瑾烈士的一生事迹图片和文物，和畅堂这块匾是在纪念室成立时重新做起来的，为李鸿梁先生所书。厅房西首一间是会议室，东首两间是秋瑾的寝室和餐室，厅房后天井里有两个花坛，还蔓生着旧日的紫藤和蔷薇。第二进中间也是一个堂前，西首一间是秋母课儿室，缅怀当年秋瑾的母亲在这里循循谆诱地教育子女，不禁使人起敬。东首一间是烈士兄嫂的寝室，第三进则是烈士的子侄辈的卧室，现在故居这些房屋都按照原样布置起来。几年来，故居接待了成千上万来自祖国各地的观众，秋瑾烈士伟大的一生和故居的一草一木，给每个参观者留下难以磨灭的印象。

（1980 年）

关于绍兴太平天国壁画问题答《浙江学刊》编辑部的信

编辑同志：

来函询及绍兴太平天国壁画问题，简复如下。

1952年4月，我在绍兴笔飞弄小学任教，一个学生住在“探花台门画花堂前”，我在家庭访问时，对这地名的由来寻根究底，从而发现了这处太平天国壁画。1958年仲冬，在罗尔纲先生主持的调查座谈会上，汇报了发现这一壁画的经过。后来拜读了罗先生的《绍兴太平天国壁画调查记》，对罗先生否定绍兴太平天国人物壁画的论证是有疑问的。曾在1979年的拙文[①]中提出对绍兴太平天国壁画真伪问题的疑点和看法。距金华座谈会后六年的今天，听说罗尔纲先生还郑重其事地撰文答复我的疑问，这种认真的治学精神，令我钦佩不已。

1979年金华座谈会后，我在六七月间又做了一些

① 指提交1979年5月在金华举行的“浙江省太平天国历史研究座谈会”的论文《关于绍兴的太平天国壁画》。

补充调查。据探花台门老住户和原壁画义务管理员田舒哉老先生（当时71岁）说，画花堂前原是明代董探花的书房，又叫“百行堂”，太平军占领绍兴时做过官衙，“墙上的花是‘长毛’手里画的”，“画花堂前”这个地名也是这以后才有的，说明它是太平天国的壁画。田舒哉老先生和徐莺老先生（绍剧工作退休人员，当时68岁，已故）仔细观察了探花台门画花堂前的四幅壁画，认为都是绍剧“戏文画”。第一幅《长坂坡》，画的是张飞独守当阳桥，桥下是赵云，赵云怀中是阿斗，远处山上站着徐庶、曹操，旁边是荆州城。第二幅《战长江》，画面上的大船是孙权的座船，左角小船船头立着的是赵云，中间是孙夫人抱着阿斗。阿斗头上放出一道毫光，显现一条五爪金龙，象征“真命天子”，这是四幅壁画中仅有的一点神话色彩。第三幅《辕门斩子》，人物有佘太君、穆桂英、杨延昭、八贤王赵德芳等。第四幅《九江口》（高调班剧名“闹九江”），画中人物有徐达、陈友谅、张定边等。这四出戏曾经盛行于绍兴，也是绍兴壁画师傅所擅长的题材。这四幅历史故事画的内容是健康的，而且三国戏占了两幅，这跟太平军爱看《三国演义》也是不无关系的。它们都不是罗先生所论断的“神怪人物壁画”，否定它们是太平天国壁画似乎根据不足。

至于绍兴太平天国壁画的现况，1979年拙文曾经指出，新中国成立后在绍兴发现的太平天国壁画有17处（按实际有20余处），共100余壁之多。经过“文化大革命”，罗尔纲先生《调查记》中论述过的鲁迅路周家老台门、画壁庙前花台门等处壁画，已被破坏无遗。惟鲁迅路28号李家台门、萧山街探花台门和前观巷凌家台门三壁画保存得比较完整。我曾吁请有关部门采取措施，妥予保护。最近，我因行动不便，托县文保所沈作霖同志再次踏勘。据告这三处壁画现况很好。壁画前的栅栏和文保标牌都还存在。但据了解，还有几处壁画有倒塌、毁坏之虞，亟待抢救。

（1980年）

老台门与宁王府

绍兴鲁迅故居，东昌坊口周家老台门，是目前绍兴保存得最完整的一个大台门了。

周家老台门，在清乾隆十九年（1754），由鲁迅的八世祖寅宾公购得。咸丰十一年（1861）太平天国革命运动的火焰，燃遍了整个浙东，是年九月，太平军占领了绍兴。太平军的一位宁王住在老台门里，从此，老台门就成为宁王府了。

宁王周文嘉，绍兴人，木工出身，眇一目。自参加太平军后，骁勇善战，累升至绫天义，隶属于来王陆顺德的部下。1861 年，周文嘉和天将孟文悦，首先率领太平军攻克绍兴。不久，周文嘉因功膺封为宁王，后来王陆顺德亲率大军围攻诸暨包村，宁王担负了守城任务，成为绍兴太平军的最高领导。

后来，李鸿章、左宗棠等依靠英、美、法帝国主义的侵略军，组织了所谓“常胜军”“常捷军”，疯狂地镇压革命运动。他们屡次进攻绍兴，但屡次在这里遭遇宁王周文嘉领导下的太平军的反击，死伤惨重。1863 年（清同治二年），太平军方始放弃绍兴，向会稽山区撤退，而宁王周文嘉后来也就没有消息了。

如今，老台门的前后厅堂壁柱还保留着一部分当年改为王府时所绘的壁画，有龙凤、花草、人物，吸引了许多人去参观。人们看到这些壁画，就会想起百年前这个轰轰烈烈的反帝反封建的农民革命斗争和这些英雄人物。

注：壁画已毁于“文化大革命”中。

（1980 年）

绍兴的项羽祠

力拔山兮气盖世，时不利兮骓不逝。
骓不逝兮可奈何，虞兮虞兮奈若何！

这首千古传诵的诗歌，是项羽在垓下兵败被围时所作的悲歌。相传项羽青年时代曾和他的季父项梁因避仇来到会稽山麓的一个农村里，到秦二世元年（前209）项梁和项羽在这里率领八千子弟兵起义抗秦。这个地方后来就被称为项里。至今项里还有不少姓项的人，村里还有一座项羽祠。

项羽祠在项王山的南麓，项王溪横在它的前面，四周青山环抱，流水淙淙，风景优美。

项羽祠建筑古朴庄严，结构布局极为别致：庙的正前面是一堵高达丈余的石柱栅栏，庙门设在右侧边，门上挂着一块“项王祠”的匾额。进门迎头就瞥见一匹塑造的骏马，它后脚着地，前面两脚腾空升起，好像千里飞腾的样子。塑匠手艺之精，构思之佳，令人赞叹不已。大殿正中有两个神龛，每个神龛里竖立着高达三尺余、宽一尺余的两块石质神位，神位的前面有两尊高不到一尺的塑像：一个是黑脸重瞳、威武显赫的项王，另一个是温文娴雅的虞姬。

（1980 年）

绍兴纸扇

《晋书·王羲之传》中有一则王羲之为老姥题扇的佳话：王羲之"尝在蕺山见一老姥，持六角竹扇卖之。羲之书其扇，各为五字。姥初有愠色。因谓姥曰：'但言是王右军书，以求百钱邪。'姥如其言，人竟买之"。现在蕺山戒珠寺附近还有一座"题扇桥"。相传，这就是羲之题扇的所在。从这个故事里可以知道，绍兴制作扇子历史的悠久了。同时，扇子不仅是日用品，如配了名人的字画、雕刻，还是一种受人喜爱的艺术品。

宋代的陆游，也有团扇题诗的雅事。据周密《浩然斋雅谈》说，放翁与馆阁诸人会饮于张功父南湖园，酒酣之时，主人以手中团扇求诗于放翁，放翁作了《饮张功父园戏题扇上》一首："寒食清明数日中，西园春事又匆匆。梅花自避新桃李，不为高楼一笛风。"

绍兴自古多竹，又产佳纸，这些都是生产纸扇的极好原料，故历来生产纸扇。至明代，制造纸扇已很盛行。据《浙江通志》记述：“会稽陶堰出纸扇，甚洁致，以密节细竹为柄，糊以白纸，堪作书画。”

近三百年来，绍兴制扇业集中在柯桥附近的周家桥一带。这里几乎家家户户都生产纸扇。闻名上海、杭州两地的百年老店——王星记扇庄的工场就在绍兴的周家桥。

绍兴纸扇大体分成黑白两大类。有精美细巧的棕骨扇，光滑喜人的玉骨扇，更有雅致大方的木骨扇和彩色磨边油竹扇等等，其扇面绘有各种山水、人物、花鸟等，花样夺目，品种多达一百余种。此外，尚有适用于戏剧歌舞和室内装饰的特种文艺用扇。

绍兴生产的黑纸扇，质量较高，能在水里浸泡一两个小时，也不损坏。扇上涂有柿漆，能防止渗水，因此较大的黑纸扇既能生风，又可蔽日、遮雨，有“一把纸扇半把伞”之称。

绍兴王星记纸扇厂生产的黑纸扇曾荣获1979年“优质产品证书”。现在绍兴的纸扇已远销亚、非、欧、美各洲，在国际市场上颇有美誉。

（1981年）

杭甬铁路沿线地名小考

杭甬铁路（又称萧甬线）起自杭州，迤南向东，横亘于广袤富饶的宁绍平原上，直至滨海巨港宁波，全长168千米，沿线经萧山、绍兴、上虞、余姚、慈溪、鄞县等8个市、县，是祖国东部的一条钢铁动脉，对促进城乡交流、沿海交通、繁荣经济文化，起到极大的作用。且沿线多属侨乡，为数众多的侨胞，背井离乡，胼手胝足，含辛茹苦，年复一年的在海外结出了丰硕的成果，为桑梓，为祖国争光。自新中国成立后，旅居五大洲的侨胞和港澳同胞向往伟大祖国，络绎不绝地回国观光，为“四化”争作贡献。为增加归乡侨胞旅途乐趣，本文谨就杭甬铁路沿线地名来历，作一小考，以飨读者。

杭州　据《通典》载，杭州远在春秋时“属越国之西境”。《咸淳临安志》记载：“周敬王二十六年（前494）吴伐越，勾践保于会稽，杭地属吴。勾践臣吴归越，夫差封以地；西至槜李（今嘉兴），杭地复属于越。

战国属楚。秦始皇二十五年（前 222），置县杭城，属会稽郡，县名钱唐。”《史记·秦始皇本纪》：“三十七年（前 210）过丹阳至钱唐临浙江。”《西溪丛语》也说：“昔秦王舍舟于余杭，因曰杭州。不从舟而从木，以诗‘一苇杭之’之义。”这是杭州名称的来由，至今已有约 2190 年的悠久历史了。

萧山　本名“余槩”，为吴王夫槩的封邑，又名余暨，三国孙吴改为永兴，属会稽郡。《旧唐书·地理志》：“仪凤二年(677)分会稽、诸暨置永兴县。天宝元年(742)改为萧山县。”因县西一里有一座萧山，景物秀丽，故以山名作为县名。

钱清　东汉时，会稽太守刘宠，为官清廉，深受人民的爱戴，当他离任的当天，地方父老从深山野岙赶来送别，还凑集了百数十枚大钱相赠，刘宠觉得受之有愧，但又盛情难却，最后选取其中一枚投入河中，以谢父老。人们深为刘宠这种廉洁的崇高行为所感动，因而就将投钱的这条河名为“钱清江”，并将钱清作为镇名。直到今天，人们还在怀念这位贤太守，津津乐道他的爱民清廉的故事，真可谓“流芳百世”矣。

柯桥　汉代末年，大文学家、书法家和音乐家蔡邕（蔡文姬的父亲）因避难来到会稽，宿在柯亭（原址在今柯桥中学门外临河之处，已毁）。他看到这亭子的椽竹，是制笛的好材料，因取而做成笛子，果然吹奏出清妙悦耳的声音来。从此，小小的柯亭就名闻遐迩了。后来柯亭附近的山、岩、桥等的名称，也都冠以“柯”字。至今还留着柯山下、柯岩、柯桥等名称。现在绍兴县最大的农村集市——柯桥镇，也是以一座古朴小巧的石拱桥——柯桥命名的。

绍兴 是我国江南历史悠久的古都。据《越绝书》载：“禹始也，忧民救水，到大越，上茅山，大会计，爵有德，封有功，更名茅山曰会稽”，这是会稽名称的由来。至夏禹的六世孙少康，封庶子无余于越，以奉先王墓祀。至今绍兴城内卧龙山绝顶唐宋名人摩崖题字处尚保留着“於越”两个大字。春秋时，绍兴是越国的都城。秦代置山阴县，属会稽郡。东晋的大书法家王羲之在《兰亭集序》里提到“永和九年，岁在癸丑，暮春之初，会于会稽山阴之兰亭……”当时的建置尚渊源于秦。自汉至南北朝，绍兴都是会稽郡的治所。隋代始改名为会稽县，唐代称为越州。南宋建都临安（今杭州），民众纷纷要求政府积极抗敌，恢复中原，但统治者只顾偏安江南，无意北伐。建炎四年（1130），宋高宗赵构，从临安移驻越州。翌年正月十一日，改年号为绍兴，取恢复中兴的意义，目的是想在文字上敷衍一下民众的抗敌意志，越州官吏忙着上表请改府名，于是朝廷就援引唐朝德宗兴元改元的故事，于1131年改越州为绍兴府了。绍兴这个地名称号，到今年刚满850周年了。

东关　东关旧属绍兴县，位于县的最东面，又是通上虞、余姚，直至宁波的要道，故名东关。

曹娥　汉时，上虞人曹盱溺于舜江中，尸体遍捞不获。曹盱有个女儿叫曹娥，时年只有14岁，痛父亲的惨死，沿江号哭了数天，终不见父尸，最后也投江自尽。过了几天，曹娥背负着父尸浮现于江面，当时及后世人都称她为孝女。到汉朝元嘉元年（151），上虞长度尚改葬曹娥于舜江畔，并立碑建庙纪念她，这就是有名的曹娥庙。原来的舜江也改为曹娥江，而且还以曹娥名镇。

百官　传说唐尧的儿子丹朱是个坏人，因此尧让位给虞舜。丹朱却要和舜作对，舜为了避丹朱之难曾到过上虞的百官镇，当时附近地方百官都来迎接舜。这就是“百官”得名的来由。

驿亭　相传越王勾践曾在此折梅一枝，令驿使寄吴之处。

五夫　在上虞县牟山湖西滨。相传焦氏有五子，皆为大夫，因此得名。又有一说，秦封松为五大夫之地。王十朋《会稽三赋》所谓松封五大夫，故又名五松。

马渚　渚是水中的洲。相传公元前210年，秦始皇东巡到这个地方，他乘骑的马匹在渚边饮水，故名马渚。

余姚　余姚这个名称，在秦代就有了。《史记正义》：“舜后支庶所封之地。舜，姚姓，故云余姚。”余姚过去属会稽郡和绍兴府。

蜀山　余姚江上游流经这里。元代柳贯有诗云："姚江东去蜀山青。"即指是处，山下有蜀山渡。

丈亭　为慈溪分流处，有石矶十七八丈，横截水中，旧时曾筑亭其上。宋代绍兴年间改为丈亭馆。

慈城　慈城就是旧慈溪县的县城。汉朝有个叫董黯的住在这里，其母病，喜饮附近大隐溪水，董黯不辞辛劳每天汲取溪水来供奉慈母。后人念董黯对母亲的孝敬，就以慈名溪，又以溪名县。

宁波　春秋时名为甬东，因甬江流经于此，至今甬还是宁波的别称。从秦代起改名为鄞、鄮、明州等，属会稽郡。明朝初，为明州府。洪武年间，鄞县单仲友，能诗，被征至南京献诗，颇为朱元璋所赏识，因上奏说："本府名同国号，请改之。"朝廷采纳了他的意见，认为明州东有定海县，海定则波宁，因将明州改为宁波府。这是洪武十四年（1381）的事。宁波这个称号到今年已整整600周年了。

（1982年）

话说『深秀』碑

近惊悉南镇庙遗址发掘出乡贤徐渭书“深秀”大字残碑。披阅之余，浮想联翩，感慨万千。

南镇会稽山为我国古代五大镇山之一，历代帝王祭神之所。南镇庙位于会稽山南麓，庙宇宏伟，古木参天，身临其境，令人发思古之幽情。每逢春秋佳日，游人如织，逐渐形成了民间庙会。我童年常随长辈出游，庙会上的各种杂耍、美食小吃、精致的手工玩具，以及医卜星相、呼卢喝雉等等，使人眼花缭乱，应接不暇。由于童稚，当时我对庙中的文物、匾对和众多的碑刻，一无所知。

1937 年，全面抗日战起，庙会随之冷落。我于 1939 年秋离别绍兴，远赴广州湾（今湛江市），与慈亲天涯相会。从此在湛滞留达八年之久，直到 1948 年春始回绍兴。居湛时我已醉心于书画的研习，回到绍兴后又钟情于故乡的人文历史，尤其对文长先生的大字“深秀”碑刻爱慕至深。“深秀”碑为竖式，每字约有八仙桌子大（约 100 厘米方圆），楷书，遒劲端庄，气势非凡。再说“深秀”两字的含义，作者浅析，与杜工部《蜀相》诗“丞相祠堂何处寻？锦官城外柏森森”颇有相似之处。清代康熙帝曾题“秀带岩壑”来赞美南镇的景色，可能就源于“深秀”。徐渭撰有一联曰：“晴山秦望近；春水鉴湖宽。”秦望在绍兴东南约 20 千米，为众峰之最高，秦始皇曾登临以望东海，故名秦望山。如在晴朗的天气，站在城郭眺望，巍巍秦望就在眼前；春雨绵绵的季节，由于水位陡涨，三百里鉴湖更加宽旷无际了——徐渭把绍兴秦汉两代的胜迹糅合在十个字的联句中，写景逼真，对仗工整，是一件极妙的言志写景佳联。

“文化大革命”中，千年南镇古庙也难逃厄运，古庙被毁，改建为火葬场。庙中文物破坏殆尽，“深秀”巨碑竟被截成多段，移作他用。痛心之余，我实发一奇想：有朝一日，火葬场也会“寿终正寝”的，“深秀”还能复出。四十年过去了，文长先生的手泽“深秀”碑刻终于重见天日。行文至此，兴奋之余，再补上一笔：南镇庙大门左上方旧时尚悬有一方“一惟十道”匾额，也是文长先生所书，行楷，白底黑字，四周加框。今已不知去向何方。

（1983 年）

让书艺之花开遍城乡

最近，绍兴市人大常委会通过了设立“书法节”的建议，我作为一名书法工作者，感到由衷的高兴。

书法节，在我国还是创举。我国书法艺术的历史悠久，人民群众对它喜闻乐见，光就这点确实值得好好提倡。设立书法节是符合人民心意的。

绍兴为书艺之乡，兰亭素有书法圣地之称，名闻中外。在书法人才方面，仅近六十年来，就有鲁迅、马一浮、徐生翁、何桐侯、顾鼎梅、程柏堂、陶浚宣等等，他们各有所长，书法作品绚丽多彩，在各地名胜古迹，多留有他们的手迹。可惜“文化大革命”期间，这些书法界先辈的墨宝大量损毁与流失，这是令人极其心痛的事。

作为书法工作者，我们殷切地期望我市能涌现出更多的青少年书法爱好者，并希望他们能树雄心壮志、誓攀书法艺术高峰。这几年我们也已经发掘了几个比较有希望的人才，如最近在兰亭书法大奖赛中得奖的傅琳琳、章钰等。只要他们下定决心，坚持刻苦练习，成材是很有希望的。我还希望社会各方面都来支持书法活动，如在日本，小学生去参加书法比赛，父母给他们打扮得漂漂亮亮并陪同前去。如果社会上能这样对书法活动重视起来，新的人才定能不断涌现。我还希望能涌现出女性书法人才，所谓妇女能顶半边天嘛。

最后，预祝绍兴市首届书法节取得圆满成功，让书艺之花开遍我市城乡！

（1985 年）

马一浮先生

马一浮先生（1883—1967），绍兴长塘（现属上虞市东关区）人，幼名福田，号湛翁。

马老出生于蜀，因其父宦游四川，至七八岁始回绍兴原籍。幼承母教，8 岁能诗，9 岁能诵《文选》《楚辞》。乡里称为神童。

1903 年起，马老赴美、日深造，擅长英、德、日文，兼习法、西班牙及拉丁文，还精于佛学，故能取精用宏，学贯中西。

马老在新中国成立前，从未参加过政治等活动，也没担任过任何公职。1912 年，蔡元培任教育部长时，聘他为秘书长，马先生谢辞不就，后蔡元培任北大校长，复聘他为文科学长，又不往。抗日战起，避寇暂居开化，时浙大迁泰和，竺可桢校长聘马老为国学讲座，始应聘讲授。后应学者之请，入蜀创设复性书院于乐山乌尤寺。

马老居蜀时，蒋介石久慕其名，欲与晤面，始则婉言谢辞，后经友人敦促，只得勉强成行。蒋望能博得一番歌颂，哪知马老见面后，略事寒暄，就直说道“值此时期，务望以国家民族为重，捐弃一切宿怨私嫌，联合各党派，共同一致抵御外侮”云云，蒋无言以对，默不作声。马老即起辞而出。

新中国成立后，马老始接受公职。周总理、陈毅副总理来杭州时，经常去探望马老，有时还请他共餐。有一次马老赴京开会，受到毛主席的接见，宴会时并坐在一起，极为亲切。

马老于 1967 年 6 月 2 日卧病逝世，终年 85 岁。他病危时作了《拟告别诸亲友》五律一首。这也是马老的最后一首诗："乘化吾安适，虚空任所之。形神随聚散，视听总希夷。沤灭全归海，花开正满枝（是日花朝）。临崖挥手罢，落日下崦嵫。"

马老著作等身，他的道德文章，世人早有定论。

他的书法造诣极深，钟鼎、篆、隶、章草、真、行、草各体，无一不精，而我则特别欣赏其行草书。我有幸收藏其行草七律中堂一幅。此幅章法清新自然，错落有致，给人以宁静恬淡的感觉，而结字运笔清雅浑朴，韵味隽永，无人间烟火气。书品人品，浑然一体，达到极高的艺术境界。

（1987 年）

由贺麻子馄饨说起

我童年时每到外婆家做客，外婆总要去清道桥买一碗贺麻子馄饨给我吃，这是我童年的乐事之一。五十年过去了，至今仍回味无穷。贺麻子馄饨当时开在清道桥上的一间小屋里，炉灶操作都在门口，店内摆着几条板桌，既无店招，更谈不上装潢了。可是贺师傅精心制作的馄饨远近闻名，又因他脸上有几点麻子，日子久了，人们就冠以“贺麻子馄饨”这个雅号。

由于我从小偏爱馄饨，后来跑遍了半个中国，每到一地就要品尝一下当地的馄饨，并要和贺麻子馄饨做一比较，客居岭南十年，虽说广东的云吞（即馄饨）也颇有特色，但相比之下，尚逊贺麻子馄饨一筹。

在我们绍兴，类似贺麻子的名点何止一种，譬如樊江的松子糕、皋埠的小烧饼、柯桥的豆腐干、孟太茂的香糕、荣禄春的小笼，直到后来的猫鼻头的猫耳朵等等，都是脍炙人口的，这些名点丰富了人们的生活，也为绍兴文化名城默默地作出了奉献。

前几年，经过绍兴市政府的努力，建起了一条步行街，当时确实新鲜、热闹一阵子。时至今日，它却渐渐地被淡忘了，原因之一是它除了“步行”之外，别无特色可言。在步行街可买的东西，别处也能买到，且步行街又处在城南一隅，人们购物何必舍近就远呢？听说该街目前有些商店门可罗雀，可想而知，步行街今天的经济效益和社会效益，谅非当事者所能料到的。

作者有鉴及此，愿以刍议，探讨这一问题。

步行街要有特色，这是关键所在，本文上述所提绍兴名点都可在这里大显身手。此外，如绍兴的佳肴：太和园的糟鸡、兰香馆的单腐、五香扎肉等等。这是美食的一面。

20 世纪 60 年代名扬中外的绍剧，如今有江河日下之感，不消说外来游客看不到绍剧，即连身在绍兴的市民也难听到绍剧高亢激昂的腔调了。为此，建议在步行街设一绍剧茶座，由专业演员经常作小型演出，也可请绍剧票友客串，推而广之。绍兴的莲花落和越剧都可在茶座演出。这是供人娱乐的一面。

可以建立艺术家画廊，请绍兴书画院主其事。该院应从轩亭口的小楼上乔迁出来，让它发挥更大的作用。步行街与鲁迅纪念馆，特别是新建的鲁迅铜像近在咫尺，要在纪念鲁迅方面作出安排，恢复卜鹤汀笔店，专门生产鲁迅先生喜用的“金不换”

毛笔，要名副其实地恢复这家百年老店。

我游历过国内不少城市，大中城市有博物馆不足为奇，羡慕的是不少小县城也有自己的博物馆，宣扬其历史和文化，虽是代表地方，而它却是汇合整个中华民族悠久历史和传统文化的洪流。遗憾的是列为全国第一批24个历史文化名城之一的绍兴，到如今博物馆尚在“难产”之中，岂不是有损于绍兴这个称号？在没有建立博物馆之前，暂且在步行街辟一专题陈列馆，展出绍兴丰富的地上地下文物，以供人们文化的享受。

最后，但愿我的刍议能受到有关部门的关注，并逐步实现。

注：绍兴市博物馆已于1993年建成。

（1989年）

壮哉忠魂 浩气长存——读清人《哀舟山》诗

香港回归，百年国耻一旦洗雪。舟山是鸦片战争的主战场之一，定海抗英激战六昼夜，是鸦片战争中，中国抵抗英军侵略最壮烈的一战。是役，定海镇总兵葛云飞、寿春镇总兵王锡朋、处州镇总兵郑国鸿为国捐躯，义薄云天，浩气长存。为迎接香港回归，弘扬爱国主义精神，日前，我应舟山市文化局、舟山市文管会、舟山市书协之邀，为舟山“三忠祠”书词，内容为清人《哀舟山》诗一首：“舟山复后草未苏，一夜奔鲸满海水。可惜忠勇三总兵，苦战六日同日死。蛟门官军不敢渡，花裙夷人满城市。杀贼尤多贼怒嗔，呜呼轘割三将军。”全诗表彰忠烈，鞭挞贪生怕死之徒，又揭露了敌人的残酷。这是一首血肉的史诗，我在边吟边写之时，整个身心沉浸于百年前这壮烈的一幕，可歌可泣的往事，感人泪下，催人奋进。尤其是定海镇总兵葛云飞籍隶山阴，运筹帷幄，身先士卒，临死不惧，作为绍兴人，感到无比的自豪和光荣。

关于葛云飞总兵的事迹，1938 年出版的《绍兴县修志委员会刊》“人物列传”，有详细记述。1994 年绍兴市文联编印的《绍兴百贤图赞》和新近出版的《绍兴市志》都有收录。又忆起府山北麓原有纪念葛云飞的葛公祠，不知遗址尚存否？50 年代，曾担任过绍兴市副市长兼文管会主任的王贶甫先生，毫无保留地把家藏的葛云飞将军殉国时的血染战袍，及有关资料捐献给政府。我意，过去既有纪念的专祠，又有珍贵的文物，应该不失时机恢复遗址，并将文物及有关资料整理陈列，公之于世。可以说这是爱国爱乡、千秋不朽的事业吧！

（1997 年）

从宝祐桥到三桥居

在一个城市中拥有两座宋代的名桥，这在我省乃至全国实属罕见。它们就是坐落在绍兴市区的“宝祐桥”和“八字桥”。“八字桥”已广为人知，因八百年来它仍完好地存在，而且由于造型的独特，被称作古代的立交桥，该桥建于南宋宝祐丙辰（1256），已被列为全国文物保护单位。

宝祐桥原位于市区宝祐桥河沿，斜对周恩来祖居“百岁堂”。三跨石梁桥，中间孔较大，两边孔较小。桥长约11米，桥阔约5米，能通较大船只，气势雄伟稳健。中孔两条桥墩石挂上刻有“时宝祐癸丑，重阳吉日建”两行正楷，宝祐癸丑是1253年，相比之下，它的建桥史比八字桥还早3年。

20世纪50年代后期，绍兴市区刮起一阵填河风，宝祐桥所处的那条河，也不例外。填河后，宝祐桥变成了一座旱桥，仍可行人。桥墩的两行刻字看得清清楚楚，书法非同凡响，当时我特地请人拓了下来，珍藏至今。桥的全貌也被拍照保存下来。这些都是这座名桥的历史见证。时隔不久，这样一座宋代的名桥竟毁在一群无知者的手中，如今想起，仍令人扼腕。

某年，我陪客人游览东湖，乘着乌篷船去仙桃洞。船过一梁式石桥，抬头瞥见石板上有“宝祐桥”石刻字样，我才恍然大悟，原来宝祐桥被拆后，移石来此筑桥，令我哭笑不得。

前些日子我求教于我市桥梁专家罗关洲先生，得知他正在撰写一部约20万字的《绍兴桥史》，罗先生也认为宝祐桥仍有记录的价值。我将宝祐桥及题刻的影照供他参阅，他很感兴趣，准备收录在他的新著之中。

由于我对故乡的石桥情有独钟，1962年，曾在《浙江日报》上发表过《绍兴的桥》。1979年，连续在《中国新闻》发表过《绍兴的桥名》《漫话绍兴的桥》。这些文章还发往国外的报刊，也算是我为热爱家乡、热爱祖国的海外侨胞做了一点贡献。

说来凑巧，1995年我迁居东街马弄小区。寓所朝北小楼不到10平方米，但却是我学习、工作的乐园，所谓“室雅何须大”。更值得一提的是，推窗眺望，50米之内竟能清清楚楚看到三座桥。两座是有名的石桥，一座是新建不久的马路桥，因此我名小楼为“三桥居”。

这三座桥，第一座是“东双桥”，宋嘉泰《会稽志》载：“东双桥在府城东。”因桥横跨一条河道，而其东端南踏阶下也有河流，故称“东双桥”。桥为单孔半圆形石拱桥，桥面长5米许，宽8米许。原有石级，民国时期浇上两条水泥轨可通行人力车（即黄包车）。现已铺上水泥沥青便于汽车通行。也在民国时期，东双桥进行过一次重修，并在桥北面一块栏板上（宽2米，高0.7米）记录着修桥的经过，可惜已毁于“文化大革命”，只字未存。更可笑的是，“文化大革命”时东双桥的桥名也成为批判封资修的对象，改名“东风桥”。直到“文化大革命”结束后，我出于尊重历史，写了一纸“社情民意”给有关部门，蒙他们采纳，恢复了“东双”旧名。

第二座桥是“望春桥”，我觉得桥名很富诗意，但遍查志书，不见史录，只有在屠剑虹先生编著的《绍兴石桥》一书中介绍过该桥建造史。后来发觉从桥向南延伸，称为望春桥河沿，肯定有它的来历。出于好奇心，乃沿河走访，一日听一老妪口述故事：“从前此桥附近有一位学子，且是孝子，他别母赴京赶考，但没有考上，又无颜回家见母，乃在外发奋用功，以图再考。可怜老母终日倚闾而望。及至学子中考，衣锦荣归，但母已去世，学子悲痛万分，邻里感念慈母孝子的动人故事，乃以‘望春’名桥。”老妪所讲虽属故事，但对世道人心，也不无裨益。“望春桥”为单孔石梁桥，桥面用5块石板并铺而成，桥面北首与东双桥落坡相接，南首与九节桥河沿马路连通，桥孔下的河道已填塞，桥孔已用石块堆砌封口。桥栏板外侧刻有“望春桥”正楷三字，书法也很有功力。

从小楼临窗俯瞰的那座钢筋水泥单梁桥，建桥已数年，但至今没有桥。不少人只好杜撰其名，因与“东双桥”并列，就直呼它为“新东双桥”等等，给人们带来诸多不便。我意应给桥正名，查从东街马弄北首开始至此桥为止一段街道，门牌标的是“九节桥河沿”，可见九节桥就在这一地段（桥已毁），为此我建议用“九节桥”来命名。是否适合，尚请有识之士和地名办人士指正。

（1998 年）

从『先生坟头』说起

1962 年秋，绍兴鲁迅纪念馆收到了乡贤孙伏园先生自北京的来信，委托找寻孙老在绍兴木栅乡的祖坟和坟亲（管墓人）。馆方把这件事交与我办理。我去了木栅乡，较为顺利地找到了孙先生的祖坟坟亲和墓穴。坟亲带领我行走在阡陌间，看到了不少墓葬，其中有徐锡麟烈士的胞弟——徐叔荪的坟墓，规模之大，建筑之宏，可算绍地首屈一指。又有一鲍姓者的墓，碑碣上刻了墓主的立身造像，上端还有大书画家吴昌硕的题字，想必墓主是一位风雅人士。我早就听说木栅是块风水宝地，由于好奇心，我问坟亲此地还有什么好看的。坟亲脱口说："先生坟头。"起初我不知先生为何许人。当坟亲引领到一座极为简朴的墓地时，只有一块竖碑和一堆黄土。碑上刻着"有明一代才人文长徐先生之墓"，读碑使我惊喜不已，原来我所敬仰的徐文长先生竟也长眠于此。我恍然大悟，有文长先生墓在，的确印证了木栅乡这块风水宝地。

我一直在碑前徘徊抚摸，由于年代久远，风雨剥蚀，碑上除了一行 13 个大字外，题者的姓名、年月及碑阴的不少字都已不能辨认，至为可惜。文长先生一生坎坷潦倒，瞻墓有不胜苍凉之感。但细品这行碑文，盖棺论定，却给予文长先生极其崇高的评价。难怪木栅乡的农民多少年来一直精心护墓，并称先生坟头，而不直呼其名，文长先生地下有知，亦当含笑。

距先生坟头正面约二三十步，有一座大墓，是文长先生的父亲竹庵公和生母、继母、嫡母等的合葬墓，墓前有一大块横方形的墓志铭，记载着竹庵公曾官四川巨津、夔州同知，并宦游滇贵一带，铭文为“赐进士南京兵部郎中表侄王畿拜撰”。最后一行刻着“渭儿谨书。”（渭是文长先生的名）全铭用正楷书写，字径约六七厘米，工整遒劲，与他笔飞墨舞的狂草相比，判若两人。当时我没有相机，不然一一拍摄下来，不啻是一项有价值的文物资料。

大墓的右侧有并列的几座小墓，中间置墓碑一块，刻着“明鹤石山人讳淮徐公暨配杨孺人，府学诸生讳潞徐公暨配童孺人，处士讳枚徐公，处士讳枳徐公之墓”。淮和潞是文长先生异母兄长，枚与枳是文长先生之子。

以上这样一组远自明代有历史价值的墓群，竟毁于“文化大革命”。“文化大革命”结束后，我重访木栅，文长先生的墓碑已无影踪，大墓的墓志铭已被敲成数段，其余的小墓也被破坏殆尽。一片凄凉景象，令人伤感不已。

此后，徐渭的墓开始修复，但已失去了昔日的风貌，而且碑文改写为“明徐文长先生墓”。原来简朴的一堆黄土，也改成条石砌边、高可米许的方形墓式，这种碑文的改写和墓的形式，和一般民间的墓葬有什么区别？如此修复，已然失去了这位墓主人的独特风格。

到20世纪90年代中，北京刘正成先生（书法理论家，原《中国书法》杂志主编）来绍寻访徐渭墓，并倡议邀集朱关田君和我三人共捐书法百幅献给绍兴县文保所，作为修复之用。虽然我们三人的力量有限，但这一倡举说明民间也可配合政府部门做一些保护文物的工作，旨在提高人民群众对文物的保护意识。

接着开始修理大墓，我从王畿的文集中找到了《竹庵公墓志铭》，并用隶书补写，末尾两行写着：“已卯初夏同里后学沈定庵补书。”

自我在木栅乡发现徐渭墓后，曾做过一些考查，在徐渭逝世后的30多年，著名文学家袁宏道（1568—1610）在绍兴发现了徐渭的诗文，拍案称奇，赞誉徐渭为“有明一代才人”，并为徐渭出了诗文集子，徐渭之名始为世所重。所以旧墓碑冠以“有明一代才人”和袁宏道推重徐渭相吻合。后来我又推测碑文书写可能出于袁宏道之手，因为碑文的书法实在太美了。

世间真有不可思议的巧合。日前，承绍兴县文保所蔡晓黎女士赠我《绍兴县文物志》一书，在“徐渭墓”栏里，记着“其墓原不甚考究，尽（仅）黄土封顶，墓前立有明代文学家袁宏道书墓碑”。我欣喜不已，为此，我敦请绍兴县文保所，对文物应修旧如旧，特别是这块墓碑文“有明一代才人文长徐先生之墓”，要还它一个本来面目。

（2000 年）

徐生翁先生为绍兴开元寺题额

绍兴著名古刹开元寺，在20世纪20年代，由寺中主持邀请邑中著名书画家李徐（即徐生翁）题寺额，字大盈丈，亦隶亦魏，奇伟挺健，气象万千。寺额问世后，观者如堵，有“满城争相话李徐”之美誉。绍兴词人王素臧观额后，罗拜再三，并谓额书出自六朝人之手，非今人能为，还赠诗云：“三百年来一枝笔，青藤今日有传灯。”

当代书学泰斗沙孟海先生也对寺额有过如是评析：“旧时屡过绍兴开元寺，激赏翁三字题榜，峻健开豁，想见早年功力。”往昔我亲近沙老时，沙老多次提到开元寺额，并告知在抗战前，宁波至杭州的火车只通上虞曹娥，正午时刻，旅客多在绍兴城内用餐、逛街，沙老自己则多次往观寺额。追忆数十年前往事，沙老朗声笑语，犹怀昔年激赏之情。书家相敬，堪称楷模。开元寺额后毁于抗战时期敌伪之手，所幸徐师当时书额之后，由师母用纸勾勒复制一通，字迹得以传世，亦不幸中之幸事也。

徐先生也工画，画如其字，风格独特，多作梅、荷。时人评曰：“大江南北，佥称先生所作古木、幽花，自成馨逸，金石书画，横绝千秋，前无古人，后无来者。”

我敬仰徐先生久矣，惜无从立雪徐门，因他从不收徒。然余不时登门求教，蒙其指点，得益良多。后蒙我市王贶甫副市长（周恩来总理表弟）、陶冶公（鲁迅先生留日同学、民主人士）、朱仲华（乡绅）“三驾马车”劝说徐先生，以为了绍兴的书法事业后继有人为由，最终得先生允纳。其时师已届耄耋之年，先生始收弟子，一时传为佳话。

徐师一生淡泊，布衣终身，惟于艺事，执着追求，不遗余力，清贫自甘。大画家黄宾虹深爱徐师书画，在杭雇人收购徐师字画，并曾邀请徐师赴杭任教，师以年事已高婉谢。新中国成立后，浙江省文史研究馆成立，首任馆长为马一浮先生，徐师也被聘为首任馆员，既属崇高荣誉，更使徐师晚年生活有了保障。自任职文史馆员后，公家、个人求其书画，徐师分文不取，有时还自出纸墨，此事为人所乐道。1964 年，徐师因病逝世，享年九十岁。

（2000 年）

记柯灵老人

柯灵老是我国当代著名的大散文家，有幸又是我的乡贤前辈。我亲近柯老早在1963年的夏季。一天，突然接到柯老自沪惠书，嘱代求吾师徐生翁的书画，并对徐师赞美有加。我读信欣慰不已。因徐师艺事，曲高和寡，少人赏识，我认为柯老是生翁先生的书画知音，乐于照办，生翁师也高兴应诺。后来我在报命同时，曾向柯老陈述了这样一件事：我酝酿多年拟征集当代作家的墨迹和手札，然后汇编成册，以作为书法史和文学史的一项有价值的资料。但一时苦于无从入手。缘此，乃向柯老求字作为始点。不久，柯老寄来手札并赠手录鲁迅诗《湘灵歌》册页乙帧，字俊逸娟秀，我甚为喜悦。但柯老在信中却为我的征集事泼了一瓢冷水，他说现在的作家大多数都用惯硬笔，有的甚至不会写毛笔字，此举可能会令我失望的。其实我所谓的墨迹也包括钢笔和圆珠笔字，如后来我求得巴金老的墨宝就是用钢笔写的，我一样珍藏。“文化大革命”中，柯老的墨迹和手札都被付之一炬，深为惋惜。

我平日在研习书法之余，也喜弄文涂墨，拙作多投向《中国新闻》发表于海外报刊。后来我的文友，《杭州师范学院学报》的编辑陈星先生看到我的文章，怂恿我汇集出版，并为我编排书样、目录等等，几乎把我发表的文章都审阅了一遍，并作了挑选，真是有心人。出书不可无序。我理想的序文当然非柯老莫属，我大胆地致书柯老求序，并寄去部分文稿。信寄出后，我颇忐忑不安，大作家能为无名之辈作序否？这是1993年冬季的事。

1994年1月6日，我收到柯老来信。信是这样写的：

定庵乡兄：

嘱草序文奉呈。我素性迟钝，如能通读大作全文，或可谈得较为切实，现在只好如此。如得首肯，那就好了。

匆上，即颂

新岁吉祥，并愿大著早日问世。

柯灵

1994年1月4日

似曾见日本书法家推崇徐生翁材料，其人其事，能见示否？

读了柯老这封热情洋溢、嘉勉有加的来信，先前的忧忡，顿时消失殆尽，长者风度溢于言表，捧读再三，感激不已。

柯老的序言，共五页稿，千余字，把我少年习书的历程用他生花妙笔描绘得活灵活现。掩卷思昔，恍惚重温五十多年前湛江旧梦，感叹系之。序言以不少笔墨来称道生翁师的艺品、人品为双绝，先师九泉有知，也当莞尔。

不久，拙著《定庵随笔》在多方的帮助并在柯老的祝愿下，于 1994 年 4 月由天津人民出版社出版了。

拙著出版前，柯老曾将序言先后发表于香港的《华侨日报》和上海的《解放日报》副刊，分别题为：“兰亭遗韵——沈定庵及其文字”“兰亭遗韵——《沈定庵随笔》序言”。他还在 1994 年 1 月 17 日来信告诉我：“大作序言，已寄香港，同时投《解放日报》，冀能扩大影响。对此，希望没有意见。”并把剪报也寄给我。柯老厚我、爱我，令我终生难忘。

2001 年柯老的文集出版了，柯老委托出版社寄赠一部。《定庵随笔》序言也编入第二卷，拜读之余，感幸万分。

我和柯老第一次在故乡晤面，也可说是最后的一次，那是在 1996 年 9 月 7 日，参加绍兴斗门以柯老命名的“柯灵小学”落成典礼。柯老的夫人陈国容女士也一同前来，二老精神都很好。柯老满头银发，致辞时带着浓重的故乡口音，铿锵有力。柯老有一段精彩的发言，他说：“父老乡亲，我能够远道回到绍兴，参加这所新办的小学堂的开学典礼，衷心祝愿我们家乡的基础教育兴旺发达……祝我家乡的小朋友好好学习，天天向上。”我等随侍柯老夫妇左右，得以聆听教诲，既感欣喜，却又觉得会晤的时间过得太快、太短暂。

柯灵小学落成之前，校方曾请白洋朱元桂先生撰《建柯灵小学记》。拟刻于贞珉，并嘱我书丹。记文叙述斗门及斗门镇小学沿革，其中写道：“斗门镇小学，旧为开近代新学之风之辨志小学，创办已近百年。柯灵启蒙于斯而竟成一代文豪。辨志有荣，斗门增光，于今主镇事者顺应潮流，以办学树人为兴镇之本，乃于通衢之区，辟地四十亩，概算一千万元，迁址重建小学，并以乡贤柯灵命其校名……”柯老当时很认真地读了张挂起来的碑记纸稿。他谦逊地对旁边的人说：“文章和字都写得很好，只是我有点担当不起。”此记至今已逾五年，而碑石迄今未立。行文至斯，我呼吁镇方和校方从速竖碑，以此来纪念柯老对柯灵小学的厚望，也可用作故乡人民对乡贤柯灵老人的一种永久纪念。

（2001 年）

书圣故里重温童年的梦

春寒料峭，游兴不减，我为重温童年的梦，喜作书圣故里巡礼。我生于农历丙寅年（1926）冬，家在绍兴城西東带桥和西街之间的铁砂台门（现属书圣故里范围）。那年刚巧逢北洋军阀孙传芳的部队侵占绍兴，由于军纪败坏，烧杀掳掠无恶不作，绍兴老百姓深为痛恨，蔑称他们为“北佬”。一天，祖母抱着我从门窗里观望街上，碰巧有“北佬”经过，要我祖母开门，祖母慌了，忙说男人出去了，门锁着不能开。“北佬”说：“难道你的门是铁门！”后来总算悻然走了，我们祖孙俩免于一劫。

我 4 岁时，去我家斜对面的唐家祠堂内的私塾上学。这唐家祠堂在绍兴城内众多的祠堂中是很出名的，祠堂的头门临街，门额上写着“唐氏家庙”四个白底黑字，款署徐渭（即大名鼎鼎的徐文长先生）。因此经常引起游人的驻足品赏和赞叹。我的启蒙塾师姓唐，是位老秀才，身材高高胖胖，蓄须。先生患有尿急病

（即前列腺炎），如厕时，需费多时，平时呆坐的学生，趁此大肆活动，有捉迷藏的、有猜剪刀包裹的、有折纸片的等等，学堂气氛为之大变。其间专有一名学生作望风，一见先生离厕，就暗打招呼，同学们霎时各就各位，端坐朗朗诵读。回想往事，煞是好笑。

祠堂内挂着许多匾额，如进士、翰林等。其中一块特大匾额上面密密麻麻的字，不知写的什么。后来听大人讲解，原来南宋被元朝所灭，元朝有个喇嘛僧叫杨琏真伽的，他到了绍兴，为了盗宝，把南宋六陵挖掘一空，宋帝遗骨抛掷满地。又因宋理宗的头颅特大，元僧把它当做酒器，作恶如此。当时唐氏宗族中有一位唐珏，和另一位林景熙共同捡拾皇陵的遗骨，分装六个坛子，然后秘密地安葬到兰亭山上的天章寺山门前，又不敢立碑，就在每个骨坛上面种一株冬青，作为标志。元朝只存在百年就亡了，继起的明朝就将六陵遗骨迁回原址，恢复宋六陵的旧貌。但历史竟会重演，“文化大革命”中，六陵又被无知之徒毁坏殆尽。当年杨琏真伽出于民族仇恨和自私贪婪，毁掉六陵，而“文化大革命”期间，借反“封资修”为名毁坏更多文物，可胜浩叹。

我家所在的铁砂台门拐弯转入西街，夏日有“晒煞西街”之称，西街汇头处，有两块石碑嵌在民居的墙外，年代久了模糊不清，只存一个大大的“山”字。沿街走去，有解元台门（现为市文保单位）、包殿，包殿有庙会，多在夏天。逢庙会时，殿前空旷地搭台演绍兴大班（即绍剧），三日三夜，热闹非凡。摊贩栉比鳞次，有卖凉粉石花、木莲豆腐等，这些冷饮，浇上醋和糖水，清凉可口，还有较新式的荷兰水。这些冷饮，只售一两枚铜元，顾客以小孩居多。从包殿走去，约二百米便到了书圣故里的核心地——戒珠讲寺。山门前嵌着一方石碑曰“王羲之故宅”，现属市重点文物保护单位。由书圣住宅变为寺院，有这样一段故事。王羲之有一位方外交——邻近天王寺的住持，书圣常邀他到家弈棋。一天，书圣的一颗吃墨珠不翼而飞（吃墨珠是个宝，书圣写字，如不满意，只要吃墨珠轻轻一按，墨色就除掉了），书圣怀疑住持，就和他疏远了。住持觉察后，却不加申辩，竟绝食坐化。不久，吃墨珠从书圣家养的鹅肚中寻出，书圣才恍然大悟，冤枉了住持，急忙命人去探望，才知住持已圆寂。书圣懊悔莫及，忏悔之余，乃将自家宅邸舍与僧人为寺。因一颗珠子引起的事故，因名戒珠寺。后来经常有高僧来寺讲经弘法，故现名戒珠讲寺。此寺有一特点，异于他寺，即一般寺庵都是弥勒佛坐山门，唯有绍兴戒珠寺由王羲之坐山门，书圣塑像儒雅风流，左右两旁塑童子，一童双手捧着一只白鹅，一童拿着拂尘。可惜这样一组有魏晋风味的塑像，也毁于“文化大革命”之中，至今尚未恢复。旧时寺中尚有一卧佛楼，以纪念住持。

戒珠寺的山门前有池曰墨池，也名鹅池，是书圣洗砚、养鹅之池，至今尚存。寺后为蕺山，也称王家山，山上有一种带腥味的蕺菜，越王勾践常来此采蕺，因此得名。在明代蕺山上建有一座“证人书院”，也称“蕺山书院”，是明代大儒刘宗周讲学的所在。清代末叶，在书院的旧址创办了“山阴县学堂”，辛亥革命烈士徐锡麟曾任堂长。他亲自任教，自制地球仪，造就一批革命人才，著名的历史学家范文澜和著名的数学家陈建功都是学堂的高材生。至民国，书院旧址又成立蕺山小学，成为百年名校。因学校离家较近，我曾在蕺山小学读初年段。日前，我曾往山上一转，蕺山小学旧址已无影踪可寻。

寺门正对为蕺山街，附近与书圣相关的遗迹有题扇桥，是王羲之为卖扇媪题扇的地方。后来因王羲之题扇，被卖扇媪纠缠不已，他躲避老媪的地方被叫作躲婆弄，这条宽不到一米的窄巷子，现在还保留着。出弄原有笔架桥和笔飞弄，传说有人差人骗取王羲之的字，惹怒了他，书圣用笔架和笔抛掷来人，因此得名。笔架桥因填河已无存，但笔飞弄还在，而且是蔡元培先生的诞生地，其故居已成为蔡元培纪念馆。

自 20 世纪 90 年代末，命名书圣故里至今，偌大的一片土地上，白墙黑瓦依旧，石板路面依旧，众多胜迹依旧，免遭拆迁改建之弊，功德无量。它是古城一大亮丽的景点，赢得了多少游人的思古和赞美之情。我有幸出生在书圣故里，将近一个世纪来，每当我漫游故地，童年的往事如在眼前。只可惜唐氏家庙今已不存，但唐珏和林景熙两位义士在绍兴的名人录里，不能没有他们的英名。至于戒珠寺山门王羲之的塑像，我热忱地盼望着有关单位及早予以复旧，使书圣永久地守护着他的家门。

（2005 年）

从茅盾故里想到柯灵故里

袍江工业区斗门镇，是现代文学大师柯灵先生的故里。去年，我去了斗门老街，看到那里的石板街面、两旁民居、小店、茶馆等等，都保持着旧时的面貌，很少变动，可谓原汁原味，使人赞叹不已，也很让外地人羡慕不已。但令人抱憾的是，斗门老街上竟看不到一点对乡贤柯灵先生的纪念场所。

2009 年春节，我去了桐乡乌镇。那里有一条长长的东大街，清一色发黑牌门民居，大多数都关门落锁，没有什么可看的。街河上的游艇，也没有斗门乌篷船有情趣和诗意，但却有值得我全神贯注参观的地方——大文豪茅盾先生的故居和他儿时求学的场所。与乌镇咫尺之遥，有开发在先的周庄、同里等水乡集镇，乌镇能崛起于后，原因自然就在于它有别处所无的茅盾旧居——一位名人成就了故乡的旅游行业。

柯老的故居，早在抗日战争时期就已被日寇烧毁，只剩下了屋基和石凳。这是斗门不及乌镇的地方。我认为，故居被烧毁了，不一定要重建。我们可以竖一方柯灵先生故居（或称故里）纪念碑。在老街的适当地点，建一座柯灵先生纪念馆。以现在的地方财力，当也不是难以做到的事情。

八年前，斗门柯灵小学刚刚落成，朱元桂先生应邀写了《柯灵小学记》，并由我书丹，准备勒石竖碑。当时因时间仓促，落成典礼那天，斗门镇委镇政府就将碑记临时贴在木板上面，供来宾和与会者观览。记得当时柯老应邀来参加典礼，他仔细阅读了碑记后谦虚地说："文章和字写得很好，只是我有点担当不起。"镇里领导当场告诉柯老，典礼之后，马上就要将碑记镌刻石上，存留永久。今年春节期间，我去了柯灵小学，四处寻觅碑记，却毫无影踪。因寒假尚未开学，校内无人，也无从探听此碑至今不立的原因所在，我唯有徒叹惭愧而已。

柯老是一位诚实守信的长者，我们除了引以为豪之外，当然也要学习他诚信的美德，更不能失信于逝者。去年，我和其他政协委员曾将这件事情写成提案，催促尽早竖碑。去年 5 月 18 日，袍江工业区管委会在对提案的答复中说："立碑过程中，敬请沈老和各位委员多多指教。"时过境迁，这并不复杂的立碑一事，却至今未见落实。

斗门的老街原汁原味，是真东西而绝非假古董，周围有山、有湖、有河、有老闸又有古桥，自然景观和人文景观胜于乌镇。

如果再将柯灵这位名人的“文章”做好，它的总体旅游资源价值，当可超过乌镇和周庄。机不可失，时不我待，我在这里大声疾呼，尽早着手开发斗门古镇文化和旅游资源，尽快将旅游资源转化为旅游商品。短期内全面铺开有困难，可以在做好规划之后，先易后难，分步实施吧。

千万不要在斗门古镇被毁之后，再去徒叹奈何！

（2010 年）

艺海撷珠

徐渭——我国古代十大画家之一

“纪念中国古代十大画家展览会”已经在北京故宫博物院开幕。徐渭是这十大画家之一。今年是他诞辰440周年。他的代表作如《墨花》等在首都展览，得到了国内外书画家的很高评价。

徐渭（1521—1593），字文长，号天池山人，晚号青藤道士，明山阴（今绍兴）人。由于他的思想与当时统治阶级相抵触，遭受种种歧视，因此一生很不得志。他“放浪曲蘖，恣情山水，走齐鲁燕赵之地，穷览朔漠”，见闻极广。徐渭是一个多才多艺的人，“其所见山奔海立、沙起云行、风鸣树偃、幽谷大都、人物鸟鱼，一切可惊可愕之状，一一皆达之于诗”。他的诗“如嗔如笑，如水鸣峡，如种出土，如寡妇之夜哭，羁人之寒起”，在中国书画史上有很高地位。他所写的《南词叙录》是明清戏曲文学研究工作者不可缺少的重要资料。《越画见闻》中说：“文长笔墨，当以画为第一，书次之，诗又次之，文居下。”尤其是画，他的泼墨山水、花卉，能打破一切拘束，充分发挥自己的独创性，给后代的画坛带来深远的影响。他所作的戏曲如《四声猿》《歌代啸》等杂剧，打破了历来的陈规，创造了短小精悍的体裁，对明代中叶以后的杂剧，有着很大的影响。

徐渭的故居——青藤书屋，在绍兴市前观巷，徐渭在这里度过了他的幼年和晚年。青藤书屋是一座保持明代风格的建筑，书屋的陈列和周围的景物也都保持原来的面貌。一进书屋，使人有古朴和谐、静穆清新的感觉。书屋正中悬挂着明代另一位大画家陈洪绶亲笔写的匾额——“青藤书屋”。书屋外绿苔铺地，青藤绕墙，直上蓝天。墙上题有“漱藤阿”。这株青藤是徐渭10岁时亲手种植的。青藤就成为书屋的名称。后来，徐渭又把“青藤”作为自己的别号。书屋外有小池，十尺见方，徐渭说：“此池通泉，深不可测，久旱不涸，若有神异。”这就是他所说的“天池”。后来，“天池”也就成为他的另一别号。青藤书屋内外，有不少徐渭的珍贵墨迹，其书法精奇伟杰，点划之间充溢着徐渭那种倔强愤世、孤洁自爱的性格。

徐渭晚年生活非常困顿，他把几千卷藏书都变卖一空，冬天没有棉被，只好拿稻草当被盖。虽然他这样潦倒，但始终坚持写作。73岁的徐渭，在贫病交迫中死去。他死后五年，袁宏道发现他的诗文，认为他是“有明一代才人”，便为他刻了集子，使之流传于世，这才使他的作品没有被埋没。

新中国成立后，青藤书屋在党和政府的重视和关怀下，得到了很好的修缮和保护，现在已建为徐文长故居，供人瞻仰。

（1961 年）

读徐渭草书大堂小记

近日，看到西泠印社珍藏的徐渭草书大堂真迹，书幅高 350 厘米，阔 104 厘米，纸地，款下钤印三方。通观整幅作品，笔势雄伟，大气磅礴，有咄咄逼人之势，实为不易多得之墨宝，展读再三，爱不忍去。

大堂所书系唐岑参《和贾至舍人早朝大明宫》之诗，亦为徐渭 6 岁时跟塾师管士颜学的第一首唐诗。按贾至此诗，和者除岑参以外，尚有杜甫、王维两人。四人之诗，虽皆伟丽可喜，然意境高下，历来颇有异论。如东坡极赏子美“龙蛇”“燕雀”一联，而毛西河则以为杜诗“日暖龙蛇，风微燕雀”并非早朝所见，故当远让王、岑，然王诗“衣”字犯重，末又微拗，因此当推岑诗独步。徐渭书此大堂，独采岑诗，其意当自有专爱。

徐渭（1521—1593），山阴（今绍兴）人，一字文长，号天池山人、青藤道士，是一位活动在明代嘉靖、万历年间的杰出的文学家兼书画家。他为后人留下了丰富的文化遗产，除了诗、文、书、画以外，还有大量的戏曲、小说、注释、纂辑等作品，可谓著作等身，其作品有着极为重要的文献价值。在徐渭死后五年（即1598年），明代晚期著名的革新散文家袁中郎（宏道），无意中在陶石篑家中见《阙编》诗一帙，恶楮毛书，烟煤败墨，微有字形，稍就灯下读之，未数首，不觉惊跃，急问石篑，《阙编》何人所作？石篑告以“徐渭所作，殁已五六载矣”。二人跃起灯下，高声诵读赞叹，睡者皆为惊起。自此中郎遍搜徐渭所作，以为一扫近代污秽之气，并为其作传。传中论徐渭书法，笔意奔放，苍劲中姿媚跃出，并用欧阳修“妖韶女老，自有余态”之语赞之。史载徐渭书法，初学于余姚杨珂（秘图）。《余姚县志》载：“杨珂幼摹晋人帖逼真，后稍别成一家。多作狂书，或从左、或从下、或从偏旁之半而随益之。”会稽陈山人自负能书，亦云：“笔法自中锋者最难，惟秘图为然。”今观西泠印社珍藏徐渭此帧岑诗大堂，笔意酣畅，字字中锋，其中“州、剑、拥、难”诸字，精伟奇杰，而“鸣、金、独、凤”等字，则妩媚横生，不但与中郎所说相符，亦与陈山人所谓“中锋最难”之语吻合。笔者在绍兴青藤书屋见到徐渭所书匾额“一尘不到”四字，其中“到”字，与此帧“剑”字笔法无异，而此帧“仙仗”之“仗”字，亦与徐渭谒孝陵诗笔意相同，其为徐渭生平得意之作无疑。

徐渭出身于没落官僚兼商人家庭，一生依靠教书、作幕、卖诗文书画为生，晚年贫病而死。石篑所谓“帱莞破弊，不能再易，至藉稿寝”，其伛蹇坎坷，可谓至矣。但观其书法，奔放润泽，顾盼多姿，无干枯之笔，无桀骜之气，似乎书不称其遭遇，与他所作诗文多磊落不平之句，迥不相称。纵观徐渭书法，不论行、草，都是一笔不苟而逸兴横飞，所谓“似黄鲁直、米南宫而更为放纵”。今观此帧，更觉斯言可信。

徐渭尝自许：“吾书第一，诗二，文三，画四。”后人疑其不当。笔者以为先生一生坎坷而倔强不屈，对文艺创作老而弥笃，贫病在所不顾，其自许书法第一者，当自有其见地。

大堂款下有“漱僊”一印，“漱”有洗濯和磨砺的含意，徐渭以作别号。而为其甥画百花卷时，曾自题“漱老谑墨”，又青藤书屋西墙刻有“漱藤阿”三字，足见徐渭有时亦以“漱”自署。

（1961 年）

『捐献鲁迅文物展览』记

1961年9月25日，鲁迅先生诞辰81周年纪念日，绍兴举办了“捐献鲁迅文物展览会”，展出鲁迅先生的亲笔书信、手改稿本、遗物及与鲁迅先生有关人物的文物共50余件。这些珍贵的文物，是近两三年来由鲁迅先生的亲友，各地的作家、干部、教师等热情捐献给鲁迅纪念馆的。今将主要文物，介绍于下：

鲁迅校改的稿本

《勇敢的约翰》原稿一册，共一百面。译者孙用，原名卜成中。二十多年前是杭州邮局的一个职员，业余从事翻译工作。1928年他着手翻译这部书，一年译成，寄请鲁迅先生校改。时鲁迅先生正在上海主编《奔流》，他花费了很大的精力来校改《勇敢的约翰》，从本文以及卷首的作者介绍、卷末的《译后记》，无论是专名的音译，还是不大常用的单词和不顺口的短语，都一一加以校正。如“槌”之改“抓”、“白姆将军”改为“培谟将军”、“它们的生命却仍是分离”改为“它们的生命仍然离析”等等，诸如此类的就有三四十处之多。正如他在《译著书目》的《后记》中所说：“我在过去的近十年中，费去的力气实在也并不少，即使校对别人的译著，也真是一个字、一个字地看下去，决不肯随便放过，敷衍作者和读者，并且毫不怀着有所利用的意思。”

鲁迅先生还为《勇敢的约翰》写了《校后记》和《注解》，又在原稿上用红笔加上付印格式的说明，后来原稿因受雨淋，红色都褪了，至今只剩下一片一片的微红的水渍。

鲁迅先生对这部译作从校改到出版，的确花了很多心血。许广平在《鲁迅回忆录》说：“这本小书如果不碰到鲁迅，大约在中国未必有和读者见面的机会的。”

鲁迅的书信和遗物

展览会陈列着鲁迅先生的四封亲笔书信，其中三封是他写给好友许寿裳，两封已收录于《鲁迅全集》第九卷《书信》第280页、287页，还有一封是新近由许寿裳的内侄沈家骏检获送赠给鲁迅纪念馆的，这封信是早在1911年鲁迅先生任教于绍兴府中学堂时写的。

季黻君监：

得手书如见故人，甚以为喜。复知去年所奉书不达左右，则颇恨邮局彼辈坚目人，不知置仆书于何地矣。师范收入意当菲薄，然教习却不可不为。对付今人只得如此（对付古人或亦只得如此）。燮和之事已定否？倘与相见，希为言，仆颇念之。卖田之举去年已实行，资亦早罄，迩方析分公田，仆之所得拟即献诸善人，事一成当即为代付刊资也。绍兴府校教员，今年颇聘得数人，刘楫先亦在是，杭州师校学生则有祝颖、沈养之、薛丛青、叶联芳，是数人于学术颇可以立，然大氐憧憧往来吴越间，不识何作。今遂无一存者，仅余俞乾三、宋琳二子，以今年来未播迁耳。起孟来书，谓尚欲略习法文，仆拟即速之返，缘法文不能变米肉也。使二年前而作此语，当自击，然今兹思想转变实已如是，颇自闵叹也。俅南善扬人短（与在东京时大不同矣），君若与书札往来，宜留意。此事似已奉闻，或尚未，均已忘却，故更以告。越中棘地不可居，倘得北行，意当较善乎？敬承曼福。

周树人上　二月初七日

另一封信是鲁迅先生写给留学东京时的同学陶冶公的。

冶公兄：

兄拟去之地，近觅得两人可作介绍，较为切实。但此等书信，邮寄能否达到，殊可不必，除自往投递外，殊无善法也。未知兄之计划是否如此？待示进行。

此布，即颂时绥。

弟树人上　七月三十一日

此外还有一张小小的名片，正中印着“周树人”三个仿宋体铅字，两旁是鲁迅先生的亲笔小字。

明日已约定赴北大讲演，后日须赴西山，此后便须南返，盛意只得谨以心领矣。望潮兄。

周树人上　二十八日

在一个玻璃柜里，陈列着四件鲁迅先生的遗物：八角蓝釉小花盆、铜花插、碎瓷笔筒和一方镇纸石。这些东西都是鲁迅先生生前用过，后来送给他的堂叔周冠吾的。现在这几件文物也由周冠吾送给鲁迅纪念馆保存了。

鲁迅祖上的遗物

展览会里悬挂着一幅《会稽周德寿堂介孚公派神像》。自十二世介孚公（鲁迅先生的祖父），孙太君、蒋太君（鲁迅先生祖母）、十三世伯宜公（鲁迅先生父亲）、鲁迅先生母亲到十四世亡弟椿寿为止，共六小幅神像，合裱成一轴。

还有鲁迅先生祖父、父亲用过的印章，刻着“辛未翰林”“臣周福清之印”“周文郁印”“伯宜”等。

和鲁迅有关人物的文物

这里也陈列着和鲁迅先生有关人物的文物，他们是：鲁迅先生小时在三味书屋读书的塾师寿镜吾老先生的手迹，有手抄本、书信等，一只小信封上写着“送呈周豫才老爷升，镜吾”。寿老先生是绍兴城里一位方正博学的人，鲁迅先生在三味书屋读了九年书，寿老先生给他的影响是良好而深刻的。

当时三味书屋还有位助教寿洙邻，是寿老先生的儿子，和鲁迅先生的过从也很密切。后来寿洙邻迁居北京，从事学术工作。他的许多著述手稿，最近也由他的夫人自北京捐献给绍兴鲁迅纪念馆了。陈列的有笔记、诗稿、联语、水利著述和地志等，兹抄录其中有关鲁迅先生的诗文数则：

> 桃李满门墙，雪中独欲梅花瘦；文章在天壤，意外时闻木樨香。（《挽鲁迅》）
>
> 有清一代注述家、文学家及书画家皆因仍前辙，不免琐碎掇拾，工摹拟而无创作，故无气象伟岸之可言。就中文学家，惟龚定庵及近人周鲁迅颇有思想可称创作，余子碌碌皆书蠹耳……（《集庐笔记》）

> 里居相对望衡门，韦母音徽夙所尊。春色两家分左右，诗书奕叶订渊源。郝钟礼法垂模范，坡颖文章有弟昆。我拜登堂将进酒，先赓燕喜效刍言。（《寿周母鲁太夫人》）

展览会还陈列了章太炎、许寿裳的书信，蔡元培写的团扇和秋瑾、陶成章烈士的著作等，还有一张同盟会机关刊物——《民报》社的原稿用纸。章太炎先生出国到日本东京后，一面为《民报》社撰文鼓吹革命，一面接受了鲁迅、许寿裳、钱玄同等留学生的敦请，在《民报》为他们讲授段氏《说文解字注》、郝氏《尔雅义疏》等，这位革命老师的斗争精神给鲁迅先生的影响也是极其深远的。

珍贵的书籍

展览会的最后部分陈列着两册珍贵的书籍，一册是鲁迅先生早年的译作《域外小说集》，这部书共有两册，1909 年在日本东京出版。鲁迅先生翻译这两本书，实在是中国介绍和翻译欧洲新文艺的第一人，而原书流行不多，几乎成了新文学中的“罕见书”。

另一册是《争自由的波浪》，董秋芳译。《争自由的波浪》原名《大心及其他》，又名《俄国专制时代的七种悲剧文字》。这本译作的出版也曾经得到鲁迅先生的校改，并作了《小引》，里面写着：“……然而，总之，平民总未必会舍命改革以后，倒给上等人安排鱼翅席，是显而易见的，因为上等人从来就没有给他们安排过杂合面。只要翻翻这一本书，大略便明白别人的自由是怎样挣来的前因……所以，我想，这几篇文章在中国还是很有好处的。”这本书的封面写着：“绍兴鲁迅纪念馆惠存，译者董秋芳敬赠。1962 年 9 月 1 日。”

（1970 年）

一、清代隶书的兴起

乾嘉学派的崛起，石刻碑版的发掘，碑学的萌芽及有识之士大胆地学习民间书艺，使得几乎失去实用价值的篆隶书体变为清代的代表书风，各篆隶书家相继而出，并以千姿百态的书品汇成了清代的代表书体。他们以崭新的、充满生机的书艺，开拓出一条面目一新的书学之道，在帖学日微的形势下，为清代书坛吹入了缕缕清风。

二、清代隶书的代表书家

1. 潇洒飘逸的郑谷口

清代钱泳在《履园丛话》中称“国初有郑簠始学汉碑，再从朱竹垞辈讨论之，而汉隶之学复兴”。在清初，写隶书的书家很少，而且又都缺少汉人的气息，可有一个郑簠的隶书写得很好，写得极洒脱，为清隶开了先河。郑簠家藏古碑甚富，少时即习汉碑，凡三十余年，几乎无所不摹，能悟“朴而自古、拙而自奇”之理，得“真古拙、真奇趣”之妙。方朔《枕经堂题跋·曹全碑跋》云：“国初郑谷口山人专精此体，足以名家。当其移步换形，觉古趣可挹。至于联匾大书，则又笔墨俱化为烟云矣。”郑的字写得这样好，与他的勤学、襟抱和学问是分不开的。他的隶书以姿见胜，醇古飘逸，活而不滑。有人说他学《夏承》，又有人说他学《曹全》，然而都很牵强。他学古而不泥古，把隶书这种既有定型，笔法又都是为方笔居多的字体写得这样飘逸洒脱，且能化笔墨为烟云，确实不容易。

梁巘《评书帖》曰：“郑簠八分书学汉人，间参草法，为一时名手……然未得执笔法，虽足跨越时贤，莫由追踪先哲。”张在辛《隶法琐言》谓郑簠作书“就坐取笔搦管，作御敌之状。半日一画，每成一字必气喘数刻”。或是时代的原因，也可能是其不合理的作书方法，影响了他更进一步的发展。但郑簠还是将书法学成，并获得了神奇的效果。在清代隶书家中，不能不推其为一大家耳。

2. 书中之怪金冬心

清初的“扬州八怪”都能冲破古人藩篱，自成当世一派，而其中的金冬心（金农）更以独辟蹊径的书法，驰骋书林。金冬心在他的《冬心斋研铭》自序里说：“石文自《五凤石刻》，下于汉唐八分之流别，心慕手追，私谓得其神骨。”可见他的书法是从“隶”“分”入手，而且下过很深的功夫。他早年对《华山》《夏承》《乙瑛》《曹全》诸碑用功颇深，所作隶书结体偏扁，用笔圆浑，面貌众多。后来他以魏碑正楷入隶，结体变扁为长，用笔由圆转方，较多地运用侧锋，形成了独特的风格。我们只要看一下他的作品，就可见一斑。他晚年的隶书极重刀味石趣，顿挫抑扬；点画撇捺，笔笔写来方整，连转折处也如此，再加上他对用墨十分讲究，乌黑得像黑漆一样，故称之为漆书。他的隶书处处遵循着“以拙为妍，以重为巧”的宗旨。向淼谓冬心“能独辟蹊径，可谓豪杰之士矣”，说得很有见地。他的书法（不光是隶书）冲破了传统规律，表现出他的独创精神，独往独来，丝毫不落前人窠臼。

3. 藤杖芒鞋的邓山人

继郑簠、金农之后，在清代隶书上有所发展的大家应推邓石如了。邓石如少时即离乡背井，靠刻石印、写篆隶书来卖钱谋生。后得观秦汉以来金石善本，寒暑无辍，历经八年，书乃大成。继而遍游名山大川，足迹所到，搜求金石，拜访同道，为他的艺术开拓了广阔无限的意境，所谓“吸彼万峰奇，以助十指力”。邓石如篆、隶、真、草样样精到，都能自立门户，另辟奇境，其篆刻也以“邓派”名世。沙孟海先生有云：“清代书人公推为卓然大家的不是东阁大学士刘墉，也不是内阁大学士翁方纲，偏是那位藤杖芒鞋的邓山人。”

对邓石如的隶书，包世臣评：“其分书则遒丽淳质，……盖约《峄山》《国山》之法而为之，故山人谓：‘吾篆未及阳冰，而分不减梁鹄’。”他的隶书在作笔和结字上很有功夫，用篆籀之笔而略带行草笔意，故苍劲浑厚，而又神采飞动，变化多姿；结体坚密严实，有北魏书风的特色，所用长颖不加剪裁，挥洒自如。从章法看，其多按隶书规律，上下拉开，左右挤紧，真是“寓奇于平，囿巧于朴，因文以起意，信笔以赋形，左右不能易其位，初终不可改其步；体方而神圆，毫刚而墨柔，枯润相生，精微莫测”(方履篯《万善花室文稿》)。邓石如在篆刻上的卓著成就，给书法开辟了新的境界。它们之间交互渗透，相互影响，笔下自然又多了一层“金石气”。他创“计白当黑”之论，把“意到笔不到”的艺理又向前推进了一步，使后人对此有更为深刻具体的认识。

由于他的书法在当时取径卓异，独树一帜，故而毁誉参半。这只是当时身居高位的某些人为维护其个人利益而进行肆无忌惮的诽谤而已，后世以其为碑学宗师，他是当之无愧的。

4. 雍容大雅的伊墨卿

伊秉绶的隶书，名扬湖海，与怀宁邓石如并称“南伊北邓”。沙孟海先生称其隶书为“隶家正宗，化板滞而清秀高邈，用隶法写楷字，又用楷法写隶字”。

伊秉绶的隶书早年师法《衡方》及《礼器》最深，这一点在他的早年作品中表现无疑，字颇挺秀。至中晚年，进而拟《五凤刻石》等西汉碑碣，在平整基础上遒劲，并显示出雍容大雅的气度。同时风格又有数种，或凝重浑厚，或秀挺渊雅，或洒脱恣肆。“诗到老年惟有辣，书如佳酿不宜甜。”这是他论书法的一句名言，他的隶书到了老年愈加奇伟，开辟了气势磅礴的新路。伊秉绶的字不仅随着年龄的增长而趋成熟，而且随着环境际遇的不同有着明显的变化。在扬州，这位以“文字吏治”著称的太守，与当地文人墨客气味相投，诗酒盘桓，交谊深厚。正因为他们之间来往交游，互相影响，故伊氏自 51 岁以后所写的字，不论隶书、行草，都起了一番变化。最明显的是隶书，在方整的字形中透露出恣纵奇肆的笔调，令人感到雄健豪放。伊秉绶的这一创造，风靡了书坛近二百年。

伊秉绶的隶书对用笔结体、分行布白极为讲究，他作匾额楹联纵横捭阖、气象万千，章法之妙实为空前。如“爱日吟庐”“古香”“宋拓仅存”等等。他的隶书一反前人写隶字字玑珠，状如算子的风气，应缩反伸，应短反长；他的隶书虽每字不一样大，但一眼看去，大小却似是一样。可见，伊氏对隶书是下了一番功夫的。伊秉绶曾给其子写下了“方正、奇肆、恣纵、更易、减省、虚实、肥瘦，毫端变幻，出乎腕下，应和凝神造意，莫可忘拙”。这短短32字，就是伊隶的诀窍。

5. 遍临汉碑的何绍基

在清代隶书家中，数何绍基临写汉碑最多、最勤了。他大量收集和临摹汉碑，临本竟然达千余种之多。有的碑版临习数十通，甚至百余通。由于他的天分和勤奋，自然地将汉碑的种种优点融合在他的隶书里，久而久之，逐渐形成了独特风格。沙孟海先生评其书为“有一缕真气，用笔灵空、洒脱，初看似乎潦草，其实他并不肯丝毫苟且，至于他的大气磅礴处，更非常人能望其项背”。

张穆在《使黔草》序中写道：“一日，客有夸子贞庖馔之精者，穆应曰：‘子贞之馔无它谬巧，只是本色而已。’”何绍基隶书的特点就是兼收并蓄，独树一帜，是继金农、邓石如、伊秉绶之后的又一隶书大师。

何绍基善用长锋羊毫作书，可说是清代善用长锋的佼佼者。他作书精神专注，一笔一画都不肯敷衍了事，因此，每个字都充满了激情。何绍基的书法有耻与人同之志，就连执笔和运笔也是如此。他曾独创了一种回腕悬臂的执笔法。据他自己解释，这种执笔方法能令气力贯注于臂腕之间，因此每当写字时，总是汗流浃背。他的这种执笔法虽然浪费了许多不必要的力气和时间，但他很有恒心，苦心孤诣，以坚定的意志，终于将书法学成。

6. 简古超逸的陈曼生

清代书家多身兼数艺，或书家兼金石家，或书家兼画家，或书家兼小学家。陈鸿寿就是金石书法合二为一的代表。他的诗文书画及金石篆刻很有精妙，颇为世重。秦祖永《桐阴论画》曰："鸿寿诗文书画，皆以资胜，篆刻追秦汉，浙中人悉宗法之，八分书尤简古超逸，脱尽恒蹊。"陈鸿寿的隶书师法汉碑中未强调波挑燕尾、篆书笔意颇浓的一类书风，如《开通褒斜道》《石门颂》《杨淮表记》。同时又吸收了秦诏版及西汉隶书的艺术趣味，笔势飘逸，饶有风趣。他把隶体割裂改装，重新组合，中敛外肆，很是巧妙。他以深厚的篆书、金石功力及借助广泛的兴趣爱好，而形成了其独具风格的隶书。陈曼生的隶书是求变的，他能从汉隶中蜕化出来，而具有鲜明的风格。陈曼生的隶书尽管有"飘逸有余，而凝练不足""纵横习气"之嫌，但不失为清代隶书中求变创新的一大书家。

三、清代隶书的历史作用

清代篆隶书体的兴起和发展，摒弃了元、明及清初“舍二王以外，不知有书”的单一书风，故书坛一时流派辈出，气象焕然一新。在追踪秦汉遗法的同时，还发掘出众多的北魏石刻造像，后来书家直接从六朝以上碑志、摩崖、造像、钟鼎乃至印玺、钱币、镜铭、砖文、瓦当及竹、木简中汲取营养。这些大多是前人所不齿的无名工匠所作，而为碑派书家所推崇和师法，使整个清代书风产生了翻天覆地的变化。这种艺术上的再发现和再创造，赋予了清代书坛顽强的生命力，并一直延续到今天。

（1976年）

隶书简论

隶书作为一种书法艺术形式，从战国后期至秦统一中国时，即有萌芽。就中国书法发展史来看，从秦隶到汉隶是书法发展史上的一个重要阶段，是极为重要的变革时期，有着承先启后的重要历史意义。它上承前代篆书的规则，下启魏晋南北朝、隋唐真书的风范，同时还发展出草隶（即章草的一种）。隶书因从篆书演变过来，有些字形还有篆书痕迹，然用笔改转为折，提按顿挫，形成了隶书独特的笔法。明代赵宧光说："篆籀相向成文，分隶背戾各分。其势波折左右，其形结屈钩连。篆势有转无折，隶笔有折无转。"这对篆隶的不同特点作了概括性的阐述。

隶书从类型上大致可分为秦隶、汉碑、汉简、清隶四类。

一、秦隶：指从篆向隶逐步演变的隶书，还未有挑笔，是处于初级阶段的隶书。如秦代的权量、诏版，以及西汉的一些石刻与铜器文字。

二、汉碑：以东汉的碑刻为主。东汉的隶书波磔挑画明显，完全没有篆书的势态，是隶书的典型代表。

三、汉简：20 世纪初，一批汉简在甘肃敦煌出土，后被影印成《流沙坠简》，揭开了西汉书体的奥秘。其在字形和用笔上仍具篆意，反映出这一时期的隶书尚处在不成熟和不稳定的发展阶段，在一篇中往往有篆隶草夹在一起的情况。

四、清人隶书：清代隶书虽流派纷呈，然而是在汉碑的基础上脱化出来，故其能在清代书坛上卓然独立。

学习隶书时要注意，一是，隶书是在篆书平画的基础上产生了波磔（即撇、捺），所以在字形上也不同于篆书取纵势，而左右舒展成横势。二是，隶书落笔是逆入平出，而楷书是进一步发展隶书用笔，采取倒入取势，故隶书要写得平画如水，而不同于楷书横画呈左低右高的斜势。

书法是通过点画线条的搭配和章法的布局，来完成汉字的造型，并显示出各种动态神情、风韵气势，特别是通过书法家强烈的感情活动和丰富的想象，在观众的心灵中呈现出意想浮游的境界。古代书法家有所谓“书者心之迹”的说法，认为书法可以达其性情，形其哀乐，起到“发动精神，提撕志意”的作用。因此书法艺术也和其他艺术一样，既有个性，又有时代共性。这就是书法艺术能够留存，并得以继承和发展的原因之一。

隶书的欣赏也和其他书体一样，大致有以下四个特点：

一、理通，就是书法要合乎规矩法度。“华之外观者博浮誉于一时，质之中藏者得赏音于千古”，书法大家总是善于在严格的规矩中施展其创造才能。

二、力遒，是指书法写得力饱气足，使人看来起劲。“力透纸背”“入木三分”，早已成为品评书法作品公认的标准之一。要想获得“有力之美”的效果，首先取决于书者驾驭毛笔的功夫和技能，这种力，并不是求其表面张扬外露，而是渗透着作者的情意，并于笔墨中的“锥沙印泥”之妙，使之有一种“骨劲”和“内美”。

三、形美，是指书法优美的造型。汉字的基础是象形，这种象形记事的图画文字是取法于天地、日月、山水、草木以及兽蹄鸟迹等物象，并加以去繁存精、提炼概括而成的。它不只是单纯的记事符号，还包含着形象性的特征，具有造型美的因素。

四、韵胜，就是我们通常说的“气韵生动”。作为艺术品的书法，不但要求具有外在美观的形体，而且讲求精神内涵，即能够传神，须有奕奕动人的风采和韵度，才算上乘之作。一件作品的“韵胜”可以说是书家的思想境界、生活阅历、艺术修养以及作品所达到的独特境界等内外功夫的总和。

（1976 年）

五千里外观宝记——观赏辽宁博物馆珍藏法书

1985 年 11 月，我有幸随同浙江省书协首席顾问余明、书协副主席吕迈北出雄关，在辽宁省博物馆举办三人书画展览。

展出期间，辽宁省博物馆以珍藏的三件法书墨宝供我等观赏，这是我短暂的辽宁之行的最大收获，也是我惬意平生的一大乐事。特草此小记，愿与读者分享其乐。

一、《晋人书度尚曹娥诔辞》

《曹娥诔辞》又名《曹娥碑》，是东汉元嘉元年（151）上虞县令度尚为孝女曹娥建立的，碑文典重，字字铿锵，为当时大文学家、大书法家蔡邕称赏，被誉为“绝妙好词”。

原碑早已不存，现竖于上虞曹娥庙内的《后汉会稽上虞孝女曹娥碑》建于北宋元祐八年（1093），为蔡卞所书，碑石已有数道裂纹。辽宁省博物馆珍藏的这卷晋人《曹娥碑》墨迹，书于东晋升平二年（358），无书者款。历代流传的写印本中，数这卷最早。该卷为绢本，书体为小楷，全卷阔 45.5 厘米，高 26.5 厘米，但历代名家跋语、印玺竟长达 256 厘米，跋者有怀素、宋高宗赵构、虞集、赵孟頫、黄伯思、郭天锡、乔贵成、康里巎巎、柯九思、蒋惠、清康熙帝、沈荃、高士奇等，各家之言，洋洋洒洒。因题跋者多为书道高手，故书体各具风采，令人叹为观止。更值得一提的是，该卷系用宣和法锦包首，花纹巧细，署签者为邓拓同志。

手卷由于年代久远，书者又无名款可据，因此，流传的说法不一，可以归纳为三种。一是认为是王羲之的真迹。北宋人黄伯思云："王逸少书，暮年方妙。此帖升平二年书，距其终才三载，正暮年迹也。故结字比《乐毅》《告誓》诸帖尤古质，殊类钟元常，浑浑然有篆籀意，非遇真赏，未易遽识也。"二是认为是晋代无名氏所书。此说以宋高宗赵构为代表。他说："右度尚《曹娥诔辞》，蔡邕所谓'黄绢幼妇，外孙齑臼'者也。虽不知为谁氏书，然纤劲清丽，非晋人不能至此。其间草字一行，则浮图怀素题识也。自古高才绝艺而隐没无闻于世者多矣，岂独书耶？"三是极少数人认为是六朝人的写本。我对于帖学很少研究，本拟在沈求教于前辈著名书画鉴定家、辽宁省博物馆名誉馆长杨仁恺先生，遗憾的是当时杨老正外出工作，我失去了一次很好的学习机会。

二、《宋陆游自书诗》

南宋爱国诗人陆游，号放翁，绍兴人。他留给后世的不朽诗篇达 9300 多首。曾被誉为“亘古男儿一放翁”。其实放翁的书法也千古卓绝，惜为诗名所掩，作品留传不多，为世人少见。放翁遗墨《宋陆游自书诗》一卷，可谓稀世之宝。该卷为纸本，卷长二丈余，高盈尺。书体为行草，全卷书五古、七古、七律、五律、七绝共八首，放翁自题：“近诗一卷，用猩猩毛笔，时年八十矣。”下钤朱印两枚：“山阴始封”“放翁”。杨仁恺先生对放翁此帖有以下评价：

> 就书法而论，放翁一生也用过不少工夫，尤其在行草方面取得的成就很大。他喜欢唐张旭和怀素的草书，也喜欢五代杨凝式的行书。他在《暇日弄笔戏书》的组诗里，明确地指出“草书学张颠，行书学杨风”的师承关系。同时，他又主张师古而不泥于古，认为写字是“聊复取一快，讵必师钟张”。从这一诗卷看来，放翁的行草，有传统，有“大舸破浪”“瘦蛟出海”的磅礴气势。

杨老的评价既透彻又中肯。当管理藏品的同志戴着洁白的手套，小心翼翼地、徐徐缓缓地展卷供我等观赏时，我们几乎屏住了呼吸，还用手捂住口鼻，生怕呼气、唾沫污损了珍宝。为了仔细看清每一个细节和印玺，管理员拿来了放大镜。笔者面对 800 年前放翁的书法珍品，随着笔势的起伏而心房怦怦跳动，不能自主。字如其人，乡贤之崇高形象，跃然纸上。我在欣赏放翁墨宝的同时，又默诵其歌颂故园山阴的诗篇，如《访隐者不遇》：“秋高山色青如染，寒雨霏微时数点。兰亭在眼久不到，每对湖山辄怀歉。”七绝《渡头》：“苍桧丹枫古渡头，小桥横处系孤舟。范宽只恐今犹在，写出山阴一片秋。”读至此，我不禁莞尔，山阴、兰亭是那样梦魂似的萦绕在诗人胸中，令他眷恋、不能忘却。

三、《赵孟頫书归去来辞》

赵孟頫（1254—1322），字子昂，号松雪道人，湖州人。他是宋室后裔，任元朝翰林学士。幼聪敏，读书过目成诵，诗文清远，擅画山水人物，尤善画马，书名天下，所作楷行篆籀，皆自创意，世称赵体。不过他用笔偏于绵软妍媚，有失朴厚之意。该卷为纸本，行书，字体圆润遒丽，风神潇洒，一气呵成，堪称他的代表之作。卷首附有陶渊明小像一帧，题书是子昂手迹，笔墨之精妙，无与伦比，字里行间透露出陶令不为五斗米折腰之高风亮节。我拜读再三，不忍合卷。陶渊明（约 365—

427），东晋隆安三年（399），曾随将军刘牢之东讨孙恩之乱于会稽。绍兴人民一直纪念他，至今还有陶里乡的地名，以及渊明桥，和一块“渊明故里”残碑。我于是请博物馆代为复制一幅陶渊明小像，以供故乡人民瞻仰。

（1986 年）

东晋政权偏安江左后，政治局面得到了暂时的稳定，寄籍江东的王、谢望族，虽然痛于一时的流寓生活，但事移情迁，未免耽安逸乐，寄情山水、翰墨之间，文采风流，也使书法艺术在普及的基础上，得到了提高。其时，王、谢名门大都恪守钟（钟繇）派书风，王羲之12岁得其父王旷枕中所藏《笔论》，其父又语以大纲（见《书史会要》《笔势论》），先从叔父王廙学书，后又向中表亲卫夫人（铄）学书，卫夫人曾师事钟繇，钟繇则继承了汉代张芝与蔡邕的流派。王羲之虽秉承家学渊源，但不墨守钟法，在会古通今之际，锐意创新、另辟新路，使钟繇以来的新兴书体“真书”“行书”更加臻于成熟，完成了由古隶向楷书的转变过程。

经过革新后的书法特点是钟书应波挑之处，王书往往敛锋不发。王书合乎社会要求，受到了当时各阶层人士的喜爱和崇尚，风靡一时。今草取代了章草的笔势，蚕头燕尾一起消失。至此王书完全从笔势略存隶意的书体中脱离出来，而开创一个独立的书法艺术宗派。这是他吸收了流行于民间的书体，并加以发展提高的结果。唐太宗李世民在《王羲之传论》中云：“详察古今，研精篆素，尽善尽美，其惟王逸少乎？观其点曳之工，裁成之妙，烟霏露结，状若断而还连；凤翥龙蟠，势如斜而反直，玩之不觉为倦，览之莫识其端，心慕手追，此人而已……”比较可靠的王羲之传世作品，如《快雪时晴帖》《奉橘帖》，以及唐玄宗时流入日本的《丧乱帖》《孔侍中帖》中，确实是兼真带草，既规模恢宏，又体态疏朗，婉丽多姿，较楷书捷速；同时又因不离楷则，较草书易识，故便于通行。

我国的文字根源于六书象形，字画同源，所以无论书或画，大都是形象思维的产物。王羲之初到浙江便有意寄迹于会稽山水。到了晚年，更是寄迹山林，怡情书法。所以唐代的孙过庭在《书谱》认为王羲之所“写《乐毅》则情多怫郁，书《画赞》则意涉环奇。《黄庭经》则怡怿虚无，《太师箴》又纵横争折。暨乎兰亭兴集，思逸神超。私门诫誓（私门诫誓，指永和十一年三月，王羲之在其父母墓前发誓不做官的事），情拘志惨”。

自古以来，书法体裁代有兴衰而各造其极，然书家每自况甚高，才足以取得一定的造诣和成就。正是凭借其自信，所以能坚持始终。王羲之曾曰：“钟、张（张芝）信为绝伦……吾书比之钟、张，钟当抗行，或谓过之。张草犹当雁行。然张精熟，池水尽墨，假令寡人（王羲之自称）耽之若此，未必谢之。”王羲之这番话包含了推张迈钟之意。李嗣真《书后品》在指出钟、张、二王父子书法上的特点后，也认为右军书法之美在于体品四时，观达宏敞。右军每自叹曰：“夫书者玄妙之伎，自非达人君子，不可与谈斯道。”（见蔡希综《法书论》）书法艺术本来是一种抽象于客观事物的艺术创造，与王羲之当时当事的主观因素融为一体，所以陶隐居以为右军此数帖：“皆笔力鲜媚，纸墨精新，不可复得。”从这里可以看到艺术作品的创作过程中，须注意到心情的专一、自然，避免刻意求工。而且每一艺术作品中都必须熔铸作者的思想感情，没有个性的作品是不可能取得后世赏鉴的。

王羲之流传于世的《兰亭序》《乐毅论》《黄庭经》《画赞》，风度超逸，笔势雄健如虎，而章法自然，气韵生动。特别是《兰亭序》在书法艺术上的成就，历代书家差不多都以它作为临摹的典范，唐陆柬之、宋米元章、元赵孟頫、明董其昌等，从他们的传世真迹可以看出所受《兰亭序》的影响很大。

《兰亭序》是王羲之书法的代表作。晋穆帝永和九年（353）上巳日，集当时名流 41 人于兰亭，临流修禊，挥笔作序，薄醉之际，书法更呈遒媚健劲，是王书中得意之作，米芾谓《序》“‘之’字最多无一似”，重复者都结构有致，在全文中互相呼应，疏密相间，千姿百态，极尽变化。明方孝孺以为《序》得其自然而兼具众美。

《兰亭序》自唐以来，一千多年间，其书法艺术价值一直为后世书法家所推重，存世较早的摹本及刻本，在清乾隆四十四年（1779）被镌成《兰亭八柱帖》，其中较著名的有唐虞世南临本、褚遂良临本、冯承素摹本与褚摹黄绢本，以冯摹本墨色最活、气韵流动，因为其钩摹比较接近真本，能够保存原作的笔墨情趣及神态风貌。此外各家的临本，虽然各具特色，但不免临池拘谨失度，难以意在笔先。

《兰亭序》在历代行书墨迹中被列为“神品”。在《兰亭序》中，右军确实能够通会古今而存其骨力，又不失妍媚。王羲之于神醉兴会之际，笔意更加纵横，信手疾书，崇山峻岭、茂林修竹、清流激湍，无不会于笔端，其书法艺术风格与文字内容，得到了高度统一和发挥。

宋书法家米芾有绝句称《兰亭》：“翰墨风流冠古今，鹅池谁不赏山阴。此书虽向昭陵朽，刻石犹能易黄金。”这更为《兰亭序》这一书苑艺术瑰宝添馨生色。

（1986年）

丰子恺的书法艺术

丰子恺先生生前、殁后，世人多以漫画家、文学家、翻译家、著名散文家、近代中国美术启蒙者等称誉之。但遗憾的是，对丰先生独树一帜、具有强烈个性的书法艺术，却没有足够的重视和评定，人们津津乐道的乃是他的毛笔漫画。其实，丰先生的书法，一如其漫画和行文，风格独特，富有创造性。若以丰先生和别人的字幅并陈一起，读者无需察姓名，即能辨认出丰先生的“庐山真面目”来。

丰先生的书法深受其师李叔同的影响，源于北魏，兼习章草，着力于索靖的《月仪帖》，糅合北碑和章草两家的书风，形成了他的书法风格，既有严谨的法度，又富有创新精神。他把深湛的书法造诣用于他的独特漫画，用书法艺术的线条美来增强他的漫画质感，所谓以毛笔作漫画，就是丰先生的创造。他把东方艺术独有的书法美和西方画种的漫画有机地结合在一起，达到和谐统一、潇洒飘逸的境界。用东坡的话“端庄杂流丽，刚健含婀娜”来评论丰先生的书法是很恰当的。他的书法和漫画有异曲同工之妙。

我珍藏丰先生的书法甚多（包括十数通手札），可惜均毁于“文化大革命”之中了。“四人帮”垮台后，丰先生和我劫后余生，申浦重聚翰墨情谊，并蒙丰先生赐画赠书。但鉴于丰先生年事已高，身心又遭受巨大创伤，故不忍向其作过多的求索，何况丰先生尚有不少重要的工作等待他去完成。偶尔去沪拜访请教，平日也少通信。目前，我只收藏丰先生书法四件，其中两件系手札，却极其珍贵，视同拱璧。

这两封信札，用毛笔和钢笔书写，却各有千秋。从用笔、结体、布局总体来观，均属上乘之作，每书虽短短数行，但不难察出书者高超精湛的书法造诣和认真的写作态度。丰先生的第一封信叙述了我们之间的师生情谊，故其落笔如行云流水，舒畅放怀。在信末署名“子恺”下的“顿首”两字，写来出神入化，四字连在一起，状若翩翩起舞，富有强烈的音乐节奏感。再盖上一枚“丰氏”朱文印章，真有“画龙点睛”之妙。咫尺之间，却似大块文章。回顾“文化大革命”前我收藏的十数通先生手札，很少有钤印的，故每览此件，深爱书法和行文并茂，令人享受不尽，丰先生惠我可谓深矣。

又以钢笔写的一封书信内容剖析，当时丰先生再度蒙冤受屈，愤懑之情，溢于纸上，其字之结体，略多草态，益增苍劲，神韵流畅，与毛笔书信相比未有逊色。近年来盛行硬笔字体的书写，丰先生这封钢笔行书信札，实在是一件范体楷模，值得推广。

丰先生手札从选纸、书写直至贴邮票等等，都是精心制作，一丝不苟。故我每得先生书信，如获瑰宝，什袭珍藏。其可贵处可与鲁迅、茅盾、郭沫若先生的书信相媲美。遇良辰佳日，或风雨如晦之夜，披览先生尺素，如晤良师益友，令人肃然起敬。

总观丰先生的书法，将与其漫画、散文、译著、美术教育和哲理思想共垂不朽，成为宝贵的精神财富。愿书法界同仁对丰子恺的书法艺术做进一步的研讨、评论、宣扬。我也建议“丰子恺研究会”及出版部门共同商讨，出版一册《丰子恺书法选》或《子恺书信墨迹选》等，以飨同好。

（1986 年）

林则徐题绍兴诗人王笠舫墓碑发现记

庚申（1980）初夏，余为浙江人民出版社撰写《古城绍兴》，与同事诸君共访贺知章书“龙瑞宫记”摩崖刻石于会稽山脉的山麓。余等自东郊都泗门雇舟溯若耶溪经发，至望仙桥，舍舟步行，于阡陌间瞥见碑石一方。当时因赶程未暇细观，俟归途与诸友伫观良久，碑石上镌“国朝诗人王笠舫先生之墓”，两旁署“道光己酉冬月、年愚弟林则□拜题”。则字下损缺一字，与清末政治家林则徐只一字之差。

后查证王笠舫（1776—1830），字律芳，又名衍梅，会稽人。嘉庆十六年（1811）进士，官广西武宣知县，未几失官，性高旷，豪于诗，所著有《绿雪堂遗集》二十卷，传于世。

乃读其诗集，于卷十有《新晴湖上散步》一律，诗曰：“才入西泠便有烟，晓妆浓淡各争妍。尽收画意归诗橐，欲买春光费酒钱。三竺香人红雨路，六桥亭子碧波船。林家白鹤如相识，好聘梅花问水仙。”

下注："林少穆同年新葺孤山亭榭。"少穆是林则徐的号，王笠舫称少穆为同年，与林题墓碑自称年愚弟，两相对照，此墓碑为林则徐所题无疑。题字工整合度，深具欧阳韵味。此一方有文献价值的墓碑，现存于绍兴园林管理处。

（1989 年）

徐生翁先生年表

一八七五年（清光绪元年乙亥），一岁

元月初一日，出生于绍兴檀渎村。祖父来同务农，父亲润生为商店文牍。出生后，其父即将其寄养外家（李姓），故先生早年姓李名徐，中年署李生翁。晚年复姓徐，仍名生翁，无字无别号。

一八八四年（甲申），十岁

幼家贫，缺纸笔，又乏师指导，日以废纸旧簿本习书。是年始入私塾求读，未及一年辍学。

一八八七年（丁亥），十三岁

以颜体为家中新置板桌书写年月及名号，父见后赞赏，并鼓励长大后写字能和翁同龢比肩闻名。（所书板桌“文化大革命”前尚存家中）

一八九九年（己亥），二十五岁

辍学后致力习字，酷暑严寒，未曾间断，二十岁左右已写出一手好颜体字。又勤奋习画，山水、人物、花卉无不从工笔入手。后从邻居周星诒（1833—

1904，字季贶，山阴人，祖籍河南。工诗词，擅隶书，著有《瑞瓜堂诗钞》《勉熹集词》及《窳翁日记钞》等）学，始由颜字脱胎转向汉隶和六朝碑版，并涉及诗文和书论知识，书法、文字修养大为进步。

一九一一年（辛亥），三十七岁

仲夏，书隶书五言联："密帐真珠络；温匳翡翠装。"以篆笔作隶，横平竖直，结体严峻，为存世所见最早隶作。

一九一三年（癸丑），三十九岁

为兰亭撰书长联："此地似曾游，想当年列坐流觞，未尝无我；仙缘难逆料，问异日重来修禊，能否逢君。"此联妙语生趣，书法严谨，越中父老至今犹能传诵。

一九一五年（乙卯），四十一岁

题《陶社丛刊》刊名，款署"李徐书"。该刊为纪念辛亥革命烈士陶成章而创立。

一九一七年（丁巳），四十三岁

初夏，为福庵书行书四屏。屏一："陶潜性不解音，惟素琴一张，弦徽不具，曰但得琴中趣，何劳弦上声。"屏二："蓬莱阁下石壁千丈，有碎石淘洒，岁久皆圆熟可爱，土人曰弹子涡。"屏三："唐咸通间，中秋苦雨，赵知微领客登天柱峰玩月，月色如昼。"屏四："一年之计莫如树谷，十年之计莫如树木，终身之计莫如树人。”

仲夏，为东皋作行楷八言联：“露竹霜条故多劲节；日华云实长伴幽人。”款署李徐。是联为行楷，而隶魏笔意居多。

七月，署乡贤李慈铭著《杏花香雪斋诗》并跋。

秋，作七言行书联：“飘飖有伊洛间意；放浪为山泽之游。”笔法由篆分入真，形态飘逸，风骨劲健。

冬，书行草七绝诗一首：“画家朱粉不到处，淡墨自与天机深。卖酒垆边见崔白，王孙真有五湖心。”

一九一九年（己未），四十五岁

仲冬，以隶书题“明徐涧上先生岁寒松柏图”并跋：“先生画法巨然，间作倪黄。此幅清寒孤洁，肖其为人。天汉兄宝此，过珊瑚钩远矣，已未仲冬李徐。”此画尚有马一浮、张宗祥、诸宗元、吴昌硕诸老题跋。

冬，以篆书题“夫移山馆”额。

一九二〇年（庚申），四十六岁

正月，平宜生邀范松、张钟湘、罗咸德合作《浅绛山水图轴》，题图款。

春，应族人之邀，回原籍淳安，经富春江时作《富春江行》七绝一首：“逆水行舟听楫师，朝朝那有顺风吹。溟濛细雨富春路，贪看桃花不厌迟。”又吟五律《无题》：“客梦闻螺醒，舟行二月天。绿深朝雨滴，红断晚霞然。烟岭大痴画，歌声六姓船。凭舱闲眺远，沧浘水连天。”以诗见富春江画图。

四月，好友张钟湘以《流沙坠简》相赠。此书集简书之大成，徐先生书风受其影响至深且巨。

秋，为鸣皋作行书轴。文曰：“吾往见薛收《白牛溪赋》，韵趣高奇，词义旷远，嵯峨萧瑟，真不可言。壮哉邈乎！扬班之俦也。高人姚义尝语吾曰：薛生此文不可多得！”

制扇面《红梅图》。题“紫府与丹来撚骨，春风吟酒上凝脂”。（1998年西泠印社书画名作丛编《徐生翁画作》发表）

一九二一年（辛酉），四十七岁

为绍兴名刹开元寺题额。字大盈丈，亦隶亦魏，奇伟挺健，气象万千。此额问世后观者如堵，有“满城争相话李徐”之概。绍兴词人王素臧竟谓此书出自六朝人之手，非近人所能为，并赠诗云：“三百年来一枝笔，青藤今日有传灯。”书学泰斗沙孟海忆评寺额：“旧时屡过绍兴开元寺，激赏翁三字题榜，峻健开豁，想见早年功力。”（原寺额毁于敌伪之手。20世纪60年代，生翁先生夫人将其双勾本赠弟子沈定庵，书迹得以传世）

一九二二年（壬戌），四十八岁

为春泉书隶书五言联：“荣名知自鄙；闻道岂独难。”制为板对，银杏木质，金箔刷字，为中年隶体代表力作。（现存桐乡“君匋艺术院”）

为绍兴县立第一高等小学校题“第十七次毕业记录”隶书。

一九二三年（癸亥），四十九岁

为《寄庵印存》题字并署签。印存绍兴文茂山房木板精刻，时习斋装拓。（寄庵为画家周砥卿之号，时习斋为其斋名）

书五尺八言行书联，珂罗版影印时为五尺整张，联曰：“砥节励行耕道猎德；理纷振废通神达明”，款署癸亥李徐，未详出版名号。

作《花卉轴》，款署癸亥夏古剡寿李徐。此幅写意花卉图为早年画作，受青藤白阳影响，在技法气韵上奇倔生涩，构图简略，用笔中带隶分笔意，线条极具弹性。

一九二四年（甲子），五十岁

为杭州岳王庙门楼书长联：“名胜非藏纳之区，对此忠骸，可半废西湖祠墓；时势岂权奸能造，微公湼臂，有谁话南渡君臣。”联为邑人徐元钊（系古越藏书楼创始人之子）所撰。

制水仙扇面，款署“甲子李徐”。此帧构图奇特，笔墨豪放。

为源湛和尚书联：“苍生安稳是佛理；一切善法皆资粮。”署李徐。

书五尺八言联，曰：“虎豹得幽其威可载；蛟友奋翼浮云出流。”款署“炳坤仁兄嘱，甲子李徐。”

十二月，作红梅轴。书画风格已趋简约、质朴、凝重。

一九二五年（乙丑），五十一岁

秋，作双柏图，为墨臣仁兄五十寿。五尺大堂，以篆籀之笔作画，金石之气，盎然满纸。右上方两行署款跌宕古拙，似出秦汉竹简者之手。

书四条屏。其四文曰：“和顺积中而英华发外”。（前三条屏亡佚）

一九二六年（丙寅），五十二岁

《李生翁先生小传》载《中国现代金石书画家小传》第一集。民国十五年十一月出版，编辑者古虞俞汝茂，上海书画保存会发行。评述曰：“大江南北，佥称先生所作古木、幽花，自成馨逸，金石书画，横绝千秋，前无古人，后无来者。”

为章天觉题翟琴峰山水画卷。诗云：“野风发发水沄沄，江上人家冷夕曛。如此波光不荡桨，朝朝闲煞白鸥群。”诗载于绍兴陈中岳（嵩若）著《南归志》，其评此诗风神在渔洋、竹垞之间。所居系毛奇龄（西河）女弟子徐昭华“青未了阁”旧址，又称徐立纲台门，身居陋巷，而乐在其中。

三月，自订书画润格，用四号铅字印制《李生翁书画润格》，行草书，六尺屏四十元，联十元；五尺屏三十二元，联八元；

四尺屏二十四元，联六元。屏以四条计，三尺屏同四尺横，直，整幅，视屏减半，六尺以上暨长联，来句另议。纨折扇四元。右行数难限，大小随书，如界丝格作楷者另议，泥金笺另议，冷金笺、绢倍之。堂匾、斋匾另议。篆、古隶真倍之。金石刻辞卷册署赙另议。竹、木、葩卉画视行草书倍之。劣纸、绢不合格，均不书画。润资先惠，立促不应。丙寅春三月，寓浙江绍兴东郭孟家桥三十六号。

一九二八年（戊辰），五十四岁

夏，书行书轴。

隶书“安雅斋”额。跋语“念劬先生撷荀子此语颜斋，属书，时戊辰岁九月，李生翁”。

越人王瞻民辑成《越中历代画人传》二卷，上自魏晋，下迄明清、民初，生者立传仅翁与范守白两人。传云：“李徐字安伯，号生翁，会稽人，性狷介，不妄与人交。善书法，以秦汉六朝之笔，运以己意，有耻与人同之志。画也高情迈俗，古拙可爱。”中华书局聚珍仿宋版印行。

一九二九年（己巳），五十五岁

杭城举办西湖博览会，送展书法作品被评为第一名。

十一月，作书画扇页一帧。书页临石鼓文从“帅皮”起至“二日树”止，共三十一字，款署“己巳岁十一月临石鼓，李生翁”。

一九三一年（辛未），五十七岁

一月，于大禹陵窆石刻铭，曰："民国二十一年一月，徐生翁，会稽山万古，此石万古。"又题"窆石亭"额。（题铭至今尚完好保存，亭额已毁于"文化大革命"）

一九三四年（甲戌），六十岁

四月，为杭净慈禅寺书写长联："香刹净梵千年，空即是色色即是空，一切世间若能书写诵读受持得种净因自成净果；佛法慈悲六道，古不异今今不异古，诸天菩萨以无我人众生寿者大开慈宇普度慈航。"刻于大雄宝殿右侧石柱。

一九三五年（乙亥），六十一岁

十月，书祭大禹陵庙之题名并篆额，自"主祭浙江省政府主席黄绍竑"起，至"庙裔姒镜渔"止，共六十四人，计四百五十九字，楷书。

一九三六年（丙子），六十二岁

应香炉峰了了和尚之请，写大字《心经》一卷。刻于禹穴后侧摩崖，因刻工失真，半途而停。书刻从经名"般若波罗蜜多"开始至"无挂碍故"句的"无"字止，共存一百四十四字。

为画家袁梦白之父袁明勋书墓志铭稿样（戚扬撰文）。以小隶作书，茧黄纸质，高27.3厘米，阔12.6厘米，八行，行二十五字，每字半厘米许。全篇行笔、结体、布局，一丝不苟，堪称艺术珍品。

一九三七年（丁丑），六十三岁

五月，题名新昌大佛寺摩崖：“丁丑五月，徐生翁。”

五月，署《懒云楼诗草》并序：“培心先生葺募梅精舍，辟梅圃竣，适杨君蛰庵持岳公手写《懒云楼诗稿》示先生。先生谓：曷归诸精舍，俾存手泽，杨君韪之。生翁愿是稿之永存精舍也。因叙其颠末而为之识。丁丑五月，李生翁。”

浴佛日（农历四月初八日），偕四子翁旦到禹庙同观《唐往生碑》（翁旦自幼酷爱书画，随父潜心研习，深为乃父宠爱）。

七月七日，地方当局为动员民众抗日，于龙山建越王殿并刻勾践、文种、范蠡等君臣像，先生为各刻像题名。

七月，书“傅涌泉先生暨德配谢夫人之墓”，署“民国二十六年七月李生翁题”。

为敉庐先生作《绿梅图》。（1998 年西泠印社书画名作丛编《徐生翁画作》发表）

十月，书四尺行书联“愿与不解周旋人饮酒；难为未识姓名者作书”，署“李生翁”。

一九三八年（戊寅），六十四岁

题“绍兴县志资料”，署“李生翁”。该资料为绍兴县修志委员会刊。

十月初一日，与友人雅集绍兴名刹小云栖寺之春水闲鸥馆，席间酒酣兴起，东道主张天汉之子处德以素笺索画兰蕙，宾主九人合作成《九友图》。先生用焦墨作兰叶，以书写画，兰蕊一朵，生意盎然。张天汉题端并作记。

仲冬，作《梅石图轴》，款署“履谦先生属画，戊寅仲冬，李生翁”。老梅数株，如铜柯铁干，顽石奇特，若会稽山冈峦。右角闲章若图案。

冬，绍兴钟堰庙重修，应源湛和尚之请，书“秀揽湖山”匾额。上款署“戊寅年冬月”；下款署“修庙发起人名单：钱寿昌、全瀛桥、胡成斋、王莲洲、余传德、何嘉生、僧源湛，李生翁书”。又书“众疾日歇”“惟泰元尊”两额。

一九三九年（己卯），六十五岁

三月廿八日，周恩来莅绍，次日瞻仰大禹陵，见大殿后壁“地平天成”四个大字，连声称赞，随员告之为李生翁所书，周恩来命人回城后持他名片探望。三十日，与曹天风（《战旗》杂志主编）应周恩来之邀，陪同游览东湖、快阁。

一九四一年（辛巳），六十七岁

日寇入侵绍兴，因年事已高，家累又重，未及远避，四子翁旦被寇掳走，枪杀于龙山，觅尸不得，年仅二十余岁。后至附郭小云栖寺暂避，合家以糊火柴盒及种植园菜度日。日寇汉奸逼作书绘画，不从。继而赠画友沈红茶以《荷轴》，题“不染”二字以明志。

八月，作《桃花》斗方，是幅小品重气韵，亦讲究布局、章法，得势非常。

一九四三年（癸未），六十九岁

十一月，为安湖先生作《绿梅轴》。（1983 年 8 月《美术丛刊》23 期发表）

一九四五年（乙酉），七十一岁

二月，为颂贤画腊梅扇面。（1998 年西泠印社书画名作丛编《徐生翁画作》发表）

四月，画竹石扇面。（1983 年 8 月《美术丛刊》23 期发表）

七月十一日，作《梅花轴》。干用画写，枝用字画，三二点梅花，传神生动。

一九四六年（丙戌），七十二岁

九月，为子苍作水仙红梅及小楷五言古诗扇页。（珍藏多年，迨至 1956 年弟子沈定庵完婚之日，两老亲临志贺以赠）

作《红荷图》。有乡绅陈笛荪书跋：“梦周先生五十初度奉以为寿。”

农历五月，书联：“心清闻妙，趺坐蒲团；非众香国，作如是观。”

一九四七年（丁亥），七十三岁

四月十一日，邀绍城文茂山房刻师王宝贤、王伯超等人同往禹庙《唐往生碑》上刻字，随带火柴盒内取出一小纸条，上书“丁丑浴佛日生翁偕四子翁旦同观”，然后镌刻，以此纪念被日寇杀害的爱子翁旦。

应金汤侯之请，为题“半农园”额。（园原为赵之谦家所有，后归金汤侯，更名金家花园。抗战胜利，金返绍整顿，乃名“半农园”）

应卢永高之请，书七言联：“久藏胜境因人发；酷爱幽花似密香。”未署年月，上款：“伯卿先生嘱书。”（此年份系从卢永高手札获知）

一九四八年（戊子），七十四岁

沈定庵自湛江回绍，携先生早年书画轴各一拜访，被告曰：“书画不好，请留下，我以新作调换。”不久以新作书画各一相赠，书录陶诗《归园田居》其二；画为红梅，上款均题“定庵世兄”。

一九四九年（己丑），七十五岁

五月七日，绍兴解放翌晨，张慕槎秘书长代表浙东行署主任马青上门看望。

一九五三年（癸巳），七十九岁

四月，题“革命烈士之墓”，款署“公元一九五三年四月，绍兴市人民政府建，徐生翁题。”墓建于市区龙山南坡。

六月廿四日，浙江省文史馆成立，被聘为首任馆员。

一九五四年（甲午），八十岁

正月，绘《梅花茶壶》斗方。（1983 年 8 月《美术丛刊》23 期发表）

一九五五年（乙未），八十一岁

纪念鲁迅先生诞辰七十周年，为绍兴同春绍剧团题《龙虎斗》剧目。

秋分前二日，书张协诗，行楷，册页。

一九五六年（丙申），八十二岁

一月廿一日，书法篆刻家邓散木在《新民晚报》发表《关于徐生翁》一文，纠正其前文《徐生翁》之错，阐述徐先生创作历程。

由王贶甫（周恩来总理表弟、时任绍兴市副市长）、陶冶公（鲁迅先生留日同学、著名民主人士）、朱仲华（绍兴乡绅）三位前辈引荐，收沈定庵为入室弟子。先生年届耄耋，首次收徒，一时传为佳话。

夏，由弟子沈定庵转嘱，为天台山真觉寺题大字楷书“智者大师说法处”，字径 44 厘米，款署“徐生翁题，通怀刻石，丙申九月。”

十二月，作《红梅图》，两枝梅干犹如铁铸，数点梅蕊，无限生机。

一九五七年（丁酉），八十三岁

春节题“众英积聚”册页一帧，款署“绍兴美术展览会属为题字作展出纪念，时一九五七年春节徐生翁。”

三月，寄本人一寸照片与画友宋麟书绘人像，五月成，又由宋麟书叔祖宋芷生（鲁迅友人）撰成眉额：“鹤发童神真寿翁，笔气墨法别具风”，颇为满意。

夏，绘《墨荷图轴》。

作《荷花图》。款署“丁酉长夏，徐生翁。”

十月，绍兴市成立美术研究小组，为名誉组长。庆祝苏联十月革命四十周年，国画组同仁作画志庆，为画题“繁荣”两小篆，旁以行书：“苏联十月革命四十周年纪念，绍兴王春晖、宋麟书、姚璋、车公初、沈定庵、徐寅山、郭子美、梅尚白、鲍心筌、郦惠珍合画，一九五七年十月。”钤生翁印一方。

为卢永高（小云栖寺住持源湛和尚之侄）书条幅：“石梁茅屋有弯碕，流水溅溅度两陂。晴日暖风生麦气，绿阴幽草胜花时。”步行至偏门钟堰联合诊所交源湛和尚转送。

一九五八年（戊戌），八十四岁

春节，作《竹石图》。一竿枯竹，加石一方，涂以赭色，未钤印。

二月，作行楷立轴：“枫桐之树生而速长，故其皮脆，不能坚。檀栾后荣强劲，可作车轴。”为“中国字体演变史”展览示范。

芒种后，绘《墨梅轴》。

一九六〇年（庚子），八十六岁

为绍兴东浦镇热诚小学“徐锡麟纪念堂”题额。

二月，作《红荷图》。

夏，赠弟子沈定庵原拓精装《史晨碑》一部。沈持归细读，不意发现一页先生临书，纸高 34 厘米，宽 32.5 厘米，普通习字纸质，节临从“相河南史君”起至“拜子望”止，共三十六字。（1973 年，沈定庵携书到杭城，请名装潢家陆雁宾先生精裱成手卷，并请沙孟海、陆维钊、钱叔亮、宋崇厚四位前辈赐以题跋。沙老题曰：“右徐生翁临《史晨碑》之散叶，但取风神，不求貌似，用笔结体乃类安阳晚出子游残石，若徒以形相绳之，失生翁矣。”陆维钊先生题曰：“徐生翁先生书画可以简、质、凝、稚四字概之，而画似更胜，惜余所见皆为小幅，书则往日岳庙长联可称杰构，今亦不易见矣。”）

应著名作家柯灵及宁波地委宣传部长陈布衣之请，分别作字绘画以赠。

一九六一年（辛丑），八十七岁

命弟子沈定庵誊写自撰《我学书画》一文，全文为：

我幼时体弱多病，目患近视，耳重听，十岁开始就私塾读书，塾距家远，往返之不便，父复早卒。家多事故，断续不到一年废学了。没有学过生意做过其他事业。因为我性疏野，不晓世故，不过我从小爱好书画，但家无藏弆，乏师友为之指导，今兹略有所获，多靠自己钻研得来。我学书画，不欲专从碑帖古画中寻求资粮，笔法材料多数还是从各种事物中，若木工之运斤，泥水工之垩壁，石工之锤石，或诗歌、音乐及自然间一切动静物中取得之。有人问我学何种碑帖图画，我无以举似。其实我习涂抹数十年，皆自造意，未尝师过一人，宗过一家。

我的书画以欲自造，故不做临摹工夫，有时也走入歧途，乃至自觉不知已费去多少年月，迄今尚未有艾。我的书画要避免取巧，要笔少而意足，又要出诸自然，所以有时作一帧画，写一幅字，要换上多少纸，若冶金之一铸而就者极罕。因此我的书画不能多作，人讥笨伯，我亦首肯。我学书画，始终在学造我的书画，能否达到，鹄的是一。

注：徐生翁无字无别号。绍兴人，清光绪元年（1875）生，原籍淳安，祖来同业农，父润生，商店文牍。生后，祖母病重，寄养外家，不久，祖父母相继卒。太平天国时，其外家人已俱卒，失倚靠，从兵乱间辗转来绍兴，遂为绍

兴人。

谷雨日，以行楷书杜甫诗。后五日仍用行楷录元结诗。

清明后五日，行楷册页。

应绍兴少年宫之请，书大字宫额。

一九六二年（壬寅），八十八岁

二月六日，用钢笔给绍兴县统战部回执："兹陈先生交来补助费人民币拾五元整，深荷照顾，专此谢谢，并致敬礼！统战部大鉴。徐生翁上，二月六日。"其字结体可爱，点画笔力都到毫端，堪称硬笔书法的典范。

作松一幅，题曰《劲节》。构图简练，笔墨以少胜多，为晚年力作。曾在日本、印尼等国展览。（后为李鸿梁收藏，今转藏于卢永高）

一九六三年（癸卯），八十九岁

五月，录陶诗书小楷扇面，共八十八字。虽年高且视力不佳，但不失妙品。

为绍兴少年宫书画小组书"好好学习，天天向上"。

初冬，应弟子沈定庵之请，为冯俊臣木刻越王勾践像题"卧薪尝胆"四楷字。是为先生最后之作。

十二月廿一日患感冒，后痔疾等病并发，病势日重，乃闭门多日整理旧作，视不惬意者随即焚化，迨师母发觉劝止，不知已烧掉几许。

一九六四年（甲辰），九十岁

一日，病情恶化，不治，八日逝世。十日成立“徐生翁先生治丧委员会”，十二日在政协礼堂举行追悼会。安葬于稽山之麓。

（1998年）

《沈定庵楹联选集》后记

临近世纪之交，规模空前的一次书法盛会——“1999上海当代中国书法名家国际邀请展”开幕在即。我有幸参与，忝为一员，特地赶编《沈定庵楹联选集》一册赴会，并藉此作为对新世纪我国书法事业的美好祝愿。

已故四川西南师范大学教授、著名学者、书法篆刻家徐无闻先生曾于1993年5月8日为我的《沈定庵书法作品选》写过跋文。徐先生对我褒奖，亦有鞭策勉励之深意在焉。多年以来，不佞常以勇猛精进自勉，不敢懈怠。徐先生可谓吾之益友兼良师也。惜乎天不假寿，徐先生英年早逝，这对我国书法事业不啻是一无可挽回之损失。我用先生的宏文作为这本小册子的代序，聊慰故人的期许之意。

是选仓促成书，由儿子大晔排版印制，女儿大晟装帧。作为他们的父亲，我是很欣慰的。最后竭诚希望读者和书法界同仁给予批评指正。

1999年12月19日，澳门回归前一日，

心潮澎湃，不能自已，兰亭书会沈定庵识

《濮乾远书法集》序

诸暨濮乾远先生翰墨缘深，余与濮先生交往近二十年，对其人品、书品甚为敬仰。近悉濮先生书法佳作将结集出版，并以序文见委，余椎鲁不文，为颂扬仁者，故不揣谫陋，写此记之。

诸暨自古以来出过不少的大书家、大画家，远的数王冕、杨维桢、陈洪绶；近的当推余任天、赵岐山、金鸣秋、陈望斗、陈云峰及濮先生。濮先生的书法追求质朴自然，崇尚天然味道，毫不刻意做作，书如其人。

纵观濮先生在书艺上的卓越成就，依余浅识，其得力于以下三个方面：

首先是“写”。濮先生从小喜欢写字，这是天性，少年又勤奋临习，于帖学深下功夫，先从颜、柳入手，真书学《黄庭经》《乐毅论》，还学过赵松雪，后致力于行书。30 岁左右步入社会，其职又需伏案疾书，达数年之久，这是一段极好的写字机缘。其时濮先生还虚心求教于耆宿余绍宋和乡友余任天、斯道卿、余铁珊、郭子韶，以及名家丰子恺、韩登安诸先生，博采众长，书艺大进，其书朴厚遒劲，自成一家。

二是“读”。我少年习字时，曾得到闽哲林众可先生的教导：“三分之一的时间写，三分之二的时间读。”读，通俗点讲就是看，看书、看帖、看名人字画，看名家挥毫……有能力的话，可以收藏一些名家字画及碑帖，晨夕观摩，则收获更大。濮先生这些方面都很注重，他自奉节俭，但遇名书古画，则倾囊而购，收藏有元、明、清及民国时期的名家字画，如倪云林、文徵明、董其昌、徐涧上、王梦楼、何绍基、翁同龢、赵之谦、齐白石等书画作品，兼藏汉、晋、隋、唐碑帖，其收藏之富，在吾越书画家中首屈一指。难怪濮先生的书法作品，有如此深厚的内涵。但这些伴随濮先生多年的书画珍品，历经劫难，大部分已化为乌有，令人浩叹。我在1986年夏访濮先生于松庵寓所，获观明贤画轴，展卷赫然见有吾师徐生翁先生隶书题端“明徐涧上先生岁寒松柏图”并跋，此画尚有诸宗元、吴昌硕、马一浮、张宗祥诸大家的题诗，名画兼有佳题，弥觉珍贵。

三是“行”。所谓“读万卷书，行万里路”，这对每一位艺术家来说是至关重要的。濮先生生长在秀丽多姿的浣纱江畔，但仍醉心于祖国的大好河山，平生好游，天台、雁荡、普陀、四明、苏杭、金陵一一游历，又复跋武夷、攀黄山、上京津、履匡庐、溯长江、涉洞庭、观武汉三镇形胜。耄耋之年仍壮心不已，又远游大西南，入桂川、登峨眉、出三峡，屐痕处处，大开胸襟。濮先生的书法可谓妙造自然，浑然一体。

行文至此，我想借用濮先生八十自撰联作为结尾，以明濮先生安贫乐道，对艺术不懈追求之志。

老珍衡山画半轴；贫守义门砚一方。

（2002 年）

一代宗师伊秉绶

1973年10月14日，是我研习伊汀州隶法60年来的一个殊胜因缘的日子。这天，我偶过绍兴古旧书店门口，该店应颐康先生（我省著名古籍修复、装帧专家）瞥见我后，从店堂里向我招呼，说刚收进一本伊秉绶的字帖，要我进去看看。20世纪70年代，我经济负担极重，家中有三位老人和两个正在上学的孩子，靠的是我们夫妻两人不到百元的收入，真是入不敷出，月月是寅吃卯粮，所以也无心逛旧书店。有时遇到中意之物，而囊中羞涩，徒呼奈何！但那天当听到有伊秉绶的字帖，我非得进去看个究竟，然后应先生递给我一册朱红纸装订的书帖，上题“伊秉绶虞仲翔祠碑”。我急忙翻开扉页，见是墨拓剪辑的汀州寸隶，又附着一条题签，写的也是“伊秉绶虞仲翔祠碑”，是名家手笔，只钤有“杜秋丞”名印一方。碑文的全称为：“光孝寺新建虞仲翔先生祠碑。”书帖行8字，每页5行，共20页，总计736字。我惊喜若狂，因为60多年来我还是第一次看到这么多的“伊隶”字，字字横平竖直，遒劲挺拔，结字变化多端，显示了汀州隶法的特色，亦可谓是一部“伊隶”小辞典。

最后这册研究伊隶的宝贵资料，书店以收购价四角八分转让于我。

日前，我将得书的经过告知了书法博士白砥先生，他对汀州此项巨制也很感兴趣，并怂恿我请中国美术学院出版社出版，公之于世，我也正有此意。目前坊间流通的伊汀州隶书帖子，其内容多从商务印书馆出版的《默庵集锦》选择而来，大同小异，又很单薄，不能满足喜欢“伊隶”读者的需求。故此书帖极有出版流通的价值。

为了出好这本书，我打算做三件事：一是请书论名家，特别是对“伊隶”有研究心得的专家作序；二是我想用曾发表在《书法导报》上的拙文《一代宗师伊秉绶》作为对伊秉绶生平的介绍；三是写一篇后记，除了以上得书的经过外，还记述自己的调查和考证内容。

1. 光孝寺位于广州市区，始建于东晋隆安时期（397—401），是岭南年代最古、规模最大的一座名刹。当地民谚说：“未有羊城，先有光孝。”虞仲翔先生的祠和碑则建于清嘉庆十六年（1811），也有近两百年的历史。自我获帖后，曾去过广州该寺查询，结果是祠和碑已荡然无存。究竟毁于何时，寺僧也一无所知。今夏重到广州，想从《光孝寺志》得到一些虞仲翔和碑的线索，却被告知原有寺志已毁于“文化大革命”，目前正在编辑新的寺志。在瞻仰光孝寺时，我看到山门的首副楹联，写着：“五羊论古寺；初地访诃林。”我记起碑文中也出现过“诃林”两字。为此，我又走访了广州市佛教协会，承该会符剑先生介绍：光孝寺建寺之前，原本植有大片诃树，故称诃林，为士绅潘某之私家园林。后潘某皈依佛门，乃将诃林施舍建寺云云。对照碑文“维此诃林，传为虞苑”，则可能是虞仲翔先生当年讲学之所在。

2. 关于碑文的主人公虞仲翔的事迹，我也作了初步的查考。虞仲翔(164—233),三国吴人。说来也是一种缘分，他是我的“广义”同乡，《三国志》卷五十七《吴书》十二载“虞翻字仲翔，会稽余姚人也”，并详述了他的一生，给予了高度的评价。虞翻精于经学，撰述丰富，有谋略，曾任富春长，因犯颜直谏，触怒孙权，被谪戍交州（今广州），“虽处罪放，而讲学不倦，门徒常达数百人”。为开播岭南学风，奠定了深厚的基础，功莫大焉。孙权后来感到悔惭，曾下令到交州，如果虞翻尚在人世，则给他人员和船舟，发遣还都（南京）。如若已亡，送丧还乡，给他儿子做官，其时虞翻已长辞人世。他在广州十余年，卒年七十。

3. 再说碑文的作者。曾燠，字庶蕃，号宾谷，江西南城人。乾隆朝进士，撰文时任通奉大夫广东布政使。他对虞翻的遭遇深表同情，比之屈原、贾谊尤为可悲也。还说虞翻虽身居蝮蛇虎豹南蛮之地，“命轻形悴，发白齿落”，但仍埋头注述，讲学授徒，毫无怨恨，更言“仲翔何罪，罪在直谏耳”“遭时不祥，哀哉，虽然仲翔一时无知己，而千载之知己多矣；一时无吊客，而千载之吊客多矣”。曾燠的这种铿锵的言词，道出了虞翻刚毅正直、不可夺志的伟大气概，我为有这样一位乡贤引以为荣。

虽然今天光孝寺内已无虞仲翔先生的祠堂和碑石，但千百年来，人们在心底里一直在纪念他。我衷心地希望广州市的有关部门在光孝寺内树立纪念虞仲翔先生的标志，不一定要有祠堂的形式，竖一纪念碑及重刻伊秉绶所书虞仲翔碑则足资激励人心，发扬正气。如能如愿，则幸甚，幸甚！

2002 年 8 月 2 日

先父《沈华山书画集》前言

今年是先父华山公（1904—1945）诞辰100周年纪念，又是先父遇难的60周年。为了纪念慈恩，谨编辑了这本书画集，设计和排印是小儿大晔操作的。

三年前，当代高僧，我六十多年的方外知友云峰大德曾撰写了《追忆沈华山老居士》一文，详述了我父亲晚年在湛江的一段经历。情深谊重，故特选作卷首。不幸，云峰大德于今年4月圆寂于广州六榕寺，每览斯文，怀念感戴之情，不能自已。

今年春，我赴杭州敦请我国著名美术评论家、国画家王伯敏教授为书画集题词。承王老不弃，在万忙的著述间隙，对该集作了精辟的论述，并给予高度的评价。先父九泉有知，也会感到欣慰。在此谨向王伯敏教授深表谢忱。

到目前为止，先父仅存的十九幅遗作，部分是劫后余物，有的尚完整，有的却已受损伤。如《墨牡丹》条幅，右侧牡丹枝叶被弹片戳破，所以支离破碎如菱角状。又如《剩山残水》乙幅，因四周被弹片所袭，故剪取一角保存，因名《剩山残水》。不少是历年陆续搜得，如《声闻于天》条幅，是珠海一位老干部陈诗帆先生慷慨赠送的，有的是购买的，也有用拙书交换而来的。收集的方式不同，但我对藏家们都是十分感谢的。

父亲中年遽逝，但他的绘画业绩和他组织的镜湖书画社，都已被收录于《绍兴市志》（1996 年版）和《绍兴县志》（1999 年版），作为他的后人，我们引以为荣。我和子孙辈要继承他老人家的事业，并加以发扬光大。

（2004 年）

《云峰长老诗文选》序

余平生幸遇两位畸人：一位是近代书画大家——山阴徐生翁恩师；一位是当代高僧——雷州云峰长老。1940 年，我才 14 岁，为寻父，跋涉万里，从故乡绍兴到了广州湾（今湛江市）。父亲、庶母都是职业书画家，又是信佛居士。父亲到广州湾后不久，与南山上林寺宗和上人结为方外交，云峰师为宗和上人高徒，因此常来我家。云师大我五岁，我俩也成为好友，而且云师和我都受业当地名儒冯凌云老师，我学书法，云师则学诗文。云师的聪慧勤奋，为日后在诗文的成就上奠定了茁实的基础。

约在 1942 年的初夏，一天，我发心去上林寺探望云峰师。寺宇虽小，但感觉宁静清凉。当时除云师外，尚有好几位小沙弥，他们是云珠师（现法名妙峰，在美国弘法）、云林师（现在霞山区行医）、明兴师（现为六榕寺首座和尚），我们几个人在进山门右侧的一间房内活动（此房至今没有改动）。我画观音圣像，送每人一幅，晚上合睡一张床上，说说笑笑，其乐融融，往事历历，难以忘怀。

1944年6月2日夜半，我家遭遇空袭，一家六口，只剩我一人死里逃生，孑然一身漂泊异乡。直到1946年，我离开湛江并告别了云师，回到故乡绍兴。此后世事纷繁，联系中断。直到1985年我随绍兴市政协代表团访问穗、深，云师和我竟在广州六榕寺重逢，一别近四十年，犹如梦中。此后，因双亲的衣冠冢在湛江湖光岩楞岩寺侧建成，我每年清明扫祭，经过广州时必去六榕寺拜谒云师。由于云师体弱多病，很少外出，我每次去时，云师总在六祖堂侧的一间小小佛堂内诵经念佛和埋头从事诗文创作。

云师因病进食极少，经常服药，我心甚忧，乃于1999年春间特地写了一副五言联，偈句为："多闻有智慧；长寿度众生。"我多么希望云师能健康长寿，弘扬佛法，广度众生。现在回想，一直体弱多病的云师，正如鲁迅先生所说，"吃的是草，挤出的是牛奶、血"，只顾他人，不为自己，以82岁高龄圆寂，想是佛菩萨的感应。

云师的诗文清和隽永，有宋人风味，其中深邃的禅理，非一般诗人所能及。云师赠我诗篇甚多，如1998年6月，我陪同云师到普陀山礼佛，回程经绍兴，到我家做客，并赠诗数首。

其一有云："知己会逢万虑忘，同游佛地感心欢。家中共赏名人画，述及童年兴未阑。"读之触景生情，又回忆起童年的往事。岭南派著名画家赵少昂先生曾有《竹蝉图》赠云师，云师赋诗一首："物我两忘意派新，无情说法更传神。六根清净缘空性，大笔挥来迥脱尘。"一股清新禅意，扑面而来。此诗云师曾嘱我写成横幅悬挂其室内。云师宏文，我最爱读其论述东坡居士的《一蓑烟雨任平生》一文，道出东坡居士的心净境美，与僧为缘，归宿向佛，为后世所景仰。东坡居士在获赦北归时，曾到广州净慧寺（今六榕寺），留下了"六榕"两个大字，后成为寺名。六榕寺为南天名刹，万民瞻仰，东坡居士实乃六榕寺的大护法，而云峰长老为六榕寺的殿宇扩建，佛像重光，花塔放彩，胼手胝足，劳绩昭著。又深入经藏，弘扬佛法，普度众生，功德无量。故云峰长老诚为六榕寺的大弘法，两公于六榕，并垂史册。

今由龚伯洪居士编著的《云峰长老诗文选》即将问世，是纪念云峰长老的无上佳礼。六榕寺方丈法量大和尚属序于余，余愚钝不敏，不周之处，尚请诸君教正。

（2007 年）

万山第一记

东坡居士于宋绍圣四年（1097）自惠州再贬海南儋州，六月到达海康（雷州府城），寄寓雷州第一古刹天宁禅寺。寺宇环境清幽，坡公十分赞赏，加之寺僧待之甚殷，临别坡公书“万山第一”以赠。嗣后禅寺镌石建坊，长为镇山之宝。余于民国三十五年（1946）初游雷州，曾礼天宁禅寺，瞻坡公题刻，端厚雄伟，顶礼再三，乃手拓留念。翌年，余自湛江回绍，拓片也携家珍藏。“文化大革命”时，家抄身拘，“万山第一”的拓片幸逃烬难，岂佛祖呵护坡公遗泽耶！

1985年夏，余随绍兴市政协代表团访问深圳，访问行程结束后，余独自重回湛江。一别几四十年，前尘如梦，感慨系之，并再礼天宁禅寺，见“万山第一”刻石已非原貌，据说原石毁于“文化大革命”，后虽复制，但已失真。余太息之余，即面告住持，愿将旧拓奉送，俾便重刻。1987年，余三访雷州，该县人民政府特在海康二公祠隆重举行“万山第一”拓片捐献仪式。不久，坡公所题“万山第一”重放光彩，观者喜跃，传为美谈。后此拓片被保存于雷州博物馆。余曾在拓片左下角留题：“坡公雷州天宁寺题额，余四十年前客岭南时手拓，今春重游古刹，惜原额已毁，归里检旧拓，奉天宁寺供养，并识数语，用志因缘，丁卯（1987）八月山阴沈定庵。”1990年7月，海康县人民政府在天宁寺山门左壁墙上镶嵌了一篇《重修万山第一石坊记》，文曰：“宋哲宗绍圣四年（1097）夏，苏轼贬琼过雷，爱天宁古刹清幽，为题‘万山第一’四字。及明弘治九年（1496）守珠池太监陈荣为使东坡遗墨与日月共辉，乃易木匾为石坊，竖于门外。八百多年来，雷固珍如拱璧，海内行家且誉为稀世瑰宝。惜乎‘文化大革命’十年间竟为毁坏！此后，坊虽重构，而墨失其真。书法家沈定庵1987年南游旧地，耳闻目睹，曾不胜今昔之感。追北归绍兴即以四十年前所拓，慨然远赠。今子瞻手泽幸而复其神韵，欣书数语，即记九百年来得失，且志沈老先生爱我天南之深情也。”

综上所述，为志我在第二故乡岭南八年的一段特殊因缘。追忆往事，乃赋俚句寄怀：

忆我雷州多次行，万山第一墨缘诚。
坡公此地曾留滞，名刹高贤倍动情。

2010年庚寅冬至沈定庵草于仰苏斋

《伊秉绶法书大观》序

己丑仲秋，福建宁化连新福先生托书家宋汉光先生，带来其主编的《清代著名书法家伊秉绶法书大观》初稿，谓搜集默庵先生书法207件，画14件，印章58方，伊氏后人作品22件。捧读之余，赞叹不已，其搜罗之富，为1933年闽人李宣龚之《默庵集锦》所不及。馆藏私藏寺藏，碑帖匾楹幅轴，都入书中。其搜罗之勤，费时三载，访逸钩沉，非桑梓对乡贤的拳拳之心所不能，真恢宏钜献也。蒙连先生不弃，属序于余。定庵懵昧末学，何克敢当。然恭敬不如从命，况默庵先贤为余素所崇敬，久所摹习，欲望项背哉！叙言数语，求教方家。

盖篆隶自秦汉流变，铭简存世，缣帛流行，结体分宽严，形象分雄秀。中国北南有分碑帖之势。东晋二王出，真草风靡。唐宋独尊，举世偃伏。虽颜鲁公承王而破茧壳，以平宽为擘窠，然亦似凤毛绝响。千年来，古隶渐远，新奇流逸，目不暇接。

伊汀州于书道，幼承家学，中从名师，壮游河山，翰牍久耽，文学娴熟，追古穷源，广收并蓄，刀笔俱工，识见卓绝。不惑以后，融汇神悟，于篆隶中辟蹊径，浑厚大气醒人耳目，宽平严整夺人魂魄，语警字朴，回味久远，结字布局，气象万千。书苑中诚为奇葩，前无古人，后追不及。现墨宝印行，行状年谱并罗，惠泽后人，炳耀千秋。

（2010年）

《广修长老影墨精选》序

今年仲夏，慈溪伏龙寺传道法师与王介堂居士，不辞酷暑来寒舍，请余为天童寺退居方丈广修长老即将付梓的影墨精选写序，余应允为之。

广修长老是一位德高望重、持戒精严的高僧，数十年来为天童禅寺的中兴与重辉殚精竭虑。1988 年后自方丈之位退居潜修。

广修长老被誉为当世“佛门泰斗”。修持之余，勤于临池，所作书和谐、敦厚、丰润、静穆，字里行间，无不体现着禅与书的融合。20 世纪 80 年代，浙江省书法家协会成立之初，余曾提议邀请本省几大名刹之善书高僧为省书协的名誉理事，广修长老即为其一。余与广老亦师亦友，或参禅静室，或切磋翰墨，多有亲近，获益良多，今长老书法掇英结集，爰数语附骥尾，幸甚、觫甚。

辛卯桂月山阴沈定庵谨识

跋

沈定庵先生是当代书法名家，在海内外书画界具有广泛的影响力。沈先生虽年已耄耋，笔力依然雄健，这本几经增补的《定庵随笔》付梓问世，就是沈先生老当益壮、勤于笔耕的一个极好例证。

沈先生与浙江古籍出版社有很深的缘分。第一任社长刘耀林先生学识渊博，以研治张岱见长，他与沈先生谈到张宗子其人其文，总有谈不完的话题，二人互相引为学术与事业上的知己。我每阅沈先生的《记刘耀林先生二三事》一文，常常感动于心。我任浙江古籍出版社社长、总编辑以后，组织编辑出版一套以当代文化名家散文随笔集为主的高品位丛书，名曰“蠹鱼文丛”，早有将沈先生历年散文妙品萃为一编，收入这部丛书中的想法。沈先生早在20世纪90年代，就已将早年的散文结集付印于津门，复于本世纪初增补篇章出版于西泠。十数年来，他又陆续在国内报刊杂志上发表了不少随笔文章。此次将《定庵随笔》收进“蠹鱼文丛”编辑出版，对其书加以分门别类，对各篇章重新编排，全书面目为之一新。沈先生在书中，或记述乡土旧俗，或记载艺坛往事、品藻人物、考据典实，叙事抒情，情真意切，感人至深。

越中千峰秀，山阴万木春。兰亭故地，有我的两位书法引路人，一位是兰亭书法艺术学院的章剑深老师，另一位就是兰亭书会老会长——沈定庵先生。我每至会稽山阴访书、探友，在古城之南的天地永和之一隅，与老师们畅叙，谈及古今书人书事，每每获益良多。与沈先生交谈，如坐春风，如沐暖阳，如行山阴道上，一路朗笑，一路花香。

因为书艺，我们相知无远近；为了书道，我们更结未了因……

寿勤泽

2020 年 7 月 9 日

“蠹鱼文丛”已出书目

《文苑拾遗》　徐重庆　著　刘荣华、龚景兴　编

《漫话丰子恺》　叶瑜荪　著

《浙江籍》　陈子善　著

《问道录》　扬之水　著

《潮起潮落：我笔下的浙江文人》　李辉　著

《苦路人影》　孙郁　著

《剪烛小集》　王稼句　著

《入浙随缘录》　子张　著

《越踪集》　徐雁　著

《立春随笔》　朱航满　著

《龙榆生师友书札》　张瑞田　编

《锺叔河书信初集》　夏春锦　等编

《容园竹刻存札》　叶瑜荪　编

《文学课》　戴建华　著

《木心考索》　夏春锦　著

《藕汀诗话》　吴藕汀　著　范笑我　编

《定庵随笔》　沈定庵　著

《次第春风到草庐》　韩石山　著

《学林掌录》　谢泳　著

《老派：闲话文人旧事》　周立民　著

《如看草花：读汪曾祺》　毕亮　著

在绍兴市的书法节上书写巨幅“龍”字

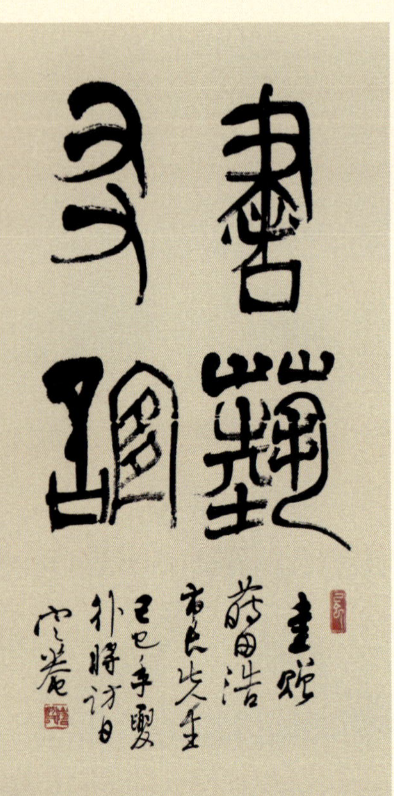

《书艺友谊》为日本岐阜市市长蒔田浩先生书

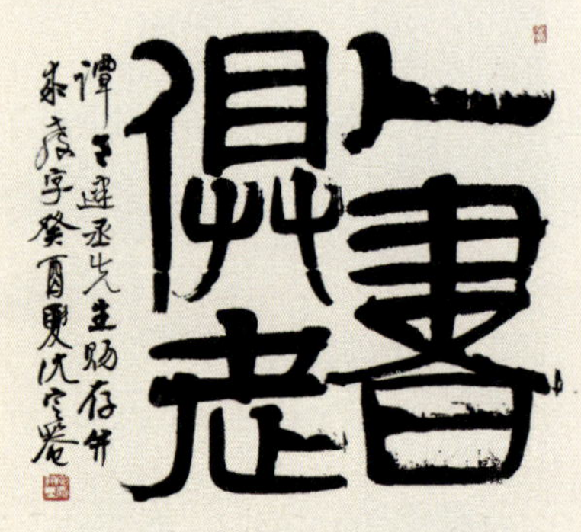

《人书俱老》书赠谭建丞老先生

为弘一大师纪念馆题写馆名

为天台山中方广寺题写寺名

引壶觞以自酌

图书在版编目(CIP)数据

定庵随笔 / 沈定庵著 . — 杭州 : 浙江古籍出版社，2020.7
（蠹鱼文丛）
ISBN 978-7-5540-1767-8

Ⅰ.①定… Ⅱ.①沈… Ⅲ.①随笔—作品集—中国—当代
Ⅳ.①I267.1

中国版本图书馆CIP数据核字（2020）第117506号

定庵随笔

沈定庵　著

出版发行　浙江古籍出版社
（杭州市体育场路347号　邮编：310006）
网　　址　www.zjguji.com
责任编辑　郑雅来
文字编辑　徐　立
整体装帧　吴思璐
责任校对　张顺洁
责任印务　楼浩凯
照　　排　浙江时代出版服务有限公司
印　　刷　绍兴市越生彩印有限公司
开　　本　787 mm × 1092 mm　1/32
印　　张　12　　插　　页　4
字　　数　210千字
版　　次　2020年7月第1版
印　　次　2020年7月第1次印刷
书　　号　ISBN 978-7-5540-1767-8
定　　价　56.00元

沈定庵 著

定庵隨筆

浙江古籍出版社

书名题签：沈定庵
策划组稿：夏春锦
　　　　　周音莹
篆　　刻：寿勤泽

蠹鱼文丛